태어났음의 불편함

De l'inconvénient d'être né

by Emil Cioran

©Éditions Gallimard, 1973

Korean translation copyright ©Hyeonamsa Publishing Co., Ltd., 2020

Published by arrangement with Éditions Gallimard

through Sibylle Books Literary Agency, Seoul

태어났음의 불편함

초판 1쇄 발행 2020년 12월 23일
초판 4쇄 발행 2024년 11월 30일

지은이 | 에밀 시오랑
옮긴이 | 김정란
펴낸이 | 조미현

펴낸곳 | (주)현암사
등록 | 1951년 12월 24일 제10-126호
주소 | 04029 서울시 마포구 동교로12안길 35
전화 | 02-365-5051 · 팩스 | 02-313-2729
전자우편 | editor@hyeonamsa.com
홈페이지 | www.hyeonamsa.com

ISBN 978-89-323-2049-6 03860

* 책값은 뒤표지에 있습니다. 잘못된 책은 바꾸어 드립니다.

EMIL CIORAN

태어났음의 불편함

에밀 시오랑 지음 ⊙ 김정란 옮김

ㆃ현암사

차례

1

새벽 3시. 나는 이 순간을, 그리고 다음 순간을 인지한다. 나는 매 순간을 결산한다.

이 모든 것은 무엇 때문인가? — **왜냐하면 내가 태어났기 때문**이다.

태어남을 문제 삼게 되는 이 특별한 유형의 잠 못 이루는 밤.

●

'내가 세상에 태어난 이후' — 이 **이후**는 나에게 너무나 무서운 의미를 지니고 있는 것처럼 보인다. 감당하기 힘들 만큼 무서운 의미.

●

사람들이 하는 행위로부터 무게와 범위를 앗아가는 깨달음이 존재한다. 그 깨달음은 그 자체를 제외하면 모든 것은 근거 없는 것이 된다. 대상이라는 생각마저 혐오할 정도로 순수한 그 깨달음은, 어떤 행위를 하거나 하지 않는 것은 똑같은 것이라는 지식을 드러낸다. 그리고 그 깨달음은 지극한 만족감을 동반한다. 사람들이 수행하는 어떤 행위도 그들이 그것에게 부여하고자 하는 가치를 가지고 있지 않으며, 실체의 흔적을 지닌 것은 아무것도 없으며, '현실'은 미치광이의 발판에 불과하다는 사실을 매번 되풀이해서 확인할 수 있다는 만족감. 이러한 깨달음은 죽음 이후의 것이라고 불리는 것이 마땅할 것이다. 그것은 그것을 알고 있는 자가 살아 있으면서 살아 있지 않은 자, 존재이며 존재에 대한 기억인 것처럼 작동한다. 그는 행위의 바로 그 순간, 그러므로 **현재**로부터 영원히 쫓겨난 그 순간에, 자신이 완수한 모든 것에 대해 "그건 이미 과거의 일이다."라고 말한다.

●

우리는 죽음을 향해 달려가고 있는 것이 아니다, 우리는 태어났다는 재난으로부터 도망치고 있는 것이다. 우리, 죽음으로부터 살아남은 자들은 그 사실을 잊기 위해 분투한다. 죽음에 대한 공포는 우리가 태어난 첫 순간으로 거슬러 올라가는 공포가 미래에 투사된 것에 불과하다.

태어남을 재난으로 여기는 생각은 혐오스럽다. 분명히 그렇다. 사람들은 태어남은 최고의 선善이며, 최악의 것은 우리 생애의 시작이 아니라 끝에 위치하는 것이 당연하다는 생각을 우리에게 주입시키지 않았던가? 그러나, 나쁜 것, 진짜 나쁜 것은 우리 앞이 아니라, 우리 **뒤에** 있다. 그것이 바로 그리스도는 간과했으나, 부처가 간과했던 것이다. "오 제자들이여, 만일 세상에 삼고三苦가 존재하지 않았다면, 여래如來는 세상에 나타나지 않았을 것이다……." 그런데, 부처는 모든 불완전함과 재난의 근원인 태어난다는 사실을 삼고 중에서 가장 먼저, 늙음과 죽음에 앞서 꼽는다.

·

우리는 아무리 파괴적인 진실이라고 해도, 그것이 모든 것을 대신할 수 있고, 그것을 대체하는 희망만큼이나 생명력을 지니고 있는 것이라면, 그 진실을 견딜 수 있다.

·

물론, 나는 아무것도 하지 않는다. 그러나 나는 시간이 지나가는 것을 **보고 있다** ─ 시간을 채우려고 애쓰는 것보다는 그편이 더 낫다.

·

작품을 하나 만들어내려고 억지로 애를 써서는 안 된다. 다만, 술주정뱅이나 죽어가는 사람의 귀에 대고 속삭일 수 있는 무엇인가를 말해야 할 뿐이다.

·

인간이 어느 정도로 퇴보했는가를, 태어남이 아직도 슬픔이나 탄식을 불러일으키는 종족을 하나도, 단 하나도 발견할 수 없다는 사실보다 더 잘 증명하는 것은 아무것도 없다.

·

유전遺傳에 항거하는 것, 그것은 수십억 년에, **최초의** 세포에 항거하는 것이다.

·

모든 환희의 출발 지점에, 아니면 끝에, 신이 있다.

·

현재의 순간 안에서 나는 결코 편안하지 않다. 나를 앞서는 것, 나를 이곳으로부터 멀리 떨어져 있게 하는 것, 내가 존재하지 않았던, 태어나지 않은 자였던 수많은 순간들만이 나를 매혹한다.

·

불명예에 대한 육체적 욕구. 나는 사형집행인의 아들이 되고
싶어 했던 것 같다.

·

무슨 권리로 당신이 나를 위해 기도하는가? 나에게는 중재
자가 필요하지 않다, 나는 **혼자** 헤쳐나갈 것이다. 가엾은 사
람이 해주는 중재의 기도라면, 나는 어쩌면 그것을 받아들일
지도 모른다. 그러나 그가 비록 성인이라고 해도 나는 타인
의 중재는 받을 생각이 없다. 나는 사람들이 나의 구원을 위
해 걱정하는 것을 참을 수 없다. 내가 그 기도를 무서워하고
피한다면, 그 기도는 얼마나 무례한 것인가! 그 기도들을 다
른 곳으로 향하게 하라. 어쨌든, 우리는 같은 신들을 섬기지
않으니 말이다. 나의 신들이 무력하다 해도, 당신들의 신들도
마찬가지라고 생각할 만한 충분한 이유가 있다. 그 신들이 당
신들의 상상과 일치한다고 전제하더라도, 그들에게는 여전히
나의 기억보다 더 오래된 태어남에 대한 나의 공포를 치유해
줄 능력이 없다.

·

감각이란 얼마나 초라한 것인가! 엑스터시 자체도, **어쩌면,**

감각 이상의 것이 아닐지 모른다.

●

만일 인간이, 모든 사실이 그것을 가리키고 있듯이, 창조주와 구별되고자 한다면, 인간이 자신에게 부여할 수 있는 유일한 임무는 해체하기, 창조된 것을 부수기이다.

●

나는 나의 태어남이 하나의 우연이며, 우스꽝스러운 사고였다는 것을 안다. 그러나 내가 나 자신을 잊는 즉시, 나는 마치 나의 태어남이 세계의 진전과 균형에 필수불가결한 하나의 사건이었던 것처럼 행동한다.

●

아버지가 되는 죄를 빼고는 모든 죄를 저질렀다.

●

사람들은 일반적으로, 실망을 **예견한다.** 그들은 조바심을 내서는 안 된다는 것을, 실망은 조만간 닥쳐오며, 그것이 그들로 하여금 순간의 시도에 몰두하기에 필요한 유예 기간을 허용해줄 것이라는 것을 알고 있다. 각성한 사람은 다르다. 그에게 실망은 행위와 동시에 생겨난다. 그는 실망을 기다릴 필요가 없다. 실망은 현존하는 것이다. 시간의 연속을 넘어서, 그는 가능성을 집어삼키고, 미래를 불필요한 것으로 만들어버린다. 그는 다른 이들에게 말한다. "나는 당신을 **당신의** 미래 안에서 만날 수 없습니다. 우리에게는 공통되는 순간이 한순간도 없으니까요." 그에게는 미래 전체가 이미 거기 있기 때문이다.

시작 안에서 끝을 볼 때, 인간은 시간을 앞서간다. 깨달음, 번개처럼 후려치는 좌절은 각성한 인간을 해방된 인간으로 변화시키는 확실성을 가져다준다.

●

나는 사물의 외양으로부터 해방되었지만, 그럼에도 불구하고 그것에 매여 있다. 또는 차라리 이렇게 말해야 할까. 나는 이 외양들과, 그것들을 파기시키는 **그것**, 이름도 내용도 없는 **그것**, 아무것도 아니면서 전부인 **그것** 중간쯤에 있다고. 외양들 바깥으로 나가는 결정적인 발걸음, 나는 그것을 결코 내딛지 않을 것이다. 나의 기질은 나로 하여금 떠돌지 않을 수 없게 하고, 모호함 안에 영원히 자리 잡게 만든다. 한 방향 또는 다른 방향으로 명확하게 방향을 잡으려 한다면, 나는 나의 구원에 의해 소멸되어버릴 것이다.[1]

---

1   나는 그것이면서 그것 아닌 것의 중간쯤에 있으므로, 내가 어느 방향으로 명확한 방향을 잡

●

환멸에 대한 나의 능력은 이해력을 넘어선다. 나로 하여금 부처를 이해하게 만든 것은 바로 그 능력이다. 그러나 그것은 나로 하여금 부처를 따를 수 없게 만들기도 했다.

●

우리가 더 이상 연민을 느낄 수 없는 그 무엇, 그것은 중요하지 않고 더 이상 존재하지 않는다. 우리는 우리의 과거가 왜 그렇게 빨리 우리에게 속하기를 그치고 역사의 형태를, 더 이상 개인과 상관없는 무엇인가의 모습을 가지게 되는지 알아차린다.

●

자아의 가장 깊은 곳에서, 신처럼 헐벗고, 비통한 존재가 되기를 갈망하는 것.

는다면, 나는 나를 구원하려는 행위에 의해 어떤 정해진 방향에 있게 되어 소멸되어버릴 것이다.

•

존재들 사이의 진정한 접촉은 말 없는 현존, 표면적인 비-소통, 내면적인 기도를 닮은 신비하고 말없는 나눔에 의해서만 이루어진다.

•

내가 예순 살에 알았던 것, 나는 그것을 이미 스무 살에도 잘 알고 있었다. 그 확인을 위한 40년에 걸친 길고 불필요한 작업……

•

나는 모든 것이 항구성을, 근거를, 정당성을 결하고 있다는 것을 늘 너무나 확신하고 있기 때문에, 그것을 부인하려고 시도하는 사람은 그가 누구든, 비록 그가 내가 가장 높이 평가하는 사람이라 해도, 나에게 사기꾼이나 바보로 보일 것이다.

•

어린 시절부터 나는 시간의 흐름을 인지했다. 일체의 근거, 모든 행위, 모든 사건과 무관한 시간. 시간 자체가 아닌 것으로부터 분리된 시간, 그 자율적 실존, 그 특별한 위상, 그 지배력, 그 절대 권력. 나는 그날 오후를 너무나 생생하게 기억하고 있다. 그때 나는 처음으로, 텅 빈 우주 앞에 서 있었다. 나는 그 고유한 기능을 수행하기를 거부하는 순간들의 도주에 불과했다. 시간은 **나를 희생시키고** 존재로부터 떨어져 나갔다.

· · ·

욥과는 달리, 나는 내가 태어난 날을 저주하지는 않았다. 반대로 나는 나머지 날들을 몽땅 저주로 뒤덮었다……

· · ·

죽음이 부정적인 면만 가지고 있었다면, 죽는다는 것은 실천할 수 없는 행위였을 것이다.

· · ·

모든 것은 있다. 아무것도 없다. 이 두 문장은 똑같은 고요를 가져다준다. 고뇌하는 자는, 불행하게도, 두 문장 사이에 머물러 있다. 존재 또는 존재 부재의 안정성 안에 자리 잡을 능력이 없으므로, 떨면서, 혼란스러워하며, 언제나 하나의 뉘앙스에 전전긍긍하며.

●

이 이른 아침 시간의 노르망디 해안에서, 나에게는 아무도 필요하지 않다. 갈매기들이 나를 귀찮게 한다. 나는 돌멩이를 던져서 새들을 쫓아버린다. 갈매기들의 초자연적인 날카로운 울음소리, 나는 그것이 바로 나에게 필요한 것이라는 것을 깨닫는다. 음울한 것만이 내 마음을 가라앉혀줄 수 있다는 것, 내가 날이 밝기 전에 자리에서 일어났던 것은 바로 그것을 만나기 위해서였다는 것을.

●

살아 있다는 것 — 이 표현의 낯섦이 갑자기 나를 후려친다. 마치 그 표현이 그 누구에게도 적용되지 않는 것처럼.

●

일이 잘 풀리지 않을 때마다 그리고 내 두뇌가 가엾게 여겨질 때마다, 나는 **무엇인가 큰 소리로 외치고** 싶다는 참을 수 없는 욕구에 사로잡힌다. 그러면 개혁가들, 선지자들과 구원자들이 어떤 초라한 심연으로부터 솟아 나왔는지 가늠할 수 있다.

●

나는 자유롭고 싶다. 미친 듯이 자유롭고 싶다. 사산아死産兒처럼 자유롭고 싶다.

●

명석함 안에 수많은 모호함과 혼란스러움이 들어오는 것은, 우리가 잠들지 못하는 밤들을 잘못 사용한 결과이다.

●

태어났다는 사실에 대한 강박은, 우리를 과거 **이전**으로 데려다 놓음으로써, 우리로 하여금, 미래, 현재 그리고 심지어 과거에 대한 관심마저 잃게 만든다.

●

역사 이후의 시간 안으로 던져진 나는, 인간의 에피소드를 벗어나 즐거워하는 신들을 거의 매일 목격한다.

최후의 심판에 대한 비전이 더 이상 아무도 만족시킬 수 없게 되면, 그것을 대체할 다른 비전이 필요하다.

＊

하나의 생각, 하나의 존재, 형태를 가지는 것은, 그것이 무엇
이든 형태를 잃고 기괴해진다. 결말에 대한 좌절. 무엇인가
가능하다는 사실로부터 결코 도망치지 말 것, 영원히 결론을
내리지 않는 우유부단한 자로서 유유자적할 것, 태어났다는
사실을 **잊어버릴 것**.

＊

진정한, 유일한 불운은 태어났다는 사실이다. 그것은 공격성,
즉 근원들 안에 자리 잡은 확장과 분노의 원리, 그 근원들을
뒤흔들어놓은 최악을 향한 도약으로 거슬러 올라간다.

＊

오랜 시간이 지난 후 누군가를 다시 만나게 되면, 마주 앉아
서 몇 시간 동안 아무 말도 하지 말아야 한다. 놀라움이 침묵
의 덕으로 자기 자신을 만끽할 수 있도록.

＊

기적적일 정도로 불모성의 타격을 입은 날들. 그런 날들을 즐
기며, 승리를 외치고, 그 메마름을 축제로 변화시키고, 거기

에서 나의 완결과 성숙, 그리고 마침내 나의 초탈함의 표현을 보아내는 대신, 나는 원한과 나쁜 기분이 나를 사로잡도록 내버려 둔다. 우리 안에 있는 늙은이, 수선스러운 불량배는 그만큼 끈질기다. 그는 사라지는 데 적합한 존재가 아니다.

●

내게는 인도 철학이 반드시 필요하다. 그 철학의 중요한 주제는 자아를 초극하는 것이다. 그런데 내가 행하고 있는 것, 내가 생각하고 있는 것은 모두 자아, 그리고 자아의 불행이다.

●

행위하고 있는 동안, 우리는 목표를 갖는다. 행위가 끝나면 그것은 더 이상 우리가 추구했던 목표의 현실성을 갖지 않는다. 따라서 이 모든 것에 일관성 있는 것은 아무것도 없다. 그것은 유희에 불과하다. 그러나 행위 자체의 유희가 이루어지는 **동안에도** 그 유희를 의식하는 사람들이 있다. 그들은 전제 안에서 결론을, 잠재적인 것 안에서 실현된 것을 미리 체험한다. 그들은 존재한다는 사실 자체로 진지함을 전복시킨다.

비현실, 보편적 결핍에 대한 비전은 일상적 감각에 갑작스러운 전율이 혼합되어 생겨난 결과이다. **모든 것은 유희다** ― 이 사실이 드러나지 않는다면, 우리가 여러 날 동안 내내 끌고 다니는 감각은 형이상학적 체험들이 그것들의 모조품인 **불안**과 구별되기 위하여 필요로 하는 자명함이라는 인장을 가지지 못했을 것이다. 왜냐하면 모든 불안은 좌절된 형이상학적 경험에 불과하기 때문이다.

●

죽음에 대한 관심이 고갈되었을 때, 그리고 죽음으로부터 더 이상 아무것도 얻어낼 것이 없다고 생각할 때, 우리는 태어남에게 다시 돌아간다. 우리는 죽음과 다른 방식으로 그 깊이를 알 수 없는 심연을 마주 대하기 시작한다……

●

바로 지금 이 순간, 나는 **고통스럽다**. 나에게 결정적인 이 사건은, 나를 제외한 다른 이들에게는 존재하지 않을 뿐 아니라, 생각조차 할 수 없는 것이다. 신을 제외하고는……. 신이라는 단어가 어떤 의미를 가질 수 있다면 말이지만.

●

모든 것이 헛되다고 해도, 하고 있는 일을 잘해내는 것은 헛되지 않다는 말을 우리는 사방에서 듣는다. 그러나 그럼에도 불구하고 그것은 사실이 아니다. 이러한 결론에 도달하고 그것을 견뎌내기 위해서는, 어떤 직업도 가져서는 안 된다. 솔로몬처럼 왕이라는 직업을 가진다면 몰라도.

●

나는 모든 사람들처럼 심지어 내가 가장 경멸하는 사람들처럼 행동한다. 그러나 나는, 좋은 것이든 나쁜 것이든, 내가 저지른 모든 행동을 한탄하면서 나 자신을 추스른다.

●

나의 감각은 **어디** 있는가? 그것들은 내…… 안에서…… 사라져버렸다. 그런데 이 나란 무엇인가? 허공으로 날아가 버린 이 감각들의 총체가 아니라면.

●

비범하며 아무것도 아닌 — 이 두 가지 목표는 어떤 하나의 행위에 적용된다. 그리고, 그럼으로써 그것에서 비롯된 모든 것에, 무엇보다 먼저 삶에 적용된다.

●

통찰력은 자유롭게 만들어주는 유일한 악덕이다 — **사막 안에서의 자유**.

해가 지나갈수록, 서로 이해할 수 있는 사람들의 수는 줄어든다. 말을 걸 수 있는 사람이 이제 아무도 남지 않았을 때, 우리는 비로소 이름을 가진 존재 안으로 추락하기 전의 상태에 이르게 된다.

＊

서정성을 거부할 때, 백지를 검은 글자로 물들이는 일은 고통스럽다. 사람들이 전에 말했던 것과 **똑같이** 말하기 위해 쓴다는 것이 대체 무슨 소용이 있다는 말인가?

＊

우리보다 덜 고통당한 사람이 우리를 심판하는 것을 받아들일 수 없다. 우리는 모두 무시당한 욥이라고 생각하고 있으므로⋯⋯.

＊

나는 이상적인 고해 신부를 꿈꾼다. 모든 것을 말하고, 모든 것을 고백할 수 있는 사제. 나는 무덤덤해진 성인을 꿈꾸고 있는 것이다.

●

사람들이 죽어간 수많은 세기 이래로, 살아 있는 생명체는 죽음의 요령을 터득한 것이 분명하다. 그렇지 않다면 한 마리의 벌레나 쥐, 그리고 인간조차, 몇 차례 거부하는 척한 뒤에, 그토록 위엄 있게 죽어갈 수 없다.

●

천국은 견딜 수 없는 곳이었다. 그렇지 않다면 최초의 인간은 그곳에 잘 적응했을 것이다. 이 세계라고 그보다 더 나은 곳이 아니다. 왜냐하면 사람들은 거기서 그 천국을 그리워하거나 다른 천국을 기대하고 있기 때문이다. 무엇을 할 것인가? 어디로 갈 것인가? 그냥 아무것도 하지 말고 어디에도 가지 말자.

●

건강은 물론 하나의 재산이다. 그러나 건강을 소유하고 있는 사람들은 그것을 의식하는 행운을 누리지 못한다. 건강을 의식할 때면 이미 그것은 위험에 처해 있거나 위험해지는 순간에 처해 있기 때문이다. 자신이 불구가 아니라는 사실을 즐거워하는 사람은 아무도 없으므로, 건강한 사람들이 벌을 받는 것은 **정당하다**고 말해도 전혀 과장이 아니라고 할 수 있다.

•

어떤 이들은 불행하다. 다른 이들은 강박관념을 가지고 있다. 누가 더 불행한 걸까?

•

나는 사람들이 나에게 공정하기를 원치 않는다. 부당함이라는 활력을 주는 요소를 빼면 내게는 아무것도 필요하지 않은 것 같다.

•

"일체는 고苦다." 이 불교의 명구를 현대화하면 "모든 것은 악몽이다."가 될 것이다. 마찬가지로, 고통의 종식이라는 다른 의미로 여겨지는 열반은 단지 몇 사람들만을 위해 예비되어 있는 구원이 아니라, 악몽 자체처럼 보편적인 것이 될 것이다.

•

불면증 환자가 견뎌내는 매일매일의 십자가형에 비하면, 단한 번의 십자가형은 아무것도 아닐지 모른다.

늦은 시간에 나무들이 우거져 있는 오솔길을 산책할 때, 밤송이 하나가 내 발치에 떨어졌다. 밤톨이 터지면서 내는 소리, 그 소리가 내 안에서 불러일으킨 메아리, 그리고 이 사소한 사건과 함께 생겨난 엄청난 감동이 나를 기적 안으로 밀어 넣었다. 규정성의 세계의 도취 안에서,[2] 마치 더 이상 질문은 없고, 답만 존재하는 것 같은 감동. 나는 기대하지 않았던 수많은 명백함에 취했다. 그것을 가지고 어찌해야 할지 알 수 없는…….

나는 그렇게 지고至高한 것과 거의 접촉할 뻔했다. 그러나 나는 산책을 계속하는 것이 더 낫겠다고 생각했다.

●

타인에게 슬픔을 털어놓으면, 우리는 그를 괴롭히게 될 뿐이다. 그것은 그가 그 슬픔을 자기 것으로 여기게 만들기 위해서이다. 그가 우리에게 애착을 느끼게 하고 싶다면, 우리의 추상적인 고통만 그에게 털어놓아야 한다. 우리를 사랑하는 모든 사람들이 열렬하게 받아들여 주는 것은 그러한 고통뿐이다.

---

2 사물의 테두리가 정해져 있는 신비할 것도 없는 일상적 세계 안에서.

•

나는 내가 세상에 태어났다는 사실에 대해 나 자신을 용서할 수 없다. 마치, 이 세계 안으로 침투해 들어옴으로써, 어떤 하나의 신비를 모독하고, 어떤 매우 중요한 약속을 배신하고, 무엇이라고 불러야 할지 알 수 없는 잘못을 저지른 것처럼 느껴진다. 그러나 이따금 나는 덜 예민해진다. 그러면 태어났다는 사실이, 내가 그것을 알지 못했다면 섭섭했을지도 모르는 하나의 불운처럼 느껴진다.

•

사유는 결코 **순결하지** 않다. 그것이 무자비하고 공격적이기 때문이다. 그것은 우리가 우리의 속박을 날려버리도록 도와준다. 그것이 가지고 있는 나쁜, 심지어 악마적인 측면을 제거해버린다면, 해방의 개념 자체를 포기해야 할 것이다.

•

오류를 저지르지 않는 가장 확실한 방법은 확실성을 탐색하고 또 탐색하는 것이다.

그럼에도 불구하고 중요한 모든 것이 의혹 **밖에서** 이루어졌다는 것은 여전히 사실이다.

●

오래전부터, 나는 이 세상은 나에게 필요한 것이 아니며, 세상에서 무엇을 해야 할지 모르겠다고 인식해왔다. 그런 인식에 의해서, 그리고 그런 인식에 의해서만 나는 아무것도 아닌 영적 오만을 획득했다. 그리고 그 때문에 나의 실존은 나에게 타락했거나 낡아버린 시편처럼 보인다.

●

우리의 사유들은 우리의 공포에 지배당해 미래를 향하게 되며, 온갖 공포의 길을 따라가다가 결국 죽음에 이른다. 사유들을 태어남의 순간으로 향하게 하고 그 순간에 고정되도록 강제하는 것, 그것은 사유의 흐름을 역행시키는 것이다. 바로 그 지점에서, 사유들은 그 활기를 잃는다. 그것들이 확장되고, 풍요로워지고, 힘을 얻는 데 유용한 죽음의 공포 바닥에 있는 가라앉힐 수 없는 긴장감을 잃게 되는 것이다. 그래서 우리는 이해하게 된다. 반대 방향으로 달려가면서, 사유들이 마침내 그 원초적인 경계에 부딪쳤을 때, 그것들이 왜 그렇게 무력한지, 그 경계를 넘어서, 결코 태어나지 않음을 바라볼 힘을 왜 더 이상 가지고 있지 않은지.

나에게 중요한 것은 나의 시초가 아니라, 시초 그 자체이다. 내가 나의 태어남이라는 사소한 강박에 사로잡힌 것은 시간의 첫 순간의 덜미를 잡지 못했기 때문이다. 모든 개인적 불안은, 가장 높은 수준에서는 우주론적 불안으로 귀결된다. 원초적 감각이라는 청부 계약의 대가를 치르는 모든 감각.[3] 그 감각으로 인해 존재는 알 수 없는 장소 밖으로 미끄러져 나와버렸다.

●

우주를 우리 자신보다 더 좋아하는 것은 소용없는 일이다. 어쨌든 우리는 우리가 생각하는 것보다 훨씬 더 우리 자신을 증오하고 있기 때문이다. 현자가 그토록 색다른 존재로 보이는 이유는, 그가 다른 사람들처럼 자신에 대해 지니고 있어야 마땅한 혐오감에 오염되어 있지 않은 것처럼 보이기 때문이다.

●

존재와 비존재 사이에는 아무 차이도 없다. 우리가 양자를 똑

---

3   태어남으로 인해 모든 감각을 가지게 되었다는 뜻.

같은 집중력으로 이해한다면.

●

무지無知가 모든 것의 근거이다. 그것은 그것이 매 순간 되풀이하는 행위에 의하여 전체를 창조한다. 그것은 이 세계를, 그리고 아무 세계나 만들어낸다. 왜냐하면 그것은 실재가 아닌 것을 끊임없이 실재로 택하기 때문이다. 무지는 우리의 모든 진리들의 기초를 이루고 있는 거대한 착각이다. 무지는 모든 신들을 합쳐놓은 것보다도 더 오래되었고 더 강력하다.

●

우리는 내면 탐색의 능력을 가진 사람을 알아볼 수 있다. 그는 모든 성공보다 실패를 우위에 둔다. 실패를 추구하기까지 하고, 그 실패 때문에 자신을 무의식적으로 이해하게 된다. 왜냐하면, 실패는 언제나 **본질적인** 것이므로, 우리를 우리 자신에게 드러내 보여주며, 신이 우리를 보듯이 자신을 보게 해주기 때문이다. 반면에 성공은 우리 안에, 그리고 모든 것 안에 있는 보다 내밀한 것으로부터 우리를 멀어지게 만든다.

●

시간이 아직 존재하지 않았던 시간이 있었다……. 태어남의 거부는 바로 이 시간 이전의 시간에 대한 향수 외의 다른 것이 아니다.

●

나는 이제 더 이상 존재하지 않는 많은 친구들에 대해 생각하며, 그들에 대해 연민의 감정을 느낀다. 그러나 그들을 그렇게 불쌍하게 여길 필요는 없다. 왜냐하면 그들은 죽음의 문제를 위시한 모든 문제를 해결했기 때문이다.

●

태어난다는 사실 안에는 너무나 필연성이 없어서, 그것에 대해 평소보다 조금 더 생각하게 될 때, 어떻게 반응해야 할지 알지 못하므로, 사람들은 멍청한 미소나 짓고 말 뿐이다.

●

두 종류의 정신이 있다. 낮의 정신과 밤의 정신. 그 두 정신은 같은 방식도 같은 윤리도 가지고 있지 않다. 환한 대낮에, 사람들은 자신을 감시한다. 밤에는 모든 것을 말한다. 다른 이들이 잠의 먹이가 되어 있는 시간에 자신에게 질문을 던지는 사람에게 그의 생각의 결론이 유익한 것인가 아니면 유감스러운 것인가 하는 사실은 별로 중요하지 않다. 그래서 그는 그가 자신이나 타인에게 가져올 수 있을 해악에 대해서는 마음 쓰지 않고 태어났다는 사실의 불운을 반추한다. 자정이 지나면 위험한 진실의 도취가 시작된다.

●

해가 지나갈수록, 사람들은 미래에 대해 점점 더 암울한 이미지를 갖게 된다. 단지 미래로부터 배제될지도 모른다는 불안을 달래기 위해서인가? 표면적으로는 그렇지만, 사실은 다르다. 왜냐하면 미래는 늘 가혹했고, 인간은 자신의 고통을 심화시킴으로써만 그 고통을 치유할 수 있기 때문이다. 그리하여 모든 시대에 실존은 현재의 어려움들에 대한 해결책이 발견되기 이전이 오히려 견딜 만한 것이 된다.

●

큰 혼란이 닥치면, 역사가 끝난 것처럼 살려고 애쓰라. 그리고 고요함에 갉아먹힌 괴물처럼 행동하라.

●

예전에 내가 죽은 사람 앞에서 "태어난다는 것은 그에게 대체 무슨 소용이 있는 일이었을까?"라고 물었다면, 지금 나는 살아 있는 모든 사람들 앞에서 똑같은 질문을 나 자신에게 던진다.

●

태어남에 대한 집요한 질문 던지기는 병적일 정도로 밀고 나간, 해결될 수 없는 것에 대한 취향일 뿐이다.

●

죽음에 관해서 나는 '신비'와 '아무것도 아님', 피라미드와 영안실 사이에서 끊임없이 흔들린다.

●

우리가 존재하지 않았던 시간이 존재했다는 사실을 **느끼는** 것은 불가능하다. 태어나기 전에 우리가 어떤 사람이었을까 알고 싶은 집착은 거기에서 생겨난다.

●

어느 날 일본 구사종파俱舍宗派[4]의 한 승려가 서구인 방문객 한

---

[4] 인도의 학자 승려 세친(世親)이 지은 불교개론서 『구사론(俱舍論)』에 의거하는 소승불교 종파. '구사(俱舍)'는 산스크리트어 'kosá'의 음역으로 '일체의 지식을 지닌다'는 뜻이다.

사람에게 말했다. "**나**의 없음에 대해 한 시간만 명상하십시오. 그러면 당신은 자신을 다른 사람으로 느끼시게 될 것입니다."

불교 사원에 가본 적이 없지만, 나는 얼마나 여러 번 세계의, 그러므로 자아의 비현실성에 대해 생각해보았던가? 아니, 나는 그로 인해 다른 사람이 되지는 않았다. 그러나 나의 자아가 그 어떤 방식으로도 실재하는 것이 아니며, 자아를 잃어버림으로써 잃은 것이 아무것도 없다는 느낌은 내게 실제로 남았다. 나는 **일체**를 빼면 아무것도 잃지 않았다.

●

나는 양식良識에 따라, 태어났다는 사실에 집착하기보다는 위험을 무릅쓰고 나 자신을 뒤로 끌어당기고, 내가 알 수 없는 어떤 시초를 향해 거슬러 올라가고, 기원에서 기원으로 이행한다. 어쩌면, 어느 날, 나는 기원 그 자체에 이르는 데 성공하여 그곳에서 쉬고, 그 안으로 무너져 내릴 수 있을지 모른다.

●

X가 나를 모욕한다. 그의 따귀를 갈기고 싶다. 그러나 곰곰 생각한 뒤에, 나는 자제한다.

나는 누구인가? 나의 진정한 자아는 어떤 존재인가. 대응

하는 자인가, 아니면 뒤로 물러나는 자인가? 나의 첫 번째 반
응은 항상 단호하다. 두 번째 반응은 무기력하다. 사람들이
'지혜'라고 부르는 것은 본질적으로 끊임없는 그 '곰곰 생각
해보기'일 뿐이다. 즉, 첫 번째 반응으로서의 무위無爲.

●

만일 집착이 하나의 악이라면, 태어남의 추문 안에서 그 원인
을 찾아야 한다. 왜냐하면, 태어난다는 것은 자신에게 집착한
다는 것이기 때문이다. 따라서 해탈은, 모든 추문들 중에서도
가장 심각하고 견딜 수 없는 이 추문의 흔적을 지우는 일에
적용되어야 할 것이다.

●

불안과 공포 안에서도, 우리가 태아였을 때를 생각해보면 갑
자기 고요가 생겨난다.

●

바로 이 순간, 인간들이나 신들로부터 오는 어떤 비난도 나에
게 이르지 못할 것이다. 나는 또한 마치 내가 결코 존재한 적
이 없었던 것처럼 평온함을 느낀다.

●

불운을 겪는 것과 태어남에 대한 반감에 집착하는 것 사이에
직접적인 관계가 있다고 생각하는 것은 오류다. 이 집착은 보
다 깊고 먼 근원에서 비롯하고 있으며, 삶의 고통의 그림자가
드리워지지 않은 경우에도 생겨날 수 있다. 오히려 지극한 행
운 안에서 그 집착은 더욱 강한 독성을 지닐 수도 있다.

●

트라키아[5]인들과 보고밀 교도[6] — 나는 내가 그들과 똑같은
생각을 가지고 있었다는 사실을 잊을 수 없다. 트라키아인들
은 갓난아이들을 가엾게 여겨 울었고, 보고밀 교도들은 신을
무죄한 존재로 만들기 위해 창조라는 치욕스러운 행위를 신
이 아니라 사탄이 한 것으로 만들었다.

●

기나긴 동굴의 밤들이 이어지는 동안, 수많은 햄릿들은 끊임
없이 독백했을 것이다. 왜냐하면 철학의 도래 이후에 찾아온

---

5   발칸 반도 동부. 그리스 명칭은 '트라키'로 '외국인'이라는 뜻. 그리스 중심부와 상당히 다른
     야만적 분위기의 문화를 가졌던 지역. 디오니소스 숭배가 성행했던 곳이다. 시인들의 조상으
     로 꼽히는 유명한 오르페우스가 트라키아 출신이다.

6   Bogomiles : 10~13세기 불가리아에서 이원론을 주장한 종파의 교도들.

이 보편적인 무기력함 훨씬 전에, 형이상학적 고통의 절정이 있었다고 가정할 수 있기 때문이다.

•

태어났다는 사실에 대해 우리가 가지고 있는 강박관념은 기억의 고조, 그리고 과거의 편재偏在와 막다른 길에 대한 탐욕(첫 번째의 막다른 길)으로부터 기인한다. — 그 막다른 길은 열림의 지점이다. 그것은 지나가 버린 것으로부터 오는 환희가 아니라, 오로지 현재, 그리고 **시간으로부터 해방된** 미래에서 오는 환희에서 출발한다.

•

여러 해 동안, 사실은 평생 동안, 마지막 순간들에 대해서만 생각했는데, 드디어 마지막 순간에 가까이 다가갈 때, 그것이 소용없다는 사실을 깨닫게 된다. 죽음에 대한 생각은 모든 것을 돕지만, 죽는 것을 도와주지는 못한다는 사실을!

•

의식을 부추기고, 창조하는 것은 우리의 불안이다. 불안의 작업이 일단 완결되면, 그것들은 약해져서 하나둘씩 사라진다. 의식은 머물고, 불안이 사라진 뒤에도 살아남는다. 의식은 자신이 불안에게 무엇을 빚지고 있는지 떠올려보지 않으며, 그러한 사실을 전혀 알지도 못한다. 그리하여 의식은 자신의 자율성을, 자신의 절대적인 힘을 끊임없이 선언한다. 자기 자신을 증오하고, 소멸되기를 원할 때조차 그러하다.

●

성 베네딕투스[7]의 준칙에 따르면, 수도사가 자만심을 갖게 되거나, 아니면 단지 그가 하고 있는 일에 만족감을 느끼기만 해도, 그는 그 일을 외면하고 포기해야 한다.

　불만족에 대한 취향, 회한과 혐오의 오르지[8] 안에서 살아가는 자는 그런 위험을 두려워하지 않는다.

●

신이 편들기 싫어한다는 것이 사실이라면, 나는 신 앞에서 어떤 불편함도 느끼지 않을 것이다. 그만큼 나는 모든 점에서 그를 모방하는 것이, 그처럼 견해가 없는 자가 되는 것이 즐겁다.

7　이탈리아 가톨릭 성인 성 베네딕투스(St. Benedictus). 5세기 말에서 6세기 중반까지 살았던 가톨릭 수도사. 서구 수도원의 효시가 된 베네딕트 수도원 창시자. 수도 생활의 제반 법규를 정하여 수도원 제도를 마련했다.

8　orgie : 원래는 디오니소스 제전의 통음난무(痛飮亂舞) 제의를 나타내는 용어. '지극한 환희'라는 뜻으로 일반화되어 사용된다.

＊

사람들은 잠자리에서 일어나 세수를 하고, 그런 다음 예기치 못했던 어떤 변화, 또는 두려움이 닥쳐올 것이라고 기대할 수 있다.

마음의 평정 한 조각을 얻기 위해서라면 나는 우주 전체를, 그리고 셰익스피어 작품 전부를 내어줄 용의도 있다.

＊

그런 방식으로 생을 끝낼 수 있었던 니체의 엄청난 행운. 지극한 희열 안에서!

＊

형태를 나타내기 위해 낮아지는 것은[9] 아직 아무것도 없는 세계, 의식을 원하지 않으면서도 그것을 예감하며, 잠재성 안에서 뒹굴면서 자아 이전의 자아가 지닌 무의 충만을 누리는 어떤 세계로 끊임없이 거슬러 올라간다는 것……

태어나지 않았다는 것, 그것을 꿈꾼다는 것만으로도, 얼마나 큰 행복이며, 자유이며, 공간인가!

---

9 형태를 가진다는 것, 즉 유(有)의 세계에 속한다는 것은 시오랑에게는 '몰락'으로 인지되므로.

2

세계에 대한 혐오감만으로 거룩함을 얻는 것이라면, 나는 별수 없이 성자가 되어야 할 것 같다.

●

나처럼 자신의 해골을 가까이 껴안고 살 수 있는 사람은 없을 것이다. 그래서 끝없는 대화 하나가, 그리고 내가 받아들일 수도 거부할 수도 없는 몇 개의 진실이 생겨났다.

●

덕을 가지고 앞으로 나아가는 것보다 악덕을 가지고 나아가는 것이 더 쉽다. 본성적으로 악덕은 서로 돕고, 다른 악덕에 대해 아주 너그러운 반면, 덕은 질투심이 강해서 서로 싸우고 서로 죽이고, 모든 점에 있어서 양립 불가능성과 불관용을 드러내 보인다.

자신이 하고 있는 일, 또는 다른 사람들이 하고 있는 일의 가치를 믿는 것은 하찮은 것들에 열광하는 것이다. 시뮬라크르들, 그리고 '현실'과의 동행조차 끊어내어야 한다. 모든 사물과 모든 사람들 밖에 자리 잡고, 식욕을 쫓아내거나 박살내어버린 다음, 인도 속담에 따르면, '외로운 코끼리'만큼이나 적은 욕심을 가지고 사는 것이 마땅할 것이다.

●

나는 X의 모든 것을 용서한다. 그의 유행 지난 미소 때문이다.

●

어떤 이들에게 모든 것, 절대적으로 모든 것은 생리학에 속한다. 그들의 육체는 그들의 사유이며, 그들의 사유는 그들의 육체이다.

●

그 근원에 있어서 풍요로운 시간은 사람들이 생각하는 것보다 더 창의적이며 자비롭다. 그것은 놀라운 능력을 보유하고 있다. 그것은 우리에게 다가와 도움을 주고, 매시간 어떤 새로운 굴욕을 안겨준다.

●

나는 언제나 신 이전의 풍경들을 찾았다. 내가 카오스를 아주 좋아하는 것은 그런 이유 때문이다.

●

내가 결국은 언제나 최근의 적을 닮게 된다는 사실을 알게 된 이래로 나는 이제 아무도 탓하지 않기로 결심했다.

●

아주 오랫동안 나는 내가 그 누구보다도 정상적인 존재라고 생각하며 살았다. 이 생각은 나에게 아무것도 만들어내지 않으려는 취향, 더 나아가 열정마저 주었다. 미치광이들이 우글거리는, 어리석음 또는 착란 안에 처박혀 있는 세상에서 자신을 돋보이게 하는 것이 무슨 소용이 있다는 말인가? 누구를 위해, 그리고 무슨 목적으로 자신을 사용한다는 말인가? 내가 이 확신으로부터 완전히 해방되었는지 아는 일이 남아 있다. 절대 안에서는 구원자적인, 그러나 즉각적 현실 안에서는 파괴적인 확신.

•

격렬한 자들은 대개 허약한 사람들, '지친 사람들'이다. 그들은 육체를 소진시키는 끊임없는 연소 안에서 살아간다. 그들은 마음의 평온과 평화를 연습하면서, 분노에 사로잡힌 사람들처럼 자신을 낭비하고 소진시키는 금욕주의자들과 완전히 똑같다.

•

감히 아무에게도 털어놓을 수 없는 것들에 관해 이야기하기 위해서만 책을 써야 할 것이다.

•

유혹자 마라[10]가 부처의 자리를 차지하려고 애쓸 때, 부처는 이렇게 물었다. "무슨 권리로 너는 인간과 우주를 지배하려 하느냐? 너는 깨닫기 위해 고통을 당한 적이 있느냐?"

이것은 누구에 대해서나, 특히 사상가에 대해 질문을 던질 때, 떠올려보아야 할 중요하고 어쩌면 유일한 질문인지도 모른다. 깨달음을 향해 한 걸음이라도 내딛기 위해 값을 치른 자들과, 그들에 비해 훨씬 더 수가 많은, 편리하고 무관하고

---

10   Mâra : 인도 신화의 악마. 특히 불교 계통 신화에서 유혹자로 등장한다.

시련이 없는 지식을 얻은 사람들의 차이를 구분하는 것은 아무리 강조해도 충분하지 않을 것 같다.

●

사람들은 말한다. "그에게는 재능이 없다. 독특한 개성이 있을 뿐이다." 그러나 개성은 만들어낼 수 없는, 지니고 태어나는 특성이다. 그것은 물려받은 은총이며, 소수의 사람들만이 가지고 있는, 생명의 박동을 느끼게 만드는 특권이다. 개성은 재능 이상의 것이며, 재능의 정수이다.

●

어디를 가든, 속하지 못한다는 느낌, 부질없는 유희라는 똑같은 느낌. 나는 나에게 거의 중요하지 않은 것에 관심이 있는 체하고, 자동적으로 또는 자비심으로 부산을 떨어보지만, 그 일에 관여되어 있다는 느낌이 들지 않고, 그곳에 있지도 않다. 나를 매혹하는 것은 다른 곳이다. 그런데 그 다른 곳이 무엇을 의미하는지 나는 모른다.

●

신으로부터 멀어질수록, 인간은 종교에 대한 지식 안에서 진전하게 된다.

●

"그런데 엘로힘[11]은 너희가 그것을 먹는 날 두 눈이 밝아질 것이라는 사실을 알고 계신다."[12]

두 눈이 밝아지자마자, 비극이 시작되었다. **이해하지 못하고 바라보는 것, 그것이 천국이다.** 그러므로 지옥은 사람들이 이해하는 곳, 지나치게 이해하는 곳이 될 터이다……

●

어떤 사람이 자신의 가장 깊은 내면에 있을 때, 그리고 그가 평소에 가지고 있던 자신의 환상을 다시 자신의 것으로 만들 욕망도 힘도 없을 때에만, 나는 그 사람과 완벽하게 소통한다.

●

자신의 동시대인들을 무자비하게 비판하면, 후세의 인간들에

---

11   Elohim : '신'이라는 뜻. 구약성서에서 약 2,500번가량 사용된 이 단어는 일반명사이다. 반면에 '야훼'는 히브리 민족 신의 고유명사. 엘로힘의 의미에 대해서는 논란이 많지만, '강한, 전능한, 앞에 있는'이라는 뜻을 가진 것으로 본다. 때로 복수형으로 쓰이는데, 이는 여러 신들을 의미하는 것이 아니라, 히브리 전통에서 '장엄함'을 나타내는 방식. 현대 프랑스어에서 '너(tu)'의 복수형 '너희들(vous)'이 '너'의 존칭인 '당신'을 동시에 의미하는 것도 같은 전통의 흔적으로 볼 수 있다.

12   『성경』「창세기」3장 5~6절.

게 통찰력 있는 정신의 소유자로 보일 가능성이 커진다. 그와 동시에 사람들은 칭찬이 지니고 있는 우연의 측면, 칭찬으로 인해 가정할 수 있는 경이로운 모험을 포기해버린다. 왜냐하면 칭찬이란 가장 예상하기 힘든 모험이기 때문이다. 칭찬에 대해 예상하기 힘들다는 것은, 그것이 잘 끝날 수도 있다는 의미이다.

●

니체는 걷고 있을 때, 생각이 떠오른다고 말했다. 상카라[13]는 걸으면 생각이 흩어져버린다고 가르쳤다.

이 두 가지 명제는 똑같이 타당하다. 따라서 둘 다 진실이다. 누구나 다 한 시간, 때로는 1분 안에 그 사실을 확인할 수 있다……

●

언어를 고문하고 부수어버리지 않으면, 어떤 문학적 독창성도 실현될 수 없다. 그러나 있는 그대로의 생각을 표현하려고 애쓸 때 언어 사용은 다른 방식으로 이루어진다. 그것은 소크라테스 이래로 언어 사용 영역에서 변함없이 요구되었던 것

---

13 Sankara : 8세기 힌두교 브라만. 『베다』와 『우파니샤드』에 근거하여 브라만교의 체계를 세운 매우 지성적인 종교 지도자. 베단타 철학을 불이론(不二論, Advaita)으로 해석한 유명한 철학자이기도 하다.

이다.

●

개념이 형성되기 이전으로 거슬러 올라가, 감각 자체에 의거하여 쓰고, 감각하는 것의 미세하게 다른 차이를 기록하고, 뱀 한 마리가 작품을 쓴다면 택할지도 모르는 그런 방법으로 쓸 수는 없는 것일까!

●

우리가 가질 수 있는 모든 좋은 것은 우리의 나태함, 계획과 시도들을 실제 행위로 이어놓지 못하는 무기력함에서 온다. 실현의 불가능성 또는 거부가 우리의 '덕'을 유지시켜준다. 그것은 우리를 과도하고 무절제하게 만들어 우리에게 최대한의 것을 제공하려는 의지이다.

●

'아빌라의 테레사'[14]는 '영광스러운 착란'에 대해 말한다. 그

---

14 Teresa de Jesús(1515~1582) : 16세기 스페인에서 활동했던 가톨릭 성녀. 위대한 신비가로 가르멜 수도원에서 수행했다. '예수의 테레사'라고도 한다. 여러 수도원을 개혁하고 창시했으며 그녀가 보았던 신비한 환상에 의거한 저작들을 남겼다. 그 환상들 중에는 인체 해부가 이루어지기 전 시대인데도, 인체의 내부를 마치 투시경으로 들여다본 듯한 환상들도 있다. 『자서전』, 『완덕의 길』, 『창립사』, 『영혼의 성』 등을 남겼다.

것은 신과의 결합이 보여주는 한 국면의 특징을 드러내는 표현이다. 어쩔 수 없이 질투심에 사로잡힌 한 메마른 정신이 한 사람의 신비가에게서 절대로 용서할 수 없는 것은 바로 그 찬란한 경험이다.[15]

●

내가 천국 밖에 있다는 것을 의식하지 않은 순간은 단 한 순간도 없다.

●

우리가 숨기는 것만이 심오하며 진실한 것이다. 천박한 감정이 강렬한 것은 그 때문이다.

●

『준주성범準主聖範』[16]은 아마 네스키리Ama nesciri라고 말한다. "눈에 띄지 않는 존재가 되기를 즐기라." 이러한 가르침과 하나

---

15   시오랑은 아빌라의 테레사 개인의 신비 경험을 질투하는 것이다.

16   *Imitation* : 『주님 따라 하기』. 15세기에 라틴어로 저술된, 그리스도를 본받고자 하는 천주교 신앙서(전 4권). 전 세계적으로 『성서』 다음으로 많이 읽히는 책. 저자 미상(저자가 익명으로 남기를 원했다고 함). 서지학자들의 연구에 따르면 플랑드르 지방의 저술가인 듯하다고 함. 신 앙생활에 대한 여러 가지 권고를 담고 있다. 우리나라에는 1938년(차일라이스 신부)과 1954년(윤을수 신부)에 번역되었다.

가 될 때에만 우리는 자기 자신에게 만족할 수 있다.

●

책 한 권의 고유한 가치는 주제의 중요성이 아니라 (그렇지 않다면 신학자들이 다른 저술가들을 저만치 따돌리는 뛰어난 저술가들일 것이다) 우연적인 것, 무의미한 것에 접근하고, 사소한 것을 다루는 방식에 달려 있다. **본질적인 것**은 최소한의 재능조차 요구하지 않는다.

●

다른 사람들보다 천 년쯤 뒤처져 있다는, 또는 앞서 있다는 느낌, 인류의 시초 또는 종말에 속해 있다는 느낌…….

●

부정否定은 결코 추론에서 나오지 않는다. 그것은 어둡고 오래된 알 수 없는 그 무엇인가로부터 온다. 논리는 그 뒤에 와서 그 부정을 정당화하고 뒷받침한다. 모든 **아니다**는 피에서 튀어나오는 것이다.

＊

기억의 침식 때문에, 맨 먼저 활동을 시작한 물질과 그 뒤에 이어진 생명의 위기를 **기억해낸다는 것**…….

＊

죽음에 대해 생각하지 않을 때마다, 나는 내 안에 있는 누군가를 속이고, 배신한다는 느낌이 든다.

＊

제아무리 능란한 고문자라고 해도 발명해낼 수 없을 고통으로 가득 찬 밤들이 있다. 우리는 산산이 부서진 채로, 멍하고 정신이 나간 상태로, 기억도 예감도 없이, 심지어는 자기가 누구인지도 모르는 상태로 그 밤들을 빠져나온다. 그때 낮은 아무 소용도 없고, 빛은 해롭고, 어두움보다도 더 짓누르는 것처럼 느껴진다.

＊

한 마리 진딧물이라 해도, 그것이 **의식이 있다면**, 인간과 똑같은 어려움, 똑같은 종류의 해결 불가능한 문제와 맞서야 했을 것이다.

●

인간보다는 동물이 되는 것이, 동물보다는 곤충이 되는 것이, 곤충보다는 식물이 되는 것이, 더 낫다. 기타 등등.

구원? 의식의 지배를 약화시키고, 그 절대 권력을 덜어내는 모든 것.

●

다른 사람들이 가지고 있는 결점을 나도 모두 가지고 있다. 그럼에도 불구하고 나는 그들이 하는 모든 행위를 이해하기 힘들다.

●

자연에 의거하여 사물들을 바라보면, 인간은 외부를 향한 채 살아가도록 만들어졌다. 자신의 내면을 보고자 한다면, 인간은 눈을 감아야 하고, 무언가 시도하기를 포기하고, 시간의 흐름으로부터 빠져나와야 한다. 사람들이 '내면적인 삶'이라고 부르는 것은, 우리의 생명 활동이 완만해짐으로써 비로소 가능해져 뒤늦게 나타난 현상이다. '영혼'은 신체 기관의 원활한 작동을 희생시킨 대가로서만 솟아 나오거나 활짝 피어날 수 있었기 때문이다.

●

기후의 아주 작은 변화로도 나의 계획들 — 내 확신까지 그렇다고 말할 생각은 없지만 — 은 차질을 빚게 된다. 매우 굴욕적인 이러한 의존의 형태는 나를 낙담시킬 뿐 아니라, 동시에 내가 자유로울 수 있다는 가능성, 요컨대 자유에 대하여 내게 남아 있던 약간의 환상을 흩어버린다. 습한 날씨와 건조한 날씨의 자비에 좌우될 때 잘난 체하는 것이 무슨 소용이라는 말인가? 그보다 덜 비참한 노예 상태, 다른 성격을 가진 신들이나 바랄 수밖에.

●

자살하는 건 소용없는 일이다. 왜냐하면 사람들은 언제나 너무 늦게 자살하므로.

●

모든 것이 비현실적인 것이라는 것을 절대적인 방식으로 알고 있을 때, 그것을 증명하기 위해 애써야 할 이유가 어디 있는지 우리는 진실로 알지 못한다.

빛이 새벽에서 멀어져 낮을 향해 나아갈수록, 빛은 타락한다. 사라지는 순간이 되어서야 — 석양의 윤리학 — 빛은 속죄한다.

•

불교 경전에서는 '태어남의 심연'에 대한 질문이 종종 나온다. 그것은 분명히 심연이며 구덩이이다. 사람들은 그 심연으로 떨어지는 것이 아니라, 반대로 솟아 올라온다. 그것이 인간의 가장 큰 불행이다.

•

욥과 샹포르[17]에게 고마운 마음으로 다가가는 일은 점점 더 드물어진다, 울부짖음과 독설을 향해 다가가기…….

---

17 Nicolas Sébastien de Chamfort(1741~1794) : 프랑스 작가, 혁명가. 귀족 어머니와 가톨릭 수사 사이에서 사생아로 출생해 입양아로 자랐다. 그러나 문학적 재능이 뛰어나 사교계의 인기 인물이었다. 대혁명기에는 미라보에게 협력했고, 이후 로베스피에르의 공포정치에 항거하다가 투옥의 위기가 닥치자, 끔찍한 방식으로 여러 차례 자살을 시도했으나 모두 실패하고 비참한 상태로 구속되어 몇 달 뒤에 죽었다. 가장 위대한 모럴리스트 중 한 사람으로 여겨지며, 시오랑과 더불어 단문으로 이루어진 아포리즘으로 유명하다. 시오랑, 니체, 그리고 카뮈의 상찬을 받았다. 그를 '혁명기의 모럴리스트'로 평가한 카뮈는 그의 '분노의 순수'를 높이 평가했다.

·

모든 견해, 모든 관점은 어쩔 수 없이 부분적이며, 훼손되어 있고, 불충분하다. 철학에서든, 그 무엇에서든, 독창성은 불완전한 정의로 귀결된다.

·

이른바 관대하다고 하는 우리의 행위들을 잘 생각해보면, 어떤 면에서는 비난의 여지가 있거나 심지어 해롭기까지 하기 때문에, 공연히 실행했다는 후회가 들지 않는 행위는 하나도 없다. 그래서 우리는 결국 포기와 후회 사이에서 하나를 선택하는 수밖에 없다.

·

가장 작은 고행의 폭발적인 힘. 제압된 욕망은 강해지게 한다. 이 세상으로부터 멀어지는 만큼, 그곳에 집착하지 않는 만큼 우리는 이 세상에 대한 장악력을 가지게 된다. 체념은 무한한 힘을 가져다준다.

·

나의 환멸들은 중심을 향해 수렴되어, 체계 안에서, 적어도 하나의 전체 안에서 구성되는 대신 흩어져버린다. 각각의 환멸은 스스로 유일한 것이라고 생각하며, 조직되지 못하고 그렇게 사라져버린다.

●

진보의 이름으로든 또는 지옥의 이름으로든, 우리에게 아부하는 철학과 종교만이 성공한다. 저주를 받았건, 그렇지 않건, 인간은 모든 것의 중심에 있고자 하는 절대적 욕구를 가진다. 그가 인간인 것, 그가 인간이 **된** 것은 오직 그러한 이유 때문이기조차 하다. 어느 날, 인간이 더 이상 그 욕구를 느끼지 않게 된다면, 그는 그보다 더 오만하고 더 미친 동물을 위해 사라져야 할 것이다.

●

그는 객관적 진리들, 논쟁의 고역, 증명된 추론에 혐오감을 느꼈다. 그는 논증을 좋아하지 않았다. 그는 그 누구도 설득하려 애쓰지 않았다. **타인**이란 변증법이 창안해낸 개념이다.

●

시간에게 침범당할수록, 사람들은 그것으로부터 도망치고 싶어 한다. 흠 없는 한 페이지, 아니 한 문장이라도 쓰면, 당신은 생성과 그 부패 위로 들어 올려진다. 우리는 언어를 거쳐, 노쇠함의 상징 그 자체를 거쳐 파괴되지 않는 것을 추구함으로써 죽음을 초월한다.

·

가장 생생한 실패의 순간, 수치심이 우리를 때려눕히려 드는 순간에, 갑자기 미친 듯한 오만이 우리를 사로잡는다. 그것은 오래 지속되지는 않는다. 우리를 비우고, 기운이 빠지게 하고, 우리 힘으로 수치심의 강도強度를 떨어뜨리기에 충분한 시간 만큼만 지속될 뿐이다.

·

사람들이 주장하듯이 죽음이 그렇게 무서운 것이라면, 일정한 시간이 지난 다음, 우리는 어떻게 친구든, 적이든, 그가 누구든, 이제 그만 살게 된 사람이 **행복하다고** 여기게 되는 것일까?

·

나는 여러 차례 가출했었다. 집에 머물러 있으면 어떤 **갑작스러운** 결정을 내려야 할 때, 그것에 저항할 수 없다는 생각이 들었기 때문이다. 거리가 더 안전하다. 왜냐하면 사람들은 거기에서 자신에 대해 덜 생각하기 때문이다. 그리고 거기서는 모든 것이 약화되고 무너진다. 혼란스러움부터 그러하다.

•

모든 것이 잠들고 환자마저 쉬고 있을 때, 잠들지 못한다는 것은 밤샘이라는 병의 특징이다.

•

젊었을 때 사람들은 불구 상태에 대해 어떤 기쁨을 느낀다. 그것은 아주 새롭고 아주 풍요롭게 느껴졌던 것이다! 나이가 들면, 그것은 놀라움을 주지 않는다. 우리는 그것을 너무나 잘 알게 되기 때문이다. 예기치 않은 의심이 없으므로, 참아 내어야 할 가치가 없는 것이다.

•

자아의 가장 내밀한 부분에 호소하고, 작품을 만들어 자신을 드러내기 시작하는 즉시 사람들은 자신에게 재능이 있다고 생각한다. 자신의 부족함에 대해서 무감각해진다. 자신의 깊은 곳에서 솟아오른 것이 아무 가치도 없을지도 모른다는 것을 인정하는 사람은 아무도 없다. 이것이 '자기 인식'일까? 이 용어 안에는 모순이 있다.

오로지 시만이 문제가 되는 이 모든 시들, 시 전체가 시 외의 다른 소재를 가지고 있지 않은 시. 대상이 종교와 같은 것인 기도에 대해 무엇이라고 말해야 할 것인가?

모든 것을 회의하는 정신은 수많은 질문 뒤에 거의 완전한 무기력함에, 무기력한 자가 본능적으로 단번에 정확하게 알아차리는 상황에 도달한다. 무기력함이 천성적으로 타고난 당혹감이 아니라면 무엇이라는 말인가?

내가 가장 필요로 하는 현자 에피쿠로스가 300편 이상의 글을 썼다는 사실은 얼마나 실망스러운 일인지! 그것들이 사라져 전하지 않아서 얼마나 다행인지!

— 아침부터 저녁까지 무엇을 하십니까?
— 나는 나를 견딥니다.

내 어머니가 견뎌내셨던 혼란스러움과 고통에 대해 나의 형은 이렇게 말했다. "늙음이란 자연의 자아비판이다."

●

시예스[18]가 말했다. "사람들이 잘 알아듣는 언어로 말하기 위해서는 술에 취하거나 미쳐야 한다."

나는 이렇게 덧붙여 말할 것이다. "어떤 단어든, 여전히 용감하게 단어들을 사용하기 위해서는 술에 취하거나 미쳐야 한다."

●

위선적인 광신자는 어떤 분야에서든 뛰어난 역량을 발휘할 수 있다. 그러나 작가로 성공하기는 어렵다.

●

언제나 최악의 습격을 받을지도 모른다는 두려움을 지니고

---

18 Emmanuel-Joseph Sieyès(1748~1836) : 가톨릭 사제로 프랑스 정치가이며 헌법 이론가. 프랑스 대혁명 당시에 크게 활약했다. 그의 사상은 인권선언과 혁명 후의 헌법 제도 확립에 큰 영향을 끼쳤다.

살아왔기 때문에, 나는 어떤 상황에서든, 선수를 치려고 노력
했다. 불행이 닥쳐오기 전에 나를 불행 속에 던지는 것이다.

●

사람들은 자산가들, 부와 명예를 누리고 있는 자들에 대한 부
러움으로 가득 차 있으면서도, 기도의 능력이 있는 사람에 대
해서는 질투심을 느끼지 않는다. 사람들이 타인의 구원에 대
해서는 무심하면서, 그가 누리고 있는 어떤 덧없는 이익들을
포기하지 않는다는 것은 이상한 일이다.

●

나는 고백할 수 없는 결핍의 감정들을 가득 지니고 있지 않
은 **흥미로운** 정신의 소유자를 단 한 사람도 만나보지 못했다.

●

상당량의 진부함을 지니고 있지 않은 진정한 예술이란 없다.
지속적인 방식으로 기발함을 사용하는 사람은 빨리 지치게
만든다. 획일적인 예외성처럼 견디기 힘든 것은 없다.

외국어를 사용할 때의 불편한 점은 그 언어를 사용하면서 너무 많은 오류를 저지를 권리가 없다는 사실이다. 그런데 문법적으로 정확하지 않은 문장을 쓰고 ─ 그러나 그런 오류를 남용해서는 안 된다 ─ 매 순간 오류에 가까이 다가가야 글쓰기에 생생한 외양을 부여할 수 있다.

●

물론 무의식적인 방식이기는 하지만, 사람들은 저마다 자신만이 진리를 추구하며, 다른 사람들에게는 진리를 찾을 능력이 없고 진리에 이를 자격이 없다고 믿는다. 이 광기는 너무나 견고하게 뿌리를 내리고 있고 또 너무나 유용한 것이어서, 어느 날 광기가 사라지기라도 한다면 우리 모두 어떻게 될지 상상조차 할 수 없을 지경이다.

●

최초의 사상가는 **왜**라는 질문의 첫 번째 마니아였던 것이 분명하다. 흔하지 않은, 특별한, 전염성이 전혀 없는 강박. 사실 그 질문으로 고통당하는 사람은 많지 않다. 그들은 의문으로 갉아먹히며, 경악 안에서 태어났으므로 주어진 어떤 사실도 받아들이지 못한다.

객관적이라는 것, 그것은 타인을 사물처럼, 시체처럼 다룬다는 것이다. 그것은 타인에 대해 장의사처럼 행동하는 것이다.

●

이 순간은 영원히 사라졌다. 그것은 불가역성의 이름 없는 덩어리 안으로 사라져버렸다. 그것은 영원히 돌아오지 않을 것이다. 나는 그것이 고통스럽지만, 동시에 고통스럽지 않다. 모든 것은 유일한 것이다. ― 그리고 무의미하다.

●

에밀리 브론테. 그녀에게서 발산되는 모든 것은 나를 뒤흔들어놓는 힘이 있다. 하워스[19]는 나의 순례지이다.

●

강을 따라 걷기, 스쳐 지나가기, 물과 함께 흐르기, 편안하게, 서두르지 않고. 죽음이 우리 안에서 그의 되새김질을, 그치지

않는 그의 혼잣말을 계속하는 동안.

●

신에게만 우리를 버릴 특권이 있다. 사람들은 우리를 놓아줄 수 있을 뿐이다.

●

망각하는 능력이 없었다면, 과거는 우리의 현재를 무겁게 짓눌러 우리는 단 한 순간도 더 앞으로 나아갈 힘이 없었을 것이며, 그 순간 안으로 들어가는 것은 더욱 엄두를 낼 수 없었을 것이다. 삶은 천성적으로 가벼운 사람들, 정확하게 말하면 과거를 기억하지 못하는 사람들에게만 견딜 만한 것처럼 보인다.

●

포르피리오스[20]는 플로티노스[21]에게는 사람의 영혼을 읽는

---

20 Porphyrios : 3세기의 고대 그리스 철학자. 플로티노스의 제자. 고대 그리스 종교를 신학적으로 옹호하는 『반(反)기독교론』을 썼다. 그의 저술 『아리스토텔레스 범주론 입문』은 중세 논리학의 교과서 같은 책이다.

21 Plotinos : 알렉산드리아 출신의 고대 그리스 철학자. 신비주의적 플라톤 철학인 신플라톤주의의 대가. 합리주의와 신비주의를 종합한 그의 철학은 중세기 신비주의에 큰 영향을 끼쳤으나, 존재의 작용 기능을 자기 아닌 것을 만들어내는 창조 기능으로 파악한 그의 철학적 직관

능력이 있다고 말했다. 어느 날, 플로티노스는 다짜고짜 제자에게 자살하려고 하지 말고 차라리 여행이나 다녀오라고 말했다. 포르피리오스는 크게 놀랐다. 그는 시칠리아로 떠났다. 그는 그곳에서 우울증을 치료했다. 그러나 그가 덧붙여 한 말에 따르면, 시칠리아 여행은 그에게 큰 회한을 안겨주기도 했다. 그가 없는 동안 스승이 세상을 떠나, 그는 스승의 임종을 지키지 못했던 것이다.

철학자들이 더 이상 영혼을 읽지 못하게 된 지는 오래되었다. 사람들은 그건 그들이 할 일이 아니라고 말할 것이다. 그럴지도 모른다. 그러나 철학자들이 이제 우리에게 거의 중요성이 없는 존재가 되었다는 사실에 대해서도 사람들은 놀라지 않는다.

●

세심하게 공격의 순간을 노리는 암살자처럼, 주의를 기울여 어둠 속에서 준비된 상태로 썼을 때만 작품은 존재할 수 있게 된다. 이 두 경우에, 가장 중요한 것은 일격에 **후려치려는** 의지이다.

의 영향은 철학보다는 예술 분야, 특히 문학에서 지속적으로 나타난다.

•

자아에 대한 인식은 모든 인식 중에서 가장 쓰라린 것이지만, 사람들이 가장 소홀하게 여기는 인식이기도 하다. 착각에 빠져 있는 자기 자신을 현행범으로 아침부터 저녁까지 습격하고, 모든 행위의 근원을 가차 없이 따져서, 자신의 법정에 세우고, 일심, 이심에서 차례차례 패소하는 일이 무슨 소용이 있을까?

•

기억에 구멍이 하나 뚫릴 때마다, 나는 자신이 이제 아무것도 기억하지 못한다는 사실을 **알고 있는** 사람이 느낄 것 같은 고뇌에 대해 생각한다. 그러나 일정한 시간이 지나면 비밀스러운 기쁨이 그들을 사로잡고, 그들은 그 기쁨을 그들의 어떤 기억과도 바꾸지 않을 것이라고 — 기억이 아무리 즐거운 것이라고 해도 — 무엇인가가 나에게 말해준다.

•

가장 초연한 자, 그 누구보다도 모든 것과 무관한 이방인, 무심함을 열광적으로 추구하는 자가 되기만을 열망할 것.

●

서로 모순되는 충동들에 의해 추동推動될수록, 우리는 그중에서 어떤 충동을 따라야 할지 더욱 모르게 된다. **우유부단하다**는 것은 바로 이런 사실 외의 다른 아무것도 아니다.

●

순수한 시간, 맑아진 시간, 사건들, 존재들, 사물들을 벗어난 자유는 밤의 어떤 순간들, 당신이 그 시간이 다가오는 것을 느끼는 그 순간에만 드러난다. 깨달음을 주는 모범적인 재난으로 당신을 데려가려는 것이 그 순간이 가지고 있는 유일한 근심이다.

3

갑자기 모든 사물에 대해 신만큼 알고 있다는 느낌이 든다. 그러나 그 느낌이 앞서의 느낌과 똑같이 갑자기 사라지는 것을 본다.

●

독창적인 사상가들은 사물들에 대해 명상한다. 그렇지 못한 다른 사상가들은 문제들에 대해 명상한다. 정신이 아니라 존재를 대면하여 살아야 한다.

●

"그만 항복하지 않고 무엇을 기다리는가?"— 모든 병은 우리에게 질문으로 가장한 독촉장을 보낸다. 우리는 그 독촉을 못 들은 체한다. 그러면서도 우리는 그런 태도는 너무 낡은 코미디이며, 다음번에는 드디어 용기를 내어 항복하리라고 생각한다.

·

나이가 들어갈수록, 나는 열정적 착란에 점점 덜 반응하게 된다. 나는 이제 차갑게 식은 사화산 같은 사상가들만을 좋아한다.

·

젊은 시절에 나는 죽고 싶을 정도로 권태로웠지만, 나 자신에 대한 믿음을 가지고 있었다. 앞으로 내가 어떤 우스꽝스러운 인간이 될 것인가에 대한 예감은 가지고 있지 않았지만, 그러나 나는 알고 있었다. 어떤 일이 생기든, 혼란스러움이 나를 가만히 내버려두지 않을 것이라는 것. 그것이 섭리와도 같은 정확성과 열정을 가지고 나의 날들을 감시할 것이라는 것.

·

만일 다른 사람의 눈을 가지고 자기 자신을 본다면, 당장 사라져버리고 싶을 것이다.

·

나는 한 이탈리아인 친구에게 이렇게 말한 적이 있다. 라틴족은 너무나 개방적이고 수다스러워서 **비밀이 없다.** 그래서 나는 그들보다는 수줍음으로 번민하는 민족들을 더 좋아하며, 일생 동안 수줍음을 모르고 산 작가의 글은 아무 가치도 없다고. 그가 대답했다. "그 말이 맞습니다. 우리가 책 속에서 체험에 대해 말할 때, 거기에는 강렬함과 여운이 모자라요. 왜냐하면 그 전에 그것에 대해 백 번은 떠들어댔으니까요." 그리고 나서 우리는 살롱들과 고해소들이 넘쳐나는 나라들의 여성 문학이 신비가 결여되어 있다는 사실에 대해 이야기를 나누었다.

●

'신앙의 기쁨'을 자신에게서 빼앗아서는 안 될 것이다, 라고 누군가 이야기했는데, 누구였는지 기억이 나지 않는다.

　종교를 이보다 더 미묘한 방식으로 정당화한 이가 일찍이 있었던가?

●

자신의 열광을 다시 검토하고, 우상들을 바꾸고, **다른 곳에** 기도하고 싶은 이 열망……

●

들판에 드러누워 흙냄새를 맡으며 그것이 바로 우리의 고통스러운 삶의 끝이며 희망이라고 생각한다. 쉬고 흩어져버리기 위해 그보다 더 나은 것을 찾는 것은 헛된 일일 것이다, 라는 생각도 한다.

●

바쁠 때면, 나는 단 한 순간도 그 어떤 것의 그 '의미'에 대해 생각하지 않는다. 내가 지금 하고 있는 일의 '의미'에 대해서는 당연히 더 생각하지 않는다. 모든 것의 비밀이 행위에 있으며, 행동의 포기에 있지 않다는 증거이다. 행동의 포기는 의식을 가지게 만드는 불길한 원인이다.

●

한 세기 후에, 회화, 시, 음악은 어떤 모습을 하고 있을까? 누구도 그것을 상상할 수 없다. 아테네나 로마 몰락 이후처럼, 표현 방식의 쇠진, 그리고 의식 자체의 쇠진으로 인한 긴 정체기가 생겨날 것이다. 인류는 과거와 다시 이어지기 위해 새로운 순진함을 발명해야 할 것이다. 그렇게 하지 못한다면 인류는 결코 예술을 다시 시작할 수 없을 것이다.

너무나 추한 이 성당의 한 샤펠[22] 안에 아들을 안고 지구 위에 우뚝 서 있는 성모상이 있다. 하나의 왕국을 뒤집어엎고 정복한 뒤, 거대주의를 위시한 그 왕국의 찌꺼기를 물려받은 한 공격적 종파.

　•

『조하르』[23]에는 "인간이 태어나자마자 꽃들이 나타났다."라고 기록되어 있다.

　내 생각에는 오히려 꽃들이 인간보다 먼저 존재했던 것 같다. 인간의 출현으로 경악한 꽃들은 아직도 그 경악에서 벗어나지 못한 것처럼 보인다.

　•

클라이스트[24]의 작품을 한 줄만 읽어도, 그가 자살할 수밖에 없었겠다는 생각이 든다. 마치 그의 자살이 작품 창작보다 앞

22　chapelle : 고딕 성당 중앙홀 양옆에 딸려 있는 작은 예배실.

23　*Zohar* : 유대교 신비주의 카발라의 가장 중요한 경전. '빛을 발함'이라는 뜻이다. 모세 오경에 대한 신비주의적 해석이 담겨 있다. 한 권이 아니라 여러 권으로 되어 있다.

24　Bernd Heinrich Wilhelm von Kleist(1777~1811) : 독일의 극작가·소설가. 고전주의로도 낭만주의로도 분류하기 힘든 강렬하고 예리한 문학을 창작했다. 34세에 권총 자살로 생을 마감했다. 『깨어진 항아리』는 독일 희곡의 최고 걸작으로 꼽힌다.

서 이루어진 일인 것처럼.

●

제아무리 기이하고 이상한 서구 사상가들도, 동양에서는 그
들의 모순 때문에 결코 진지하게 받아들여지지 못했을 것이
다. 우리는 바로 그런 점 때문에 그들에게 관심을 가지는 것
인데 말이다. 우리가 좋아하는 것은 사상이 아니라 그것을
둘러싼 이런저런 사건들, 사상의 **전기**^{傳記}, 거기에서 발견되
는 모순과 혼란스러움이다. 요컨대 다른 사람들과 어떻게 조
화를 이루어야 할지 잘 몰라서, 더욱이 자기 자신과는 어떻
게 어울려야 할지 더더욱 몰라서, 숙명성만큼이나 변덕으로
속임수를 쓰는 정신인 것이다. 그들의 뚜렷한 특징은 무엇일
까? 비극성 안에서 가식적이고, 치유 불가능한 것 안에서조
차 살짝 유희를 하고 있는 것 같다는 의구심…….

●

아빌라의 테레사가 『기본론』에서 우울증에 대해 길게 쓰고
있는 것은, 그녀가 우울증이 치료 불가능하다고 생각하고 있
기 때문이다. 그녀는 우울증 치료를 위해 의사들은 아무것
도 할 수 없다고 말한다. 수녀원장이었던 그녀에 따르면 우울
증 환자들을 도울 수 있는 것은 한 가지 방법밖에 없는데, 권
위로 두려워하게 만들고, 위협하고, 겁을 먹게 하는 방법뿐이

다. 이 성녀가 권하는 방법은 오늘날까지도 가장 효과적인 것으로 여겨진다. 사람들은 '우울증 환자'에게는 발길질, 따귀 때리기, 두들겨 패기만이 유일하게 효과 있는 방법인 것 같다고 느낀다. 그것은 '우울증 환자'가 우울증을 끝내야겠다고 결심할 때 하는 행동이기도 하다. 그는 특단의 방법을 선택하는 것이다.

●

삶의 어떤 행위에 관해서건, 정신은 흥을 깨는 사람의 역할을 한다.

●

늘 케케묵은 주제를 되풀이하는 데 지치고, 변화도 놀라움도 없는, 언제나 똑같은 배합에 싫증이 난 원소들이 어떤 기분 전환을 찾는 모습을 우리는 기꺼이 상상한다. 삶은 하나의 여담餘談, 하나의 에피소드에 불과한 것인지도 모른다.

●

행해지는 모든 것은 나에게 해로워 보이거나, 가장 나은 경우라 해도 부질없는 것처럼 보인다. 엄밀하게 말하면, 나는 법석을 떨 수는 있지만, 행동하지는 못한다. 나는 워즈워스가 콜리지[25]에 대해 한 이 말을 잘, 너무나 잘 이해한다. **행동 없는 영원한 활동성** Eternal activity without action.

●

무엇인가가 아직 나에게 가능한 것처럼 보일 때마다, 나는 내가 마법에 걸렸다는 느낌을 받는다.

●

우리가 간접적인 방식으로 하는 유일하고 진지한 고백 ─ 타인들에 대해 말할 때.

●

우리가 어떤 신앙을 선택하는 것은 그것이 진실하기 때문(모든 신앙은 진실하다)이 아니라, 어떤 모호한 힘이 우리를 그 안으로 밀어 넣기 때문이다. 그 힘이 우리를 떠나면, 허탈함과 두려움이 찾아온다. 그리고 우리는 우리 자신에게 남은 것과 일대일로 대면해야 한다.

---

25 Samuel Taylor Coleridge(1772~1834) : 영국의 낭만파 시인이자 문학평론가. 젊은 시절 시대를 선도하는 시인으로 문명(文名)을 날렸으나, 시적 영감이 사라진 후기에는 문학평론으로 전환, 영국 문학사상 가장 뛰어난 문학평론가로 꼽히며, 칸트 이후의 독일 관념론 철학의 동시대적인 소개자로서도 유명하다.

"모든 완벽한 형태의 고유한 특성은 정신이 그것으로부터 즉각적이고 직접적인 방식으로 벗어날 수 있다는 것이다. 반면에 사악한 형태는 정신을 붙잡아 포로로 만든다. 나쁜 거울이 자기 자신 외에는 아무것도 환기시켜주지 않는 것과 같다."

투명성에 대한 이 찬가 ― 지극히 독일적이지 않은 ― 를 쓰면서 클라이스트는 특별히 철학을 염두에 두지는 않았다. 어쨌든 그가 목표했던 것은 철학이 아니다. 그럼에도 불구하고 그것은 철학적 전문용어에 대한 가장 뛰어난 비판이다. 관념들을 반영하기를 원하면서도, 관념들을 희생시켜 그 외형적 형태만을 얻고, 관념들의 본질을 왜곡시키고, 어둡게 만들며, 관념 자체만 돋보이게 만들 뿐인 가짜 언어. 가장 비통한 왕권 찬탈 중 하나로 인하여, 철학적 전문용어는 그것이 눈에 띄어서는 안 되는 영역에서 존재감을 과시하는 스타가 되었다.

●

"오 사탄, 나의 주인이여, 나를 당신에게 영원히 바칩니다!" ― 자신의 피를 못에 찍어서 이 문장을 썼던 수녀의 이름을 잊었다는 사실을 나는 얼마나 아쉬워했는지 모른다. 기도와 간략한 표현의 사화집에 거론되어 마땅한 이름일 텐데 말이다.

의식은 가시보다 훨씬 더 지독한 그 무엇이다. 그것은 살 속에 박히는 **단검**이다.

　　　　　　•

환희를 제외하면, 모든 상태 안에는 잔혹함이 있다. **샤덴프로이데**^{Schadenfreude}, 심술궂은 환희라는 단어는 비논리적이다. 악을 행하는 것은 쾌락이지 환희가 아니다. 환희는 세계에 대한 진정한 유일한 승리다. 그것은 본질에 있어서 순수하기 때문에, 그 자체로서, 그리고 그 드러남 안에서 언제나 수상쩍은 쾌락으로 환원되지 않는다.

　　　　　　•

실패에 의해 끊임없이 변모된 하나의 실존.

　　　　　　•

현자는 모든 것에 동의하는 사람이다. 왜냐하면 그는 그 무엇과도 동일시되지 않기 때문이다. **욕망 없는** 기회주의자.

●

내가 알고 있는 온전히 만족스러운 시에 대한 비전은 단 하나뿐이다. 그것은 에밀리 디킨슨이 '진정한 시 앞에 서면 너무나 큰 차가운 전율에 사로잡혀 이제 어떤 불로도 몸을 덥힐 수 없을 것같이 느껴진다'고 말했을 때, 그녀가 말하는 시에 대한 비전이다.

●

자연의 큰 잘못은 세상에 대한 지배를 단일 체제로 한정시키지 않았다는 사실이다. 식물의 편에서 보면, 모든 것은 훼방꾼이며 불청객처럼 보인다. 태양은 첫 번째 곤충의 탄생이 못마땅했을 수도 있고, 침팬지의 출현에는 어디 다른 곳으로 가버리고 싶었을지도 모른다.

●

늙어갈수록, 사람들이 '문제들'을 제쳐놓은 채 점점 더 자신의 과거를 뒤져내는 이유는, 기억을 헤집는 것이 생각들을 헤집는 것보다 쉽기 때문인지도 모른다.

＊

우리에게 불성실했던 사람들 중에서 우리가 끝까지 용서하지 못하는 사람들은 우리가 실망시켰던 사람들이다.

＊

다른 사람이 하는 일에 대해서 우리는 언제나, 나라면 더 잘할 수 있었을 것이라는 느낌을 갖곤 한다. 그러나 불행하게도, 우리는 우리 자신이 하는 일에 대해서는 같은 느낌을 갖지 않는다.

＊

마호메트가 우리에게 선언했다. "나는 아담이 아직 진흙과 물 사이에 있었을 때, 예언자였다."
…… 하나의 종교를 창시하려는 — 또는 적어도 하나의 종교를 파괴하려는 — 오만을 가지고 있지 않다면, 어떻게 감히 세상에 태어날 용기를 가질 수 있는가?

＊

초극은 배울 수 있는 것이 아니다. 그것은 하나의 문명 안에 기록되어 있는 것이다. 그것은 지향하는 것이 아니라 자신 안에서 발견하는 것이다. 일본에서 18년 동안 선교사로 활동했던 사제의 글을 읽으면서 그런 생각이 들었다. 그는 18년 동안 겨우 60명을 개종시켰을 뿐이다. 게다가 모두 노인들이었다. 그런데 그들마저 마지막 순간에 그에게서 달아났다. 그들은 회한도 고통도 없이, 그 선조들의 후손답게 일본 방식으로 죽었던 것이다. 그 선조들은 몽고인들과의 전투 시대에, 싸움에 익숙해지기 위해서 만물의 허무와 자기 자신의 허무가 몸에 스며들도록 했던 것이다.

●

우리는 드러누운 상태에서만 영원성을 숙고할 수 있다. 그것은 상당 기간 동안 동양인들의 중요한 관심사였다. 그들은 수평 자세를 좋아하지 않았던가?

드러눕는 즉시, 시간을 흐르는 것을, 분초를 헤아리는 것을 멈춘다. 역사는 **서 있는** 종의 산물이다.

직립 동물로서, 인간은 자신의 앞을 바라보는 습관을 가져야 했다. 그 앞은 공간적 앞일 뿐 아니라 시간적 앞이기도 하다. 미래의 근원은 얼마나 보잘것없는 것인가!

●

아무리 진지한 인간 혐오자라 해도 그는 때때로, 침대에 꼼짝도 않고 누워 있던, 이제는 완전히 잊힌 그 늙은 시인을 떠올리게 한다. 그의 동시대인들에게 분노한 그는 다시는 아무도 만나지 않겠다고 선언했다. 그의 아내가 이따금 안쓰러운 마음이 들어 그의 방문을 노크하고는 했다.

●

저술은, 그것이 불충분하고 불완전하다는 것을 알고 있으면서도 더 이상 고칠 수 없을 때 끝난다. 저술에 너무 지쳐서, 비록 꼭 필요한 경우라 해도 쉼표 하나 덧붙일 용기를 내지 못한다. 한 작품의 완성도를 결정하는 것은, 결코 예술이나 진리의 요구가 아니라, 피로다. 더한 경우에는 혐오감이다.

●

아무리 짧은 문장이라 해도, 문장을 쓰는 일에는 창조적 모방이 필요하지만, 아무리 어려운 책이라 해도 그 안으로 들어가기 위해서는 약간의 주의를 기울이는 것으로 충분하다. 우편엽서에 끄적거리는 것이 헤겔의 『정신현상학』을 읽는 것보다 창조적 활동에 더 가깝다.

●

불교는 분노를 '정신의 오염'이라고 한다. 마니교는 '죽음의 나무 뿌리'라고 한다.

나는 그것을 알고 있다. 그런데 그것을 안다는 것이 나에게 무슨 소용이 있는가?

●

그녀는 나와 완전히 무관한 사람이었다. 그런데 많은 세월이 지나, 무슨 일이 생기든 간에, 언젠가는 그녀를 다시는 보지 못하게 될 것이라는 생각이 갑자기 들었다. 그러자 언짢은 기분이 들었다. 우리는 우리와 별 상관이 없는 사람의 모습을 갑자기 떠올리면서 죽음이 무엇인지 비로소 이해하게 된다.

●

예술이 막다른 골목에 접어들수록, 예술가들의 수는 늘어난다. 활기를 잃고 피로해지면, 예술은 불가능해지지만, 동시에 쉬워지기도 한다는 사실을 떠올려보면, 이것은 비정상적인 현상이 아니다.

●

자기 자신의 존재에 대해서, 심지어는 자신이 하는 행위에 대해 책임질 수 있는 사람은 아무도 없다. 이것은 명백한 사실이며 모든 사람들은 정도의 차이는 있으나 그 사실에 동의한다. 그렇다면 왜 칭찬을 하거나 비난을 하는가? 왜냐하면 존재한다는 것은 평가하고 판단을 내리는 것과 같은 의미이며, 기권한다는 것은, 무기력함이나 비겁함의 결과가 아니라면, 엄청난 노력을 요구하는데, 아무도 그렇게 하려고 하지 않기 때문이다.

●

모든 형태의 조급함은, 그것이 선을 향한 것이라고 해도, 어떤 정신적 혼란을 드러낸다.

●

가장 불순한 사유들은 우리의 권태 중간중간에, 우리의 비참함이 스스로에게 선물하는 사치의 순간에 우리의 법석대는 행위들 사이로 불쑥 솟아 올라온 것들이다.

●

거리를 두고 상상적 고통들을 멀리에서 바라보면 가장 현실적인 것들이다. 왜냐하면 우리는 그 고통들이 지속적으로 필요하고, 그것들 없이 살아갈 방법이 없기 때문에 그것들을 만들어내기 때문이다.

●

쓸데없는 짓은 아무것도 하지 않는 것이 현자의 특징이라면, 나처럼 지혜로운 사람은 없을 것이다. 나는 유용한 것들에게 조차 몸을 낮추지 않기 때문이다.

●

타락한 동물, 동물 이하의 동물을 상상하는 것은 불가능하다.

●

인간 이전에 태어날 수 있었더라면!

●

오로지 신을 제대로 정의하는 데에만 전력을 기울였던 그 모든 시대를 나는 경멸할 수 없다. 아무리 애써도 그럴 수 없다.

●

이유 있는 또는 이유 없는 실의를 벗어날 수 있는 가장 효과적인 방법은, 사전을 하나 — 초보 수준을 면하지 못한 외국어 사전이 좋다. — 집어 들고, 단어들을 하나하나 찾아보는 것이다. 그 단어들이 이제 더 이상 사람들이 사용하지 않는 옛날 단어들이라는 사실에 세심한 주의를 기울이면서.

●

끔찍한 일에서 벗어나 살아가고 있는 한, 그 끔찍함을 표현할 수 있는 말들을 찾아낼 수 있다. 그러나 그것을 안에서 체험하는 즉시, 아무 말도 찾아낼 수 없게 된다.

●

슬픔에는 끝이 없다.

●

위로받을 수 없는 어떤 비탄도 지나간다. 그러나 그것이 기원하게 된 바탕은 언제나 남아 있다. 그리고 그 어떤 것도 그것을 제압하지 못한다. 그것은 난공불락이며 영속적이다. 그것은 우리의 **운명** fatum 이다.

보쉬에[26]가 말했듯이, 자연이 '우리에게 빌려준 이 약간의 물질'을 우리에게 남겨주는 데 동의하지 않을 것이라는 사실을 분노와 슬픔 안에서 기억하기.

'이 약간의 물질' — 그것에 관해 오래 생각해보면 고요에, 어떤 평온에 이르게 된다. 그러나 차라리 체험하지 못하는 편이 나았을 그 평온.

●

역설은 장례식에도, 더욱이 결혼식이나 탄생 축하 의식에서도 사용되지 않는다. 불길한 사건들 — 또는 기괴한 사건들 — 은 상투적인 표현을 요구한다. 무서운 것은 고통스러운 일들처럼 틀에 박힌 표현들에나 어울리기 때문이다.

●

아무리 환상에서 깨어난 사람이라고 해도, 아무 희망도 없이 사는 것은 불가능하다. 사람들은 자기도 모르게 늘 한 가지 정도의 희망은 품고 있다. 그리고 이 무의식적 희망이, 사

---

26   Jacques-Bénigne Bossuet(1627~1704) : 루이 14세 때 활약한 프랑스의 신학자·정치학자. 가톨릭 주교로 유명한 웅변가였으며, 왕자의 스승 역할을 하기도 했다. 프랑스 교회의 독립과 절대왕권을 변호하는 왕권신수설을 주장했다.

람들이 거부해버렸거나 소진시켜버린 다른 희망들을 보상해
준다.

●

살아온 시간이 쌓여갈수록, 사람은 자신의 사라짐이 일어날
개연성이 전혀 없는 먼 훗날의 사건인 것처럼 이야기한다. 그
는 세월의 주름에 너무나 꽉 사로잡혀, 그로 인해 죽음에 적
합하지 않은 사람이 되어버린다.

●

어떤 맹인 한 사람, 가짜가 아닌 진짜 맹인 한 사람이 손을 내
밀었다. 그의 경직된 태도 안에는, 숨을 쉴 수 없게 할 만큼
당신을 감동시키는 무엇인가가 있다. 그는 당신에게 자신의
눈멂을 건네준 것이다.

●

우리는 어린이들과 미치광이들에게만 우리에게 솔직하게 대
하는 것을 허락해준다. 언감생심, 그들을 흉내 내려는 다른
사람들은 조만간 그 행동을 뉘우치게 될 것이다.

'행복해지기' 위해서는, 우리가 빠져나온 불행의 이미지를 머릿속에 늘 간직하고 있어야 할 것이다. 기억으로서는 그것이 자신을 구하는 한 가지 방법일지도 모른다. 기억은 통상적으로는 닥쳐왔던 불행만을 간직하고 있으면서, 행복을 짓이기는 데 열심히 몰두하고, 그리고 그 일을 놀라울 정도로 잘해내기 때문이다.

　

잠 못 이루고 밤을 하얗게 지새운 다음 날엔, 지나가는 행인들이 자동인형처럼 보인다. 숨을 쉬면서 걷고 있는 것처럼 보이는 사람은 아무도 없다. 전부 용수철로 움직이는 것 같다. 자연스러운 것은 아무것도 없다. 기계적인 미소, 유령의 몸짓. 나 자신도 유령이다. 그런데 다른 사람들에게서 어떻게 살아 있는 사람들의 모습을 볼 수 있겠는가?

　

불모의 존재 ─ 숱한 감각을 가지고 있는데도! 끊임없이 쓰여지는 언어 없는 시.

●

이유 없는 순수 피로, 선물 또는 재난처럼 들이닥치는 피로. 나는 그 피로에 의해 나의 자아를 재통합한다. 그리고 내가 '나'라는 것을 안다. 피로가 사라지면, 나는 생명력이 없는 사물에 지나지 않게 된다.

●

민속 안에 남아 있는 모든 것은 기독교 이전 시대로부터 온 것이다. — 우리 안에 생생하게 살아 있는 모든 것도 마찬가지다.

●

우스꽝스러운 것을 두려워하는 사람은 선에 있어서도 악에 있어서도 결코 멀리까지 가지 못한다. 그는 자신의 재능을 발휘할 수 없을 것이며, 천재성을 가진 경우라고 해도 범상한 수준에 머물러 있게 될 것이다.

●

"가장 집중적으로 활동하고 있는 중에도 잠시 활동을 멈추고 당신의 정신을 '바라보십시오.'" — 이 조언은 밤낮으로 자신의 정신을 '바라보는' 사람들, 그러므로 한순간도 활동을 유예시킬 필요가 없는 사람들을 위한 것은 아니다. 그들은 어떤 활동도 하고 있지 않으므로 활동을 유예시킬 이유는 당연히 없다.

●

고독 속에서, **신을 대면하여** 생각한 것만이 지속력을 가진다. 신을 믿건 믿지 않건 상관없이.

●

음악에 대한 열정은 그 자체로 이미 **고백**이다. 우리는 우리가 늘 스쳐 지나가는 음악에 무감각한 사람보다 음악에 열광하는 어떤 낯선 사람에 대해 더 많은 것을 안다.

●

반추의 경향이 없는 명상이란 전혀 존재하지 않는다.

●

신의 인도를 받고 있는 동안, 인간은 천천히 앞으로 나아갔다. 인간은 자신이 앞으로 나아가고 있다는 사실조차 알아차리지 못할 정도로 천천히 전진했다. 그가 그 누구의 그늘 안에서도 살지 않게 된 이후로, 그는 서두르고, 서두르고 있다는 사실에 대해 슬퍼하고, 어떻게 해서든지 옛날의 속도를 되찾고 싶어 한다.

　　　　　　　●

우리는 태어날 때, 훗날 우리가 죽게 될 때 잃어버리게 되는 것만큼 이미 잃어버렸다. 우리는 태어나면서 모든 것을 잃었다.

　　　　　　　●

만족 — 나는 지금 이 순간 이 단어를 말한다, 그런데 벌써 그것이 무엇에 대한 것이었는지 알 수 없게 되어버린다. 그만큼 이 단어는 내가 느끼고 생각하는 모든 것, 내가 좋아하고 증오하는 모든 것에, 만족 그 자체에 적용된다.

　　　　　　　●

나는 아무도 죽이지 않았다. 그러나 나는 그보다 더한 짓을 했다. 나는 가능성을 죽였다. 맥베스처럼, 내게 가장 필요한 것은 기도하는 것이다. 그러나 맥베스처럼, 나는 **아멘**이라고 말할 수 없다.

4

아무도 맞지 않는 주먹을 휘두르고, 세상 전체를 공격해도 아무도 알아차리지 못하고, 자신만을 맞히는 독화살을 쏘아댄다는 것!

●

내가 언제나 되는 대로 모질게 굴었어도, X는 나를 원망하지 않는다. 그는 아무도 원망하지 않는다. 그는 모든 모욕을 용서하고, 단 하나도 기억하지 않는다. 그가 얼마나 부러운지! 그에게 필적하려면 나는 몇 번의 생을 더 살고, 나의 모든 윤회 가능성을 소진시켜야 할 것이다.

●

자전거로 몇 달에 걸친 프랑스 일주 여행을 했을 때, 나의 가장 큰 기쁨은 시골 묘지에 멈추어 서서, 두 개의 무덤 사이에 길게 몸을 눕히고, 몇 시간씩이나 담배를 피우는 것이었다. 나는 그

때가 내 생애 안에서 가장 활동적인 시기였다고 생각한다.

●

장례식에서 울부짖는 관습을 가진 나라에서 온 사람이 어떻게 자신을 통제할 수 있는가? 어떻게 자기 자신의 주인이 될 수 있다는 말인가?

●

어떤 날 아침에는 집 밖으로 나서자마자 내 이름을 부르는 목소리가 들린다. 나는 정말 나인가? 그것이 정말 내 이름인가? 사실 그 이름은 '나'라고 불리는 '그'이다. 그 이름은 공기를 가득 채우고, 지나가는 사람들의 입술 위에 있다. 모든 사람들이 그 이름을 발음한다. 우체국의 가까운 공중전화 부스에 있는 저 여자도.

　잠 못 이루는 밤들은 마지막으로 남아 있는 우리의 양식과 겸손의 부스러기마저 삼켜버린다. 그러고는 남들에게 우습게 보일지 모른다는 두려움 때문에 정신을 차리지 않는다면, 우리는 이성을 잃어버리게 될지도 모른다.

●

기름칠을 한 것처럼 번들거리는, 금속으로 만들어진 듯한 그의 냉혹한 시선, 그의 비굴함, 노골적인 술책, 기이할 정도로 뻔히 드러나 보이는 위선, 끊임없는 그리고 뻔한 속임수, 이 불량배와 미치광이를 반반 섞어놓은 듯한 사람 앞에서 내가 느끼는 호기심과 혐오감, 그리고 또한 두려움. 벌건 대낮에 드러내는 협잡과 비열함. 그의 모든 몸짓, 그가 하는 모든 말 안에서 그의 거짓됨이 드러난다. 그러나 이 단어는 정확하지 않다. 왜냐하면 거짓됨은 진실을 숨기는 것이기 때문에, 그것은 진실을 안다는 의미이다. 그러나 그에게서는 진실의 어떤 흔적도, 진실에 대한 생각도, 의구심도 없다. 게다가 거짓에 대한 흔적도, 생각도, 의구심도 없다. 오로지 **타산적인** 광기 외에는 아무것도 없다.

●

자정 무렵에, 거리에서 한 여성이 울면서 나에게 다가왔다. "그들이 제 남편을 죽였어요. 프랑스는 구역질이 나요. 다행히도 나는 브르타뉴 여자[27]예요. 그들이 내 아이들을 잡아갔고, 여섯 달 동안이나 나에게 마약을 먹였어요……."

그녀가 미친 여자라는 것을 금방 알아차리지 못했기 때문에, 그녀의 슬픔은 진실해 보였다(그런데 어떤 의미로는 그것은 진실했다), 나는 족히 반 시간은 되는 시간 동안, 그녀가 혼잣말을

---

[27] 브르타뉴는 프랑스의 한 지방이지만 이 지방 사람들은 자신들의 기원에 대해 독립적 인식을 상당히 간직하고 있는 편이다. 프랑스 전역에서 켈트 문화가 가장 많이 보존되어 있는 지역이기도 하다.

하도록 내버려두었다. 말을 하자 그녀는 기분이 좋아졌다. 그러고 나서 나는 그녀를 떠났다. 그녀와 나는 어쩌면 별로 다르지 않을지도 모른다고 생각하면서. 만일 내 차례가 되어, 처음으로 만나는 사람에게 내가 넋두리를 늘어놓기 시작한다면 말이다.

●

동방의 어느 나라에서 온 교수 한 사람이 나에게 들려준 말에 따르면, 농부인 그의 어머니는 그가 불면증 때문에 고생한다는 사실을 알고 크게 놀랐다고 한다. 잠이 오지 않으면, 그녀는 바람이 물결치는 넓은 밀밭을 떠올려본다고 한다. 그러면 바로 잠이 든다는 것이다.

　도시의 이미지로는 그와 같은 결과에 도달할 수 없다. 도시에서 사는 사람이 눈을 감고 잠들 수 있다는 사실은 설명 불가능하고, 기적 같은 일이다.

●

그 술집에는 마을 끝에 있는 요양원에 사는 노인들이 드나든다. 그들은 술잔을 손에 들고 아무 말도 하지 않고 서로 바라본다. 그들 중 한 사람이 무언가 알 수 없는 농담을 하려고 말을 시작한다. 그러나 아무도 그의 말을 듣지 않고, 어떤 경우에도 웃지 않는다. 모두들 오랜 시간 동안 열심히 일한 결과 그런 상태에 도달했던 것이다. 옛날 시골에서라면 그들을 베개로 질식시켜 죽였을 것이다. 그것은 모든 가정에서 사용하는 지혜로운 조치였다. 그들을 한 울타리 안에 모아놓고 꼼짝 못 하게 하고, 마비로 그들의 권태를 치유하는 것과는 비교할 수 없이 인간적인 방식이다.

●

성서의 기록을 믿는다면, 최초의 도시를 세운 사람은 카인이다. 보쉬에의 지적에 따르면, 그가 도시를 세운 이유는 **회한을 떨쳐버리기** 위해서였다.

정곡을 찌르는 정확한 판단이다! 밤중에 도시를 돌아다니면서 그 판단이 얼마나 정확한 것인지 나는 얼마나 여러 차례 느꼈던가!

●

어느 날 밤, 캄캄한 어둠 속에서 계단을 올라가다가 나는 외부와 내면에서 솟아나는 어떤 막강한 힘에 사로잡혔다. 한 발자국도 더 앞으로 내디딜 수 없어서 나는 돌처럼 굳은 채 그 자리에 못 박힌 듯 서버렸다. **불가능함** ─ 너무나 익숙한 이 단어가, 평소에 사용했던 것과는 다른 방식으로 다가와, 나를, 그리고 그에 못지않게 그 단어 자체를 밝혀주었다. 이 단어는 너무나 여러 번 나를 구원해주었던 단어지만, 그러나 이

번에는 달랐다. 나는 그것이 무엇을 의미하는지 드디어 영원히 이해했다……

●

내가 예전에 호텔 미화원이었던 어떤 여성에게 "잘 지내셔요?"[28] 하고 인사하자, 그녀는 즉각 "세월이야 저 갈 대로 가지요."라고 대답했다. 이 케케묵고 진부한 대답이 너무나 재미있어서 나는 눈물이 날 정도로 웃었다.

운명, 변화, **흐름**과 관련된 어법들은, 그것이 낡은 것일수록 때로 계시의 수준에 이른다. 그러나 그런 표현들이 예외적인 상태를 만들어내는 것은 아니다. 우리가 그 사실을 알지 못한 채 그 상태에 있게 된다는 것, 하나의 기호 또는 어떤 계기만으로도 비범한 것이 충분히 생성될 수 있다는 것, 그것이 사실이다.

●

내가 초등학교에 다닐 때 우리 가족은 시골에서 살았는데, 한 가지 중요한 사실은 내가 부모님과 한방에서 잤다는 것이다. 밤이 되면 아버지는 어머니에게 책을 읽어주는 습관이 있었

---

28 '잘 지내세요(ça va)?'는 문자 그대로는 '그것은 갑니까?'라는 의미. 미화원의 대답 "Ça suit son cours."는 직역하면 '그것은 자기 흐름을 따라간다'는 뜻. 여기서 Ça(그것)는 거창하게 이해하면 '운명'이라고 풀이할 수 있을 것 같다.

다. 정교회 사제였지만, 아버지는 아무 책이나 다 읽었다. 아마도, 내가 나이가 어려서 책의 내용을 이해하지 못할 거라고 생각했던 것 같다. 보통 나는 아버지의 낭독을 듣지 않고 잠이 들곤 했다. 그러나 재미있는 이야기를 읽을 때는 예외였다. 어느 날 밤, 나는 귀를 쫑긋 세우고 있었다. 그것은 라스푸틴[29]의 전기였다. 죽음이 임박하자, 라스푸틴은 아들을 불러 이렇게 말했다.

"상트페테르부르크에 가서 도시의 지배자를 찾아가라. 그 무엇이나 그 누구 앞에서도 뒤로 물러서지 말아라. 왜냐하면 **신이란 늙은 돼지니까.**"

아버지에게 성직이란 농담거리가 아니었다. 그런 아버지의 입에서 나온 그 엄청난 단어는 나에게 화재나 지진만큼이나 강렬한 인상을 주었다. 벌써 50년도 더 된 일이지만 나는 내가 그 놀라움 뒤에 기이한 쾌감 — 감히 사악하다고까지는 말할 생각이 없지만 — 을 느꼈었다는 사실을 아주 생생하게 기억하고 있다.

---

29 Grigorii Efimovich Rasputin(1869~1916) : 제정러시아 말기의 러시아 정교회 수도사이며 심령술사. 특별한 치유 능력으로 인해 러시아 황제 니콜라이 2세의 신임을 얻어 권력을 전횡했다. 러시아 혁명기에 왕정 반대 세력의 정치적 표적이 되었다. 1916년 유스포프 공작에게 암살되었다. 그는 제정 러시아를 몰락시킨 주범으로 꼽힌다. 기이한 용모와 특이한 능력으로 '요사스러운 수도사'의 대명사로 불리며 괴물처럼 묘사되지만, 서구 사회의 러시아 공포에 의해 과장된 측면이 많다는 평가를 받는다. 러시아 정교회에서는 기혼자도 사제가 될 수 있는데, 라스푸틴은 결혼 후 수도를 시작한 경우이다.

세월이 흘러가는 동안, 나는 두세 가지 종교 안으로 꽤 깊이 들어가 보았다. 그러나 매번 '개종' 직전에 뒤로 물러났다. 나 자신에게 거짓말을 하게 될지도 모른다는 두려움 때문이었다. 내가 보기에는, 그중 어떤 종교도 복수야말로 존재하는 모든 욕구들 중에서 가장 강하고 깊은 욕구이며, 사람들은 비록 말로 하는 것에 불과할지라도 그 욕구를 충족시켜야 한다는 사실을 인정할 정도로 자유롭지 않았다. 그 욕구를 억누르면, 사람들은 심각한 혼란에 노출된다. 너무나 오랫동안 지연시킨 복수로 인해 여러 가지 불균형이 생겨난다 — 어쩌면 모든 불균형이라고 할 수도 있다. 억눌러놓은 분노가 촉발시키는 불안보다 더 **불건전한** 불안은 없다.

영안실에서의 철학. "내 조카는 성공하지 못했어요. 그건 분명해요. 성공했다면, 다른 결말을 맞았을 거예요." 내가 그 뚱뚱한 아주머니에게 대답했다. "부인, 성공했든 성공하지 못했든 다 마찬가지예요." 그녀는 잠깐 생각하더니, "그 말이 맞네요."라고 대답했다. 그런 평범한 아주머니로부터 예상치 못했던 동의를 얻었을 때 나는 친구의 죽음만큼이나 큰 마음의 동요를 느꼈다.

결점이 있는 사람들……. 나에게는 그들의 **모험**이 다른 어떤 모험보다도 미래에 빛을 던져주며, 미래를 어느 정도 예견하고, 해독할 수 있게 해주는 것처럼 보인다. 그들이 그들의 결점을 통해 알게 해준 사실들을 배제시키면, 우리는 앞으로 다가올 미래를 **예견하기에** 영원히 부적절한 사람이 되어버린다.

●

— N이 아무것도 쓰지 않았던 것은 유감스러운 일입니다. 당신은 나에게 그렇게 말하곤 했었지요.

— 아무려면 어떻습니까. 그는 살아 있습니다. 그가 책을 써내서 자아를 '실현하는' 불운을 가졌더라면 우리는 지금처럼 한 시간 전부터 그에 대해 말하고 있지 않았을 것입니다. 누군가가 된다는 것은 작품을 만들어내는 것보다 더 누리기 어려운 이득입니다. 무언가 만들어내는 건 쉬운 일입니다. 어려운 건 자신의 재능을 사용하는 걸 우습게 여기는 것이지요.

●

영화가 상영되고 있다. 똑같은 장면이 몇 번씩이나 되풀이된다. 시골 사람임이 분명해 보이는 어떤 관객이 너무나 놀라서 말한다. "다시는 극장에 오나 봐라."

그 이면을 들여다보고 그 비밀을 알아버린 모든 것들에 대해 우리도 같은 방식으로 반응할 수 있을 것이다. 그러나 산부인과 의사들은 기이한 몽환 상태에 빠져 그들의 여성 환자들에게 몰입하며, 무덤 파는 인부들은 아이들을 만들어내고, 불치병 환자들은 많은 앞날의 계획들을 세우고, 회의주의자들은 글을 쓴다……

●

랍비의 아들 T는 이 유례없는 박해의 시대에 공동체가 택하고, 유대교 회당에서 읊어질 수 있는 **독창적인** 어떤 기도도 생겨나지 않았다는 사실에 대해 한탄한다. 나는 그 일 때문에 슬퍼하고 걱정하는 것은 잘못이라고 말하며 그를 안심시켜주었다. 거대한 재앙은 문학적인 차원에도 종교적인 차원에도 아무것도 가져다주지 않는다. 어중간한 불행만이 풍요로운 결과를 가져다준다. 왜냐하면 그런 불행은 출발점이 되지만, 반면에 너무 완벽한 지옥은 천국처럼 거의 불모이기 때문이다.

●

나는 스무 살이었다. 모든 것이 힘겨웠다. 어느 날 나는 "더 이상은 할 수 없어."라고 말하며 소파 위에 무너지듯 주저앉았다.

내가 여러 날 밤잠을 이루지 못하는 것을 보고 너무 걱정하던 어머니는 나의 '안식'을 위해 미사를 올리고 왔다고 내게 말했다. 나는 **한 번이 아니라 삼만 번** 미사를 올려달라고 외치고 싶었다. 그것은 카를 5세[30]가 영원한 안식을 위해 그의 유언에서 언급했던 숫자다. 카를 5세가 그 숫자를 언급했던 것은 사실이다.

●

나는 25년 후에 우연히 그를 다시 만났다. 그는 변하지 않은 옛 모습 그대로였고, 그 어느 때보다도 더 싱싱해 보였다. 청소년기로 도로 돌아간 것처럼 보이기까지 했다.

그는 어디에 숨어 있었던 걸까? 그리고 세월의 작용에서 도망치기 위해, 찡그린 자국과 주름살을 피하기 위해서 어떤 일을 꾸몄던 걸까? 어쨌든 살기는 했다면, 어떻게 살았던 걸까? 차라리 유령 같았다. 속임수를 쓴 것이 분명하다. 산 자의 의무를 다하지 않았고, 삶이라는 게임을 하지 않았다. 그는 유령이다, 그리고 새치기꾼이다. 나는 그의 얼굴 위에서 어떤

---

30 카를 5세(Karl V, 1500~1558. 재위 1516~1556) : 신성로마제국의 황제. 프랑스를 제외한 유럽 대륙 거의 전체가 그의 영토였다. 독실한 가톨릭 신자로 그의 재위 중에 있었던 루터의 종교개혁의 확산을 차단하려고 노력했으나 성공하지 못했다. 그러나 종교개혁에 맞선 가톨릭 교회의 개혁에서 주도적 역할을 수행했다. 오랫동안 통풍으로 시달려온 그는 말년(1556, 56세)에 스스로 왕위에서 물러나 스페인의 유스테 수도원에 은거하여 생활하다가 세상을 떠났다.

파괴의 징후도 발견하지 못했다. 나는 그의 얼굴에서 그가 유령이 아니라 현실적인 존재, 한 사람의 개인이라는 것을 증명해주는 어떤 파괴의 징조도, 표지도 찾아낼 수 없다. 그에게 뭐라고 말해야 할지 모르겠다. 나는 거북했고, 심지어는 두렵기까지 했다. 그만큼 시간을 벗어난 또는 다만 감춘 것에 불과한 것인지도 모르는 누군가는 우리를 당황하게 만든다.

●

루마니아의 고향 마을에서 어린 시절의 추억에 대한 글을 쓰고 있었던 D.C.는 이웃에 사는 코만이라는 농부에게 그 책 안에서 그에 관한 이야기도 잊지 않고 쓰겠다고 말했다. 코만은 다음 날 아침 일찍 그를 찾아와 말했다. "나는 내가 별 볼일 없는 인간이라는 걸 알아. 하지만 누군가가 책 속에서 내 이야기를 할 만큼 형편없이 몰락했다고는 생각지 않아."

문자 이전의 구비口碑 세계는 우리의 세계보다 얼마나 더 우월한 세계였을까! 글에 대한 혐오를 지니고 있는 동안 존재들(민족들이라고 말해야 할 것이다)은 진실함 안에 머물러 있다. 글이라는 편견을 붙잡자마자, 그들은 거짓 안으로 들어왔다. 그들은 옛 미신을 잃어버리고, 다른 모든 것들을 합친 것보다도 더 나쁜 새로운 미신을 얻은 것이다.

●

자리에서 일어날 수 없어서, 침대에 못 박힌 듯이 누워서 나는 기억의 변덕에 나를 맡긴다. 어린아이인 내가 카르파티아산맥[31]에서 방랑하고 있는 모습이 보인다. 어느 날 우연히 나는 주인이 나무에 묶어놓은 개 한 마리를 만났다. 아마도 치워버릴 생각이었던 것 같다. 개는 너무 말라서 뼈가 다 드러나 있었고, 생명이 전부 빠져나가 버려 꼼짝도 하지 못했고, 나를 바라볼 힘도 없었다. 그럼에도 불구하고 서 **있었다**, 그녀석은······.

●

내가 알지 못하는 사람이 내게 와서 누군가를 죽였다고 말한다. 그는 경찰의 추격을 받지 않는다. 왜냐하면 아무도 그를 의심하지 않기 때문이다. 그가 살인자라는 사실을 알고 있는 사람은 나 하나뿐이다. 어떻게 해야 할까? 나는 용기도 없고 그를 고발하러 갈 만큼 비열하지도 않다(왜냐하면 그가 나에게 비밀을 털어놓았으므로. 그런데 그게 얼마나 엄청난 비밀인가!). 나는 그의 공범이 된 것처럼 느낀다. 그래서 체포되어 벌을 받기로 체념한다. 동시에 그건 너무 멍청한 짓이라는 생각도 든다. 어쩌면

---

31 루마니아 동쪽(유럽 중부)에 있는 높은 산맥. 이 산맥의 서쪽은 알프스의 일부를 이룬다. 지질학적으로 알프스산맥과 기원이 같다. 최고봉은 게를라호프스키산(2,655미터, 슬로바키아)이다.

내가 그를 고발하게 될지도 모른다. 그것이 잠에서 깰 때까지 있었던 일이다.

결단을 내리지 못하고 망설이는 것이 우유부단한 사람들의 특징이다. 그들은 살아가면서 아무것도 칼같이 정리하지 못한다. 꿈속에서는 더더욱 그러하다. 망설임, 비겁함, 조심하기가 계속된다. 그들은 악몽에 딱 맞는 사람들이다.

●

야생동물에 관한 영화 한 편. 어떤 기후에서 살고 있든 야생동물들은 언제나 잔인하다. 자연은 자기 자신과 자신의 작품에 대해 자부심을 가지고 있는 천재적인 사형집행자이다. 그러한 자연이 의기양양해하는 것은 당연하다. 매 순간, 살아 있는 모든 것은 공포에 떨고 있고, 다른 것들을 떨게 만든다. 자비심은 가장 사악하고 가장 사나운 존재만이 자신을 벌주고 고문하기 위해 생각해낼 수 있는 괴이한 사치이다. 자신을 벌하는 방법 역시 잔인함이다.

●

교회 입구에 붙어 있는 〈푸가의 기법〉[32] 공연을 알리는 포스

---

32 요한 제바스티안 바흐의 최후의 미완성 대작(BWV 1080). 1748~1749년에 작곡했으나, 바흐가 1749년에 실명했고 1750년에 사망하여 미완성으로 남았다. 단일 주제와 그 변주로 이루어진 15곡의 푸가와 4곡의 카논. 대위법 출현 이후 수백 년 만에 실현된 대위법의 총결산으

터 위에 누군가 큰 글씨로 **신은 죽었다**라고 써놓았다. 그런데 그 낙서는 음악가를 야유하고 있다. 음악가는 신이 죽었다는 가정하에 그가 부활할 수 있다는 것을 증언한다. 바로 우리가 어떤 칸타타나 푸가를 듣는 동안에 말이다!

·

우리는 한 시간 이상 함께 시간을 보냈다. 그는 그 시간을 자신을 과시하는 데 이용했다. 그는 자신에 대한 흥미로운 일들을 이야기하고 싶어 안달이 나 있었는데, 결국 그 일에 성공했다. 그가 분별 있는 방식으로 자기 자랑을 적당히 했더라면, 나는 몇 분 지나지 않아 그를 떠났을 것이다. 허풍을 떨어대면서, 광대의 역할을 잘 수행했기 때문에, 그는 재치 가까이 다가갔으며, 거의 그것에 이를 뻔했다. 섬세해 보이고자 하는 욕망은 섬세함을 해치지 않는다. 정신적으로 허약한 사람은, 그가 사람들을 놀라게 하고 싶다는 욕망을 느낄 수 있다면, 변화를 가져올 수도 있고, 지성에 도달하는 것마저 가능하다.

·

족장이 될 수 있는 지긋한 나이를 지난 X는 나와 오랫동안

로 꼽힌다.

머리를 맞대고 앉아, 이 사람 저 사람에 대한 험담을 열심히 늘어놓은 다음, 나에게 말했다. "내 인생의 큰 약점은 아무도 미워하지 않았다는 사실인 듯하네."

증오는 세월과 더불어 줄어들지 않는다. 오히려 더 커진다. 노망이 든 사람의 증오는 거의 상상하기 힘든 정도에 이른다. 그는 옛날에 지녔던 애정에는 무감각해지며, 그의 모든 능력을 그의 원한에만 사용한다. 그 원한들은 기적적으로 활기를 되찾고, 그의 기억력, 심지어는 그의 이성이 쇠퇴한 뒤에도 살아남을 것이다.

…… 노인들과 만날 때 우리가 겪게 되는 위험은, 초탈에서 그토록 멀리 떨어져 있고, 또 거기에 다가갈 능력을 전혀 가지고 있지 못한 그들의 모습을 보면서, 그들이 가져 마땅한, 그러나 가지고 있지 못한 장점들을 우리가 가지고 있다고 착각하는 것이다. 무기력과 혐오감에 있어서 우리가 그들보다 낫다고 생각하는 것은, 그것이 사실이든 아니든, 오만을 부추긴다.

●

모든 가정마다 나름의 철학이 있다. 젊은 나이에 죽은 내 사촌 하나는 나에게 이렇게 써 보냈었다. "모든 것은 그것이 전에 그러했던 것과 똑같다. 아마도 아무도 없을 때까지도 그럴 것이다."

나의 어머니는 나에게 보낸 유언장 같은 편지 한 문장을 통해 마지막 말씀을 남겼다. "인간은 무엇을 시도하든, 조만간 후회하게 될 것이다."

따라서 나는 이 회한의 악덕을 나 자신의 좌절을 통해 얻었다고 자랑할 수조차 없다. 그것은 나를 앞서 있었고, 나의 종족이 남긴 유산의 일부이다. 환상을 가지기에 부적절한 성정이라니, 대단한 유산이 아닌가!

●

내 고향 마을에서 몇 킬로미터 떨어진 곳에 집시들만 사는, 높은 곳에 새 둥지처럼 올라앉은 작은 마을이 하나 있었다. 1910년에 아마추어 민속학자 한 사람이 사진가 한 사람을 대동하고 그 마을을 방문했다. 그는 마을 사람들을 모이게 하는 데 성공했고, 사람들은 사진을 찍는 것이 무엇을 의미하는지 까맣게 모르는 채로, 사진을 찍는 데 동의했다. 그런데 사진사가 그들에게 움직이지 말라고 요구하는 순간, 한 노파가 외쳤다. "조심해요! 저 사람들은 지금 우리 영혼을 훔치고 있는 거예요!" 그러자 집시들이 모두 두 방문객에게 덤벼들었고, 그들은 큰 곤욕을 치르고 그 상황을 벗어났다.

반쯤 야만 상태인 이 집시들은 인도를 나타냈던 것이 아닐까? 인도는 그들의 기원이다. 이 경우에, 인도는 그들을 통해 말하고 있는 것이다.

·

조상에 대해 끊임없이 반발하면서 나는 평생 내가 아닌 다른 사람이 되기를 원했다. 스페인 사람이든, 러시아 사람이든, 식인종이든 — 내가 나인 것만 제외하면 어떤 종족이든 상관없었다. 자기 자신이 아닌 다른 사람이 되고 싶어 하는 것, 자신의 조건을 제외한 모든 조건들과 이론적으로 결합하기를 원하는 것은 착란이다.

·

어느 날 산스크리트어로 절대를 지칭하는 거의 모든 단어들의 목록을 읽었다. 나는 내가 길을 잘못 들었다는 것, 조국과 언어를 잘못 선택했다는 것을 깨달았다.

·

몇 년인지 알 수 없는 아주 오랜 세월 동안 아무 소식도 없었던 나의 여자 친구 하나가 내게 편지를 보냈다. 그녀에게 살날이 얼마 남지 않았으며, 그녀가 '미지의 나라로 들어갈' 준비를 마쳤다는 내용이었다. 이 상투적인 표현 때문에 나는 멈칫했다. 죽음을 거쳐, **무엇 안으로** 들어간다는 것인지 나는 잘 모르겠다. 내가 보기에 이 모든 주장은 기만적이다. 죽음은 하나의 상태가 아니며, 상태의 이행조차 아닌 것 같다. 그

럼 그것은 무엇인가? 그런데 이제 나는 어떤 상투적인 표현
으로 그 여자 친구에게 답장을 보내야 하는 걸까?

●

같은 주제, 같은 사건에 대해, 하루 사이에도 열 번, 스무 번,
서른 번 생각을 바꾸게 되는 적이 있다. 그런데 생각을 바꿀
때마다 세상에서 제일 형편없는 사기꾼처럼, 나는 용감하게
도 '진실'이라는 단어를 입 밖에 낸다!

●

아직 건강해 보이는 여자가 그녀의 남편을 끌고 간다. 그는 키
가 크고 구부정하고 두 눈은 겁에 질려 있다. 여자는 다른 시대
의 유물처럼, 뇌졸중에 걸린 가엾은 공룡처럼 그를 끌고 간다.
　한 시간 후에, 두 번째 만남. 옷을 아주 잘 차려입은, 허리가
완전히 굽은 노파 한 사람이 '앞으로 나아가고' 있었다. 완전
한 반원을 이루고 있는 그녀는, 어쩔 수 없이, 바닥을 바라보
고 있다. 상상할 수 없을 정도로 느린 자신의 발걸음을 헤아
리고 있는 것 같다. 걸음마를 배우고 있는 아기처럼 보인다.
그녀는 움직이기 위해서 자신의 발걸음을 어디에, 그리고 어
떻게 두어야 할지 몰라서 겁을 내고 있는 것 같다.
　…… 나를 부처에게 가까이 다가가게 해주는 모든 것은 나
에게 유익하다.

•

머리가 희끗희끗한데도 그녀는 여전히 거리에서 매춘을 하고 있었다. 나는 새벽 3시경에 카르티에에서 그녀를 종종 만나곤 했다. 그녀가 들려주는 몇 가지 모험담이나 일화들을 듣기 전에는 집에 돌아가고 싶지 않았다. 그녀가 들려준 일화나 모험담은 잊어버렸다. 그러나 내가 쿨쿨 잠자고 있는 모든 '가난뱅이들'에게 울화통을 터뜨렸을 때, 그녀가 재빨리 집게손가락으로 하늘을 가리키며 했던 말은 잊지 않았다. **"저 높은 곳에 계시는 가난뱅이는 어떻게 생각하슈?"**

•

'일체는 근거와 실체를 결하고 있다.'

나는 그 말을 되뇔 때마다 행복을 닮은 무엇인가를 느낀다. 난감한 것은 내가 그 말을 되뇌지 못하게 되는 수많은 순간들이 있다고 하는 사실이다.

5

나는 그가 쓴 모든 글이 나에게 주는 난파의 느낌 때문에 그의 글을 읽는다. 처음에는 이해한다. 그다음에는 제자리에서 맴돈다. 그러고는 두려움 없이 밍밍한 소용돌이에 휘말린다. 그다음에는 이제 떠내려가겠구나, 라고 생각한다. 그리고 실제로 떠내려간다. 그러나 그것은 진짜로 물에 빠지는 것이 아니다 — 그렇다면 너무 멋진 일일 텐데! 우리는[33] 다시 수면으로 올라와 숨을 쉬고, 다시 이해한다. 우리는 그가 무엇인가를 말하는 것 같고, 또 그가 자기가 말하고 있는 것을 이해하는 것처럼 보인다는 사실에 놀란다. 그러고 나서 우리는 또 한 바퀴 빙 돌고, 그리고 또다시 떠내려간다……. 이 모든 것

---

[33] 원문에서 인칭대명사는 'on(영어의 'they' 정도의 뉘앙스)'이 사용되고 있는데, 이 인칭은 프랑스어 특유의 인칭으로 형태는 3인칭 단수지만, 우리말로 옮기기가 쉽지 않다. 문장에 따라, 우리, 그들, 사람들을 지칭하지만, 많은 경우 '사람들'로 옮기는 것이 무난하다. 이 구절에서 시오랑은 어떤 유명 작가의 뛰어나지만 사기성이 농후한 글에 대한 그와 여러 독자들의 독서 체험을 약간 빈정대며 이야기하고 있다. 따라서 시오랑 개인의 체험만을 이야기하는 것으로 오해될 수 있는 인칭을 택할 수 없으며, 시오랑 자신도 그들처럼 느낀다는 뜻이므로 '그들'이나 '사람들'이라는 3인칭 복수도 택할 수 없다. 따라서 '우리는'이 가장 이성적인 대안이다. 'on'을 주어로 사용하고 있는 프랑스어 문장 중에서 가장 유명한 문장 하나를 소개한다.

"나는 생각한다(Je pense)라고 말하는 것은 오류다. 사람들이 나에게서 생각한다(On me pense)라고 말해야 한다." - A. 랭보.

은 심오해 보이기를 원하고 있고, 또 심오한 것처럼 보인다. 그러나 다시 정신을 차리면, 우리는 그 즉시 그것이 난해함에 불과하다는 것을, 진정한 심오함과 계산된 심오함 사이의 간극은 계시와 변덕스러운 기분만큼 멀리 떨어져 있다는 것을 알아차리게 된다.

　　　　　●

하나의 작품에 헌신하는 사람은 그것이 여러 해를, 여러 세기를, 시간 그 자체를 지나 살아남을 것이라고 생각한다. — 그 사실을 인식하고 있지 않다고 해도. 작품에 몰두하고 있는 동안, 그것이 시간을 버텨내지 못한다고 **느낀다면**, 그는 작품을 도중에 포기하고, 끝내지 못할 것이다. 활동과 속임수, 이 두 단어는 상관성을 가진다.

　　　　　●

"웃음이 사라졌고, 그다음에는 미소가 사라졌다."

　알렉산드르 블로크[34]의 전기를 쓴 한 작가의 일견 단순해 보이는 이 관찰은 모든 몰락의 도식을 더할 나위 없이 잘 정

34　Alexandre Blok(1880~1921) : 러시아 시인. 러시아 상징주의의 대표적 인물. 러시아의 문학적 현대성을 연 작가로 꼽힌다. 말년에는 정치에도 관심을 가져 볼셰비키 당원들과 어울렸으나 행동 부족으로 비난당했고, 러시아 혁명으로 인한 민중의 고난에 좌절해 정치를 떠났다. 말년에는 절망해서 시를 쓰지 않았다. 트로츠키는 『문학과 혁명』에서 "물론 블로크는 우리의 일원은 아니었다. 그러나 그는 우리를 향해 도약했다."라고 썼다.

의하고 있다.

●

신자도 무신론자도 아닐 때, 신에 대해 말하기는 쉽지 않다. 그런데 신학자들을 포함한 우리 모두의 비극은 이제 우리가 신자도 무신론자도 될 수 없다는 사실이다.

●

작가에게 초탈과 해방을 향한 진전은 무엇과도 비교할 수 없는 재앙이다. 그는 그 누구보다도 자신의 결점이 필요한 존재이다. 그 결점들을 극복해버리면 그는 망하는 것이다. 그러므로 작가는 보다 나은 존재가 되지 않도록 주의해야 한다. 만일 보다 나은 존재가 된다면 그는 그 사실을 쓰라리게 후회하게 될 것이다.

●

자신에 대한 지식을 경계해야 한다. 우리가 우리 자신에 대한 지식을 가지는 것은 우리의 악마를 불편하게 만들고 마비시킨다. 소크라테스가 글을 전혀 쓰지 않았던 이유를 우리는 거기에서 찾아야 한다.

나쁜 시인을 더 나쁘게 만드는 것은, 그가 시인들의 글만 읽는다는 사실이다(나쁜 철학자들이 철학자들의 글만 읽는 것처럼). 식물학이나 지리학 책을 읽으면 더 많은 이익을 얻을 수 있을 텐데 말이다. 자신의 분야와 멀리 떨어진 분야를 자주 접해야만 풍요로워질 수 있다. 물론, 이것은 자아가 강렬하게 작용하는 분야에서만 사실이다.

＊

테르툴리아누스[35]는 뇌전증 환자들이 병을 고치기 위해 '투기장에서 목 졸려 죽은 죄인들의 피를 게걸스럽게 빨아 먹었다'는 사실을 알려주었다.

　내 본능에 귀를 기울인다면, 그것이야말로 모든 종류의 병에 대하여 내가 채택할 만한 유일한 치료법인 듯하다.

＊

우리를 괴물 취급하는 누군가에 대해 화를 낼 권리가 우리에게 있을까? 괴물은 당연히 고독한 자이다. 그런데 고독은, 명

---

35 Quintus Septimius Florens Tertullianus(160?~220?) : 기독교 최초의 교부. 카르타고 출신으로 로마에서 법률가로 일하다가 기독교로 개종했다. 기독교 이단과의 논쟁에 몰두하면서 기독교 신학의 기초를 닦았다. 그러나 사제였는지는 분명하지 않다.

예롭지 않은 고독이라고 해도, 무엇인가 긍정적인 것, 약간 특별한 선택, 그러나 부정할 수 없는 선택을 전제로 하는 것이다.

●

두 명의 적, 그것은 둘로 **나누어진** 한 사람이다.

●

"당신이 그 사람의 입장이 되어보기 전에는 아무도 비판하지 말라."

이 오래된 격언은 모든 비판을 불가능하게 만든다. 왜냐하면 우리가 누군가를 비판하는 이유는 바로 우리가 그 사람의 입장이 되어보는 것이 불가능한 일이기 때문이다.

●

자신의 독립성을 사랑하는 사람은 그것을 지키기 위해, 어떤 파렴치한 짓이라도 할 준비를 해야 한다. 필요하다면, 비열한 짓마저 감행해야 한다.

우리 안에 있는 비평가보다 더 혐오스러운 존재는 없다. 철학자는 더더욱 그러하다. 내가 시인이었다면, 나는 딜런 토머스[36]처럼 반응했을 것이다. 사람들이 그의 면전에서 그의 시에 대해 언급하자, 그는 땅에 쓰러져 몸을 뒤틀었다.

●

분노해서 소란을 피우는 사람들은 모두 부당함에 대한 또 다른 부당함을 저지르는 것이다. 그들은 그 사실에 대해 최소한의 후회도 느끼지 않는다. 단지 불쾌함을 느낄 뿐이다. ─ 후회는 행동하지 않는 사람들, 행동할 수 없는 사람들이 느끼는 것일 뿐이다. 후회는 행동하지 않는 사람들에게 행동과 같은 의미를 가진다. 그들은 후회의 비효율성 덕택에 그것으로부터 위안을 얻는다.

●

우리가 느끼는 대부분의 좌절감은 우리의 첫 번째 움직임에

---

36 Dylan Thomas(1914~1953) : 영국 웨일스 출신의 시인. 20세기에 영어로 창작한 가장 뛰어난 시인들 중 한 사람으로 꼽힌다. 자신의 세대보다는 낭만주의 세대에 더 가까운 시인. 호소력이 짙고 서정성 높은 시로 대중적으로 큰 사랑을 받았다. 유명한 팝 가수 밥 딜런(본명 Robert Allen Zimmerman)은 처음에는 그가 딜런 토머스에 대한 오마주로 자신의 이름을 바꾸었다는 사실을 부정했으나, 나중에는 인정했다.

서 기인한다. 가장 작은 충동조차 범죄가 치르는 것보다 더 큰 대가를 치르게 한다.

●

우리는 우리의 시련들만을 정확하게 기억하고 있기 때문에, 병자들, 박해당한 사람들, 모든 종류의 희생자들은 결국에는 최대한의 이익을 누리며 살아가게 된다. 운이 좋은 사람들도 삶을 살지만, 삶에 대한 **추억**은 없다.

●

인상을 남기려고 애쓰지 않는 사람은 그가 누구든 지루한 사람이다. 허영심이 많은 사람은 거의 언제나 우리를 성가시게 하지만, 어쨌든 노력은 한다. 그는 우리를 피곤하게 만드는 사람이지만 그렇게 되지 않으려고 노력하기 때문에, 사람들은 그 점을 인정해준다. 결국 우리는 그를 견뎌내게 되고, 그를 찾게 되기까지 한다. 반면에, 그런 노력을 전혀 하지 않는 사람들 앞에서는 화가 난다. 그에게 무슨 말을 하고 무엇을 기대하겠는가? 원숭이의 어떤 흔적을 조금이라도 지니고 있어야 한다. 아니면 자기 집에 머물러 있을 일이다.

여러 번 되풀이된 실패를 설명해주는 것은 시도에 대한 두려움이 아니라 성공에 대한 두려움이다.

●

나는 비수처럼 날카로운 말로 이루어진 기도를 하고 싶다. 불행히도, 기도를 시작하자마자 우리는 다른 모든 사람들과 똑같은 방식으로 기도해야 한다. 거기에 신앙의 가장 큰 어려움들 중 하나가 있다.

●

원하는 순간에 자살할 수 있다는 확신이 없을 때에만, 사람들은 미래를 두려워하게 된다.

●

보쉬에도, 말브랑슈[37]도, 페늘롱[38]도 『팡세』에 대해 말할 생각

---

37 Nicolas De Malebranche(1638~1715) : 프랑스 오라토리오 수도회 수도사이자 철학자. 기회원인론(機會原因論, 세계의 유일한 작용자는 신이며 피조물은 신의 작용의 '기회인(機會因)'일 뿐이라는 주장)의 주창자. "우리는 만물을 신 안에서 본다."라는 유명한 명구는 기회원인론을 축약한 문장이다.

을 하지 않았다. 그들이 파스칼이 충분히 **진지한** 작가가 아니라고 여겼던 것이 분명하다.

•

권태의 해독제는 공포다. 병보다는 약이 더 세야 하는 법이다.

•

내가 그렇게 되고 싶은 인물의 수준으로 올라갈 수 있다면! 그러나 세월이 갈수록 내가 알 수 없는 어떤 힘이 점점 자라나, 나를 아래로 잡아당긴다. **나의** 수준으로 다시 올라가는 것에조차 내가 얼굴을 붉히지 않고는 생각할 수 없는 전략들을 사용해야 한다.

•

한때는, 어떤 모욕을 당할 때마다, 내 안에서 솟아오르는 복수 욕망을 물리치기 위해서, 나는 무덤 안에 있는 내 모습을

---

38 François de Salignac de La Mothe Fénelon(1651~1715) : 프랑스 소설가이자 종교가. 몰락 귀족의 자제로 24세에 사제가 되었다. 왕세손의 사부가 되어 그의 교육을 위해 쓴 『텔레마코스의 모험』이 유명하다. 이 책에는 루이 14세의 전제정치에 대한 비판과 유토피아에 대한 기술이 들어 있어, 후대의 계몽주의 형성에 큰 역할을 했다. 대주교였던 말년에는 신비주의 사상에 심취하여, 교황으로부터 단죄를 받아 캉브레로 유배되어 생을 마쳤다.

조용히 상상하고는 했다. 그러면 금세 마음이 풀렸다. 우리의 시체를 너무 경멸하지 말자. 그것은 때로 도움이 된다.

●

모든 사유는 방해받은 감각으로부터 파생된다.

●

타인을 내면 깊은 곳에서 만나는 유일한 방법은 자신의 가장 깊은 내면으로 내려가는 것이다. 달리 말하면, 이른바 '관대하다'고 하는 정신의 소유자들이 따라가는 길과 반대 방향으로 가면 된다.

●

이렇게 말하는 그 하시디즘[39] 랍비와 하지 못할 말이 어디 있겠는가. "내 인생의 축복은 어떤 물건을 소유하기 전에는 그 것이 전혀 필요하지 않았다는 사실입니다!"

---

39 18세기 동유럽 국가에서 시작된 유대교 경건주의 운동. 율법의 외형적 준수를 복잡하게 따지는 전통적 유대교와는 달리 율법의 내면성을 중시한다. 히브리어로 '하시드'는 '경건한 자'라는 뜻. 이단으로 여겨져 폄하당했으나 걸출한 프로테스탄트 신학자 마르틴 부버가 재조명한 이후, 새롭게 의미를 부여받고 있다. 동양의 선(禪)과의 유사성도 거론된다.

·

인간을 허락해줌으로써, 자연은 계산 착오 이상의 큰 실수를 저질렀다. 그것은 자연이 자신에 대해 저지른 테러였다.

·

공포는 **의식**을 가지게 한다. 나는 자연적인 공포가 아닌 병적인 공포를 말하고 있는 것이다. 그렇지 않았다면, 동물은 인간보다 높은 수준의 의식을 획득했을지도 모른다.

·

자연 상태의 오랑우탄으로서 인간은 오래된 동물이다. 역사적 오랑우탄으로서의 인간은 상대적으로 최근에 등장한 동물이다. 삶 안에서 어떻게 **처신해야 하는지** 미처 배울 겨를이 없었던 벼락부자.

·

어떤 경험들을 한 후에는, 이름을 바꾸어야 할 것이다. 왜냐하면, 더 이상 전과 같은 사람이 아니기 때문이다. 죽음을 위시한 모든 것은 다른 양상을 띠게 된다. 죽음은 가깝고 바람직한 것으로 여겨지고, 죽음과 화해하게 된다. 모차르트가 임종의 고통을 겪고 있던 아버지에게 보낸 편지에서 말했듯, 죽음을 '인간의 가장 좋은 친구'라고 여기게 된다.

●

끝까지 고통을 겪어내야 한다. 고통의 존재를 더 이상 **믿지** 않게 될 때까지.

●

"욕망과 증오로 가득 차 있는 사람에게 진리는 모습을 드러내지 않는다."(부처)

　…… 즉 **살아 있는** 모든 사람에게 그러하다는 뜻이다.

●

고독에 끌리면서도 그는 속세 안에 머물러 있다. **기둥 없이** 기둥 위에서 고행하는 수도자처럼.

●

"나에게 판돈을 걸다니 당신이 실수하신 겁니다."

　누가 이런 말을 할 수 있지? — 신과 실패자.

우리가 이룬 모든 것, 우리에게서 나온 모든 것은 그 기원을 잊어버리기를 갈망하지만, 우리 자신에게 대항함으로써만 그렇게 할 수 있다. 우리의 모든 성공에 부정적인 표지가 찍히는 것은 그 때문이다.

●

아무것도 아닌 것에 대해서는 아무 말도 할 수 없다. 책들이 끝없이 쓰여지는 것은 그 때문이다.

●

실패는 반복되어도 언제나 새로운 것처럼 보인다. 반면에 성공은, 되풀이되면 그 흥미와 매력을 모두 잃는다. 우리를 신랄함과 냉소주의로 이끄는 것은 불행이 아니라 행복, 거만한 행복이다. 이게 사실이다.

●

"적은 부처만큼이나 유익한 존재다." 과연 그렇다. 왜냐하면 적은 우리를 감시하며, 우리가 마음먹은 대로 아무렇게나 행동하지 못하게 하기 때문이다. 그는 우리의 아주 사소한 실패도 강조하고 떠벌림으로써 우리를 구원으로 곧장 이끌어간다. 우리가 그가 우리에 대해 가지고 있는 생각에 미치지 못하는 존재가 되지 않게 하려고 모든 수단을 동원한다. 그러므로 우리는 우리의 적에게 한없는 고마움을 느껴야 마땅하다.

●

부정적이고 해로운 책들과 그 해로운 힘에 저항할수록, 우리는 자신을 더 잘 되찾을 수 있고, 존재에 더욱더 밀착하게 된다. 요컨대 그 책들은 그 책들을 부정하는 에너지를 강하게 만들어주는 책들이다. 독을 지니고 있을수록, 그 책들은 유익한 결과를 가져온다. 그러나 그 책들을 일반적 이해와는 다르게 읽는다는 전제하에 그러하다. 교리문답집부터 시작해서 모든 책들은 다르게 읽어야 한다.

●

우리가 한 사람의 작가에게 해줄 수 있는 가장 큰 봉사는 그로 하여금 일정 기간 동안 일을 하지 못하게 만드는 것이다. 모든 지적인 활동을 유예시켜줄 짧은 기간의 금지 조치가 필요하다. **어떤 중단도 없는 표현의 자유**는 재능을 치명적인 위험에 노출시키며, 작가들로 하여금 자신이 가진 자원 이상으로 자신을 소모하지 않을 수 없게 만든다. 그리고 감각과 경험을 축적할 수 없게 만든다. 한계 없는 자유란 정신을 상대로 벌이는 테러이다.

●

자기 연민은 사람들이 생각하는 것만큼 불모의 감정은 아니다. 그 감정에 약간이라도 접근하는 사람은 사유하는 사람의 자세를 취하게 되며, 참으로 신기하게도 그는 정말로 사유하게 된다.

●

우리가 어찌해볼 수 없는 일들에 대해서는 불평하지 말고 몸을 굽혀야 한다는 스토아학파의 잠언이 있다. 그 잠언은 우리의 의지를 벗어나는, 밖으로부터 오는 불행들만을 고려한 것이다. 그러나 우리 자신으로부터 온 불행들에 대해서는 어떻게 대처해야 할까? 우리 자신이 불행의 원인일 경우 누구를 탓해야 하는가? 우리 자신을? 다행히도 우리는 우리가 진짜 책임이 있는 장본인이라는 사실을 잊어버리기 위해 적당히 눙치고 넘어간다. 게다가 실존은 우리가 이 거짓말과 망각을 날마다 새로운 것으로 만들어야만 견딜 만한 것이 된다.

●

나는 평생 내가 있어야 할 진정한 장소로부터 멀리 떨어져 있다는 느낌을 가지고 살아왔다. '형이상학적 유배'라는 표현이 아무런 의미가 없다고 해도, 나의 생애 하나만은 그 표현에 의미를 부여하고 있다.

●

한 사람이 넘치는 재능을 가지고 있을수록, 그는 영적 차원에서는 진전을 이루지 못한다. 재능은 내면적인 삶에는 하나의 방해물이다.

●

'위대함'이라는 단어를 우스꽝스러운 과장으로부터 구하기 위해서는, 그 단어를 불면증이나 이단에 대해서만 사용해야 할 것이다.

●

고대 인도에서는 현자와 성인은 동일한 사람이었다. 그러한 성공적인 조화를 이해하기 위해서는, 가능하다면 체념과 엑스터시, 냉정한 금욕주의자와 산발한 신비주의자가 융합된 모습을 머릿속에 그려볼 것.

●

존재는 의심쩍다. 그렇다면 존재의 일탈과 쇠퇴인 '삶'에 대해서는 뭐라고 말할 것인가?

●

사람들이 우리에 대해 좋지 않은 비판을 했다는 것을 누군가 우리에게 알려줄 때, 화를 내는 대신 우리가 다른 사람들에 대해 했던 모든 나쁜 이야기들을 생각해보고, 사람들이 우리에 대해 같은 말을 했다면 그건 공정한 것이라고 생각해야 한다. 남의 험담을 잘하는 사람일수록 남들이 자신에 대해 하는 험담에 상처를 더 많이 입고 격한 반응을 보인다는 것은 아이러니다. 그는 자신의 결점을 인정할 준비가 전혀 되어 있지 않다. 사람들이 그에 대해 했던 사소한 비판 하나만 들려주어도 그는 자제력을 잃고 흥분해서 있는 대로 짜증을 낸다.

●

밖에서 보면, 모든 집단, 종파, 당은 조화를 이루고 있는 것처럼 보인다. 그러나 안에 들어가 보면, 불화가 지배한다. 수도원 안에서도 다른 어떤 다른 집단 못지않은 갈등이 자주 일어나고, 갈등의 성격도 다른 집단에서와 마찬가지로 위험하다. 인간들은 지옥을 떠난다 해도 다른 곳에 또 지옥을 만들

것이다.

●

가장 사소한 개종도 정신적인 진전으로 여겨진다. 다행히 예
외들이 존재한다.

　나는 18세기의 이 유대교 종파를 좋아하는데, 이 종파는 몰
락하기 위해서 기독교와 결합했다. 또한 나는 남미의 이 인디
언도 이 종파 못지않게 좋아하는데, 그 역시 개종하고 난 다
음, 자기 아이들에게 잡아먹히는 대신 구더기들의 먹이가 되
는 것을 슬퍼했다. 자기 아이들에게 잡아먹히는 것은, 그가
자기 종족의 신앙을 버리지 않았다면 누릴 수 있는 영예였다.

●

인간이 이제 하나의 종교가 아니라 여러 종교에 관심을 가지
는 것은 당연한 것이다. 왜냐하면 인간은 여러 종교들을 거
쳐서 비로소 인간의 영적 피폐함이 어떻게 여러 가지 형태로
번역될 수 있는지 이해하게 되기 때문이다.

●

인생의 여러 단계를 되짚어볼 때, 우리가 누려 마땅한 인생의
이면을 가지지 못했다는 사실을 확인하는 것은 모욕스럽다.

우리가 그 이면을 원할 권리를 가지고 있는데도 말이다.

●

어떤 사람들에게 인생의 종말이 가까워졌다는 예상은, 좋은 기운이든 아니든 원기를 왕성하게 해주며, 그들을 열정적인 활동 속으로 빠져들게 한다. 그들은 자신의 사업이나 작품에 의하여 영원해지고자 하는 순진한 희망을 품고, 그 작업을 완결하기 위해 혼신의 힘을 기울인다. 단 한 순간도 잃어버릴 수 없다.

동일한 관점에서 다른 이들은 '이게 다 무슨 소용이람' 하는 생각에 빠져든다. 통찰력은 정체되어 있고, 무력하다는 사실은 반박의 여지가 없으므로.

●

"미래에 나의 저작들을 다시 인쇄할 때, 그것이 무엇이든, 문장, 단어, 음절, 글자, 구두점 하나라도 일부러 손대어 고치는 자는 저주를 받으리라!"

쇼펜하우어가 이렇게 말했을 때, 그 말을 했던 것은 철학자 쇼펜하우어인가, 아니면 작가 쇼펜하우어인가? 두 명 다이다. 그런데 이 둘의 결합(어떤 철학 저작이든 그 어이없는 문체를 생각해보라)은 아주 드문 일이다. 헤겔이었다면 이런 저주를 퍼붓지 못했을 것이다. 어떤 다른 뛰어난 철학자도 그렇게 하지 못했을 것이다. 플라톤만 제외하고.

●

숨 쉴 틈도 주지 않는, 생각해볼 시간은 더더욱 주지 않는, 빈 틈없고 휴지 없는 아이러니처럼 짜증 나는 것은 없다. 불분명하고 우발적인 특징을 가지는 대신, 무겁고 기계적이다. 아이러니는 본질적으로 미묘한 것이 특징인데, 이 아이러니는 그와는 정반대다. 어쨌든 그것이 독일인이 만들어낸 아이러니의 사용법이다. 그들은 아이러니에 대해 너무 깊이 생각한 나머지, 그것을 다루는 데 있어서는 가장 무능한 존재가 되었다.

●

불안은 그 무엇인가에 의해 유발되는 것이 아니다. 그것은 스스로를 정당화하려고 애쓴다. 그리고 그 정당화를 위해서 무엇이든 사용한다. 어떤 초라한 핑계라도 만들어낸 다음, 그 핑계에 매달린다. 불안은 그 특별한 표현이나 그 다양한 양상에 앞서는 그 자체로서의 현실이다. 그것은 스스로 촉발되고, 스스로 생겨난다. 그것은 그 자체로 심리의 작용이라기보다는 신의 작용을 연상시키기에 더 적합한 '무한 창조'이다.

자동적인 슬픔. 애절한 로봇.

무덤 앞에서 떠오르는 단어들. 유희, 사기, 농담, 꿈 등. 존재한다는 것이 진지한 현상이라고 생각하는 것은 불가능하다. 출발부터, 근본에서부터 속임수라는 확신. 비석에 "비극적인 것은 아무것도 없다. 모든 것은 비현실적이다."라고 써놓아야할 것이다.

나는 그의 얼굴에 떠올라 있던 공포의 표정을 쉽게 잊지 못할 것이다. 이기죽대기, 공포, 극단적 불안, 공격성. 그는 만족하지 못했다. 그렇다. 관 속에 누워서 이렇게 불편한 얼굴을 한 사람을 나는 한 번도 본 적이 없다.

앞을 내다보지도, 뒤돌아보지도 말고, 두려움도 회한도 없이 너 자신의 내면을 바라보라. 과거나 미래의 노예로 남아 있는 한 아무도 자신의 안으로 내려갈 수 없다.

●

불모성이 어떤 사람이 스스로 원한 것이라면, 그것이 그의 완결 방식이라면, 그의 꿈이라면…… 그것을 비난하는 것은 온당하지 않다.

●

우리가 잠들었던 밤은 한 번도 없었던 것처럼 느껴진다. 우리가 눈을 감지 못했던 밤들만이 우리 기억 안에 남아 있다. **밤은 하얀 밤**[40]을 의미한다.

●

나의 모든 실제적인 난제들을 꼭 해결할 필요가 없었으므로, 나는 그것들을 이론적 난제들로 바꾸어버렸다. 그렇게 해서 '해결 불가능성'을 마주한 나는 드디어 숨을 쉴 수 있게 되었다……

●

한 학생이 『차라투스트라는 이렇게 말했다』의 저자를 어떻게

---

40   la nuit blanche : 잠 못 이루는 밤.

생각하느냐고 묻길래, 나는 오래전부터 그 책을 더 이상 읽지 않는다고 대답했다. 그가 물었다. 왜요? — 너무 **나이브**하다고 생각하니까…….

나는 니체의 흥분과 광기까지도 비난한다. 그는 우상을 부수었지만, 그것을 다른 우상으로 대체하기 위해서였을 뿐이다. 소년 같은 특성들을 가진 사람. 어떻게 표현해야 할지 알 수 없는 순결함을, 고독하게 살았던 그의 생애 자체가 지니고 있었던 순수함을 가진 가짜 우상 파괴자. 그는 인간들을 멀리에서만 관찰했다. 그가 만일 그들을 가까이에서 들여다보았더라면, 결코 초인 같은 개념을 생각해내고 그것을 설파하지는 않았을 것이다. 기발한 비전, 우스꽝스럽거나 기괴한 환상 또는 엉뚱한 생각. 그것은 늙을 시간이 없었던, 초탈을, 고요한 긴 혐오감을 알 시간이 없었던 사람의 머리에서 나온 것이다.

나는 마르쿠스 아우렐리우스[41]가 더 친근하게 느껴진다. 광기의 서정성과 수용 정신을 가진 산문 사이에서 선택해야 한다면 나는 아무 망설임 없이 후자를 택한다. 나는 강렬한 예언자보다는 피로에 지친 황제 곁에서 더 큰 위안을, 더 많은 희망마저 느낀다.

---

41 Marcus Aurelius Antonius(121~180) : 로마의 황제이며 **스토아철학자**. 그의 사상은 스토아학파 본진의 사유에서 유물론을 거의 들어내 버린 종교적 신비주의에 가깝다. 전쟁을 하면서 진중(陣中)에서 쓴 『**수상록**』을 남겼다. 그의 재위 기간은 로마가 어려움에 처했던 시기였고, 그는 이민족과의 끊임없는 전쟁에 시달렸다. 그의 사후, 로마는 몰락의 길로 접어들었다. 기독교인들을 박해했으나, 그의 사상은 훗날 기독교에 큰 영향을 끼쳤다.

6

나는 인도의 이 사상을 좋아하는데, 이 사상에 따르면, 우리
는 우리의 구원을 다른 사람에게, 특히 '성인'에게 위임할 수
있다고 한다. 그러면 그가 우리의 구원을 위해 대신 기도를
해주거나, 무엇이든 할 수 있다. 그것은 자신의 영혼을 신에
게 파는 것이다…….

•

"그렇다면, 재능은 열정을 필요로 하는가? 그렇다, 그것은 억
압된 많은 열정을 필요로 한다."(주베르)[42]

　프로이트의 선구자처럼 여겨질 수 있는 모럴리스트[43]는

42　Joseph Joubert(1754~1824) : 프랑스의 에세이스트, 모럴리스트. 툴루즈에서 수학한 뒤,
　　파리로 가 샤토브리앙 등의 문인들과 교분을 쌓았고, 디드로의 비서가 되었다. 생전에는 책
　　을 한 권도 출간하지 않았으나, 많은 편지와, 자연·인간·문학 등에 대한 글을 남겼다. 날카
　　로운 잠언풍의 문체가 특징이다. 사후에 그의 아내가 그의 원고를 샤토브리앙에게 맡겼고,
　　샤토브리앙이 선별해서 『주베르 씨의 단상 모음집』이라는 제목으로 출간했다.

43　moraliste : 이 단어는 '도덕주의자'라는 뜻이 아니라, '정신탐구자'라는 뜻이다(프랑스어로
　　'moral'은 도덕과 정신을 동시에 지칭한다). 인간을 형이상학적으로 탐구하는 철학자들과는 달
　　리 현실적 인간을 탐구하는 경향이 특징이다. 키케로나 플루타르코스 등 고대 저술가들도 이

많다.

●

위대한 신비가들이 많은 글을 썼으며, 아주 많은 작품을 남겼다는 사실을 알게 되면 언제나 놀라게 된다. 아마도 그들은 그 작품들 안에서 오로지 신을 칭송하는 것만을 생각했을 것이다. 그것은 부분적으로는 사실이다. 그러나 오로지 부분적으로만 그렇다.

작품에 집착하고, 그것에 자신을 맡기지 않는다면, 작품을 써낼 수 없다. 글을 쓴다는 것은 존재하는 모든 행위 중에서 가장 덜 금욕적인 행위이다.

●

늦게까지 잠 못 이루는 밤이면, 나는 나의 악령의 방문을 받는다. 필리피 전투[44]를 목전에 둔 브루투스가 그랬던 것처럼……

런 경향이 있었으나, 모럴리스트적 글쓰기가 특히 분명한 특징을 드러내는 것은 17~18세기 프랑스에서였다. 몽테뉴, 파스칼, 라로슈푸코, 라브뤼예르 등을 대표적 모럴리스트로 꼽는다.

44 필리피 전투(BC 42년 9~10월) : BC 44년에 브루투스와 카시우스의 주모로 카이사르는 암살되었으나, 카이사르가 무너뜨린 공화제는 복구되지 않았다. 공화파인 암살자들은 동방으로 피신해서 힘을 길러, 동(東)마케도니아에 있는 필리피 서쪽 벌판에서 로마 집정관 옥타비아누스, 안토니우스와 두 차례에 걸쳐 전투를 치렀으나 패배했다. 이 패전으로 로마 공화정 복구의 희망은 사라졌다.

"내가 이 세상에서 무슨 대단한 일을 할 것 같은 면상[45]을 가지고 있습니까?" ― 이것이 나의 활동에 대해 질문을 던지는 수다쟁이들에게 내가 하고 싶은 대답이다.

●

전에는 은유란 그림처럼 분명한 형태로 그려질 수 있는 것이어야 한다고 했다. ― 그러나 1세기 이전부터 문학에서 이루어진 독창적이고 생생한 모든 것은 이러한 주장을 반박한다. 왜냐하면, 분명한 윤곽을 가진 은유, '일관성 있는' 은유는 이미 생명력을 다했기 때문이다. 시는 그런 은유에 끊임없이 저항해왔다. 일관성에게 **얻어맞은** 시는 죽은 시라고 말할 수 있을 정도이다.

●

일기예보를 듣다가 '**흩어진 비**'[46]라는 표현에 진한 감동이 느껴진다. 그것은 시가 표현 안에 있는 것이 아니라 우리 안에 있다는 증거이다. **흩어진**이라는 단어가 어떤 전율을 태어나

---

45 gueule : visage(얼굴)의 비어. 우리말의 '낯짝', '쌍통', '아가리'. 그러나 그렇게 강한 뜻은 아니며, 일상어로 종종 사용된다. 예)"ta gueule!"(네 아가리 : 입 다물어!)

46 pluies éparses : 산발적인 비. 이따금 비 내림.

게 하는 형용사이기는 하지만 말이다.

●

하나의 회의懷疑를 언어로 표현하자마자, 더 정확하게 말하면 회의를 표현해야겠다는 욕구를 느끼자마자, 나는 이상하고 불안한 편안함을 느낀다. 내게는 믿음의 흔적 없이 살아가는 것이 회의의 흔적 없이 살아가는 것보다 훨씬 더 편안하게 느껴진다. 황폐하게 만드는, 그러나 나를 먹여 살리는 회의여!

●

가짜 감각이라는 건 없다.

●

자기의 내면 안으로 들어가, 존재만큼이나 오래된, 아니, 그보다 더 오래된 침묵을 인지한다는 것.

●

우리는 막연한 불안 안에서만 죽음을 욕망한다. 그 불안이 조금만 분명해져도 우리는 죽음으로부터 도망친다.

●

내가 인간을 싫어한다고 해도, 인간 **존재**를 싫어한다고 똑같이 쉽게 말할 수는 없을 것 같다. 모든 것에도 불구하고 이 **존재**라는 단어 안에는, 인간이라는 개념과 거리가 먼 충만하고 수수께끼 같고, 매력적인 그 무엇이 있기 때문이다.

●

『법구경』은, 해탈을 얻기 위해서는 선과 악의 두 겹의 사슬을 흔들어버릴 것을 권한다. 선 자체도 하나의 족쇄라는 것을 이해하기에는 인간은 영적으로 너무나 뒤처진 존재이다. 그러므로 우리는 해탈할 수 없을 것이다.

●

모든 것은 고통 주위에서 선회한다. 나머지는 부차적인 것이다. 더욱이 존재하지도 않는다. 왜냐하면 우리는 고통을 주는 것만 기억하기 때문이다. 고통스러운 감각들만이 실재한다. 다른 감각을 느끼는 것은 거의 소용이 없다.

●

나는 칼뱅이라는 이 미치광이처럼, 인간은 구원받도록 미리 예정되어 있거나, 어머니 뱃속에서 이미 영벌^{永罰}을 받도록 정해져 있다[47]는 것을 믿는다. 인간은 태어나기 전에 이미 자신의 삶을 살았으므로.

●

모든 관점의 공허함을 간파한 자는 자유롭다. 그 공허함으로부터 결과를 끌어낸 자는 해방된 자이다.

●

추문에 어울리는 경향을 가지지 않은 거룩함이란 없다. 이것은 성인들에게만 해당되는 말이 아니다. 어떤 방식으로든 자신의 존재를 분명하게 드러내는 사람은, 개인에 따라 그 발달의 정도에 차이는 있으나, 도발에 대한 취향을 가지고 있다.

47　장 칼뱅(Jean Calvin, 1509~1564)은 프랑스 피카르디 출신의 종교개혁가로 타락과 창조 이전에 신에 의해 구원받을 자와 멸망할 자가 이미 예정되어 있다는 예정론을 바탕으로 강력한 신정정치를 펼쳤다. 루터의 신교 종교관이 신 안에서의 경건이 중심이라면, 칼뱅은 신자들을 구원에 대한 근심으로부터 해방시켜 활발한 세속적 활동에 몰두할 수 있는 이론적 근거를 제공했다. 이 논리는 나중에 베버에게 이어져 자본주의 논리와 결합한다. 시오랑은 이 대목에서 칼뱅의 신학을 '광인'의 철학이라고 부르면서 불교의 윤회론을 끌어들여 그것을 통렬하게 야유하고 있다.

●

나는 내가 자유롭다고 **느낀다**. 그러나 나는 내가 자유롭지 못하다는 것을 **알고 있다**.

●

나는 내 어휘 목록에서 한 단어씩 차례로 제거해버렸다. 학살이 끝나자, 단어 하나만 살아남았다. **고독**이라는 단어가.

　나는 뿌듯한 마음으로 잠에서 깨어났다.

●

내가 지금까지 버틸 수 있었던 것은, 나에게 견딜 수 없는 것처럼 보였던 매번의 실의에 더 참담한 두 번째 실의가 이어졌고, 그다음에 세 번째의 것이, 또 그다음의 것이 이어졌기 때문이다. 지옥에 있었다 해도, 나는 먼젓번 것보다 더 풍요로운 새로운 시련을 기대할 수 있기 위해서, 그 고리들이 점점 더 많아지는 것을 보고 싶어 했을 것이다. 이것은 유익한 태도이다. 적어도 고통에 있어서는 그러하다.

●

음악은 우리 안에서 무엇에 호소하는 것일까. 그것을 알기는 어렵다. 확실한 것은, 그것이 광기조차 파고들어 갈 수 없는 아주 깊은 영역을 건드린다는 것이다.

●

육체를 끌고 다니는 고역을 면제받았어야 했다. **자아**라는 짐으로 충분하다.

●

어떤 사물들에 대한 취향을 회복하고, 나에게 '영혼'을 하나 새로 만들어주기 위해서는 여러 우주 주기에 걸친 잠이 필요할 것이다.

●

나는 라포니[48]에서 돌아온 그 친구를 결코 이해할 수 없었다. 그는 나에게 몇 날 며칠이고 인간의 흔적이라고는 하나도 만나지 못했을 때 느끼는 숨막힘에 대해 말했다.

---

48 라플란드(Lapland) : 핀란드의 북부, 러시아 콜라반도를 포함한 유럽 최북단 지역. 인간 거주지 중에서 가장 추운 지역 중 하나이다.

초탈의 이론가로 내세워진 예민한 인물, 회의주의자 놀이를
하는 광신자.

●

노르망디 어느 마을에서의 장례식. 나는 멀리 떨어져서 장례
행렬을 바라보고 있는 농부 한 사람에게 자세한 내용을 물어
본다. "그는 아직 젊어요. 겨우 예순이에요. 밭에서 죽어 있는
걸 사람들이 발견했지요. 뭐 어쩌겠습니까. 그런 거죠…….
그런 겁니다……. 그런 거라고요……."

들는 순간에는 재미있다고 느꼈던 그 후렴구가 나중에는
나의 마음을 아프게 했다. 그 촌부는 우리가 죽음에 대해 말
할 수 있는 모든 것, 죽음에 대해 알고 있는 모든 것을 자신이
말했다는 생각은 해보지 않았을 것이다.

●

나는 여자 아파트 관리인이 책을 읽듯이 책 읽는 걸 좋아한
다. 나는 저자와 책에 나를 동일시하며 독서한다. 그 밖의 모
든 독서 태도는 나에게 시체를 해부하는 사람을 연상시킨다.

누군가가 어떤 종교로든 개종했을 때, 사람들은 처음에는 그를 부러워하고, 그다음에는 그를 불쌍히 여기고, 그다음에는 경멸한다.

우리는 서로 나눌 말이 아무것도 없었다. 내가 실없는 객설이나 늘어놓고 있는 동안, 지구가 공간 안에서 굴러가고, 내가 지구와 함께 굴러떨어지고 있다는 것이 느껴졌다. 그 속도가 너무 빨라서 현기증이 일었다.

다른 이들이 편히 잠들어 있는 그 잠으로부터 깨어나기 위해 보낸 수많은 세월. 그리고 난 다음에는 그 깨어 있음으로부터 도망치기 위해서 보낸 수많은 세월.

필요에 의해서 또는 좋아서 내가 받아들인 하나의 임무를 잘 수행해야 할 때면, 그 일에 착수하자마자 그 일을 뺀 다른 모든 것들이 중요해 보이거나 나를 유혹한다.

●

이제 살날이 얼마 남지 않은 사람들, 이제 종말을 맞고 있다고 생각하는 시간을 빼면 모든 것이 끝나버렸다는 것을 알고 있는 사람들, 그들에 대해 깊이 사유하기. 그 종말의 시간에 말을 건네기. **검투사들**을 위해 글쓰기⋯⋯.

●

우리의 결함으로 인한 우리 존재의 침식, 그것으로 인한 공허는 의식의 현존에 의해 채워진다. 무슨 말이냐고? — 그 공허가 의식 **자체**라는 것이다.

●

너무 아름다운 장소에 머무를 때 정신적인 침식이 일어난다. 천국과 접촉한 자아는 용해된다.

어쩌면 그런 위험을 피하기 위해 최초의 인간은 우리가 알고 있는 그런 선택을 했는지 모른다.

●

모든 것을 잘 생각해보면, 부정보다는 긍정이 더 많았다 — 적어도 지금까지는 그렇다. 그러므로 거리낌 없이 부정하자.

신앙은 언제나 저울 위에서 무게가 더 나갈 테니까.

•

한 작품의 실체는 불가능이다 ─ 우리가 도달할 수 없는 것, 우리에게 주어질 수 없는 것. 그것은 우리에게 거부된 모든 것들의 총체이다.

•

고골[49]은 '재생'에 대한 희망을 품고 나사렛을 찾아갔으나, 그

---

49 Nikolai Vasilievich Gogol(1809~1852) : 러시아의 작가·극작가. 러시아 리얼리즘의 시조. 작품뿐 아니라, 인간적으로도 매우 흥미로운 작가. 야심만만했던 그는 어린 시절부터 큰 인물이 되겠다는 야망을 품었다. 내면에는 활화산 같은 상상력이 쟁여져 있었는데 지성이 상상력을 따르지 못한 경우였다. 처음에 이 작가에게 문학은 야심 충족의 한 수단이었던 것 같다. 시로 출발했으나 뜻을 이루지 못했고, 그 후 역사 교수가 되었으나 능력 부족으로 사임했다. 그러나 이야기를 쓰기 시작하자 엄청난 능력이 발휘되기 시작했다.

1836년 풍자극 『감사관』(러시아 관료제도의 비판) 상연 직후 진보 세력의 칭송과 보수 세력의 비난에 동시에 휩싸인다. 그리하여 고골은 자신의 의사와는 무관하게 러시아 진보 세력의 우상이 되었다. 내면이 부풀려진 그는 자신이 조국에 영광을 돌려줄 인물이라고 생각하고 그 수준에 맞는 장소인 로마로 간다. 그곳에서 단테의 『신곡』의 구조를 택한 『죽은 혼』 1부를 완성했다(이 시기에 유명한 중편 『외투』도 완성). 이후 발표한 작품들로 문학적 절정에 올랐다. 그러나 이후 내리막길을 걷는다. 이 일은 러시아 문학사의 미스터리 중 하나로 꼽힌다.

「연옥」 편이 되어야 할 『죽은 혼』 2부는 지지부진했고, 그래서 고골은 직접적인 도덕 교과서를 쓴다(『친구들과의 왕복 서간』). 그 책에서 고골은 예상 밖으로, 노골적으로 정치·종교 현체제를 옹호하고 나선다. 그의 열렬한 숭배자였던 사람들은 강한 비판을 하고 그를 버렸다. 좌절한 고골은 성지 순례를 떠났으나 더욱 깊은 절망에 빠져들어 갔다. 예수의 흔적은 그에게 아무 감동도 주지 못했다. 게다가 순례 중 지독한 금욕주의 수도사를 만난 것이 사태를 더 악화시켰다. 그 수도사는 고골 작품의 죄악성을 주장하여 두려움을 준 것 같다. 고골은 『죽은 혼』 2부 집필을 시작했으나 그것을 없애버리고 금욕적인 수행을 강화하여 건강을 해쳤다. 심한 우울증으로 열흘간 단식 후 1852년에 사망했다.

곳에서 '러시아의 어떤 역'에서처럼 지루해한다. 우리 내면 안에서만 존재할 수 있는 것을 밖에서 찾을 때 모든 사람들에게 일어나는 일이 바로 그것이다.

●

내가 나 자신이라는 사실을 견딜 수 없어 자살하는 것은 받아들일 수 있다. 그러나 인류 전체가 내 얼굴 위에 침을 뱉기 때문에 자살한다는 것은 말이 안 된다.

●

우리를 기다리고 있는 무無를 무엇 때문에 무서워한다는 말인가. 그것이 우리가 태어나기 전에 있었던 무와 다르지 않은 것인데 말이다. 죽음의 공포를 논박하는 이 고대의 논증은 위안으로 받아들이기 어렵다. **전**에 우리에게는 존재하지 않을 기회가 있었다. 그런데 지금 우리는 존재하고 있다. 사라지는 것을 두려워하는 것은, 실존, 즉 불행의 작은 조각이다. '작은 조각'이라는 단어는 적합한 단어는 아니다. 왜냐하면, 누구나 우주보다는 자신을 더 좋아하거나, 또는 적어도 우주와 동일

그는 무의식에 쟁여진 비상한 상상력을 외부로 끌어내는 데는 성공했으나 의식과 통합하는 데 실패함으로써 한계에 봉착했던 것 같다. 융의 '개성화 과정'에 실패한 경우라고 볼 수 있겠다. 그러나 개인적인 생의 실패에도 불구하고, 그의 작품은 상상력의 빛나는 실현으로 우뚝 서 있다.

하다고 생각하기 때문이다.

●

모든 것 안에서 비현실성을 간파하면, 우리 자신이 비현실적인 존재가 된다. 우리는 우리의 죽음 뒤에 살아남은 자가 되기 시작한다. 우리의 생명력이 아무리 강하고, 우리의 본능이 아무리 막강한 것이라고 해도, 우리는 이미 죽은 것이다. 그것들은 이제 가짜 본능들, 가짜 생명력에 불과하다.

●

그대가 자신을 괴롭히는 데 소질이 있는 자라면 그것을 막을 수 있는 것은 아무것도 없다. 하찮은 일도 그대를 큰 슬픔으로 몰아넣을 것이다. 체념하고 모든 경우에 괴로워하라. 그것이 그대의 운명이 원하는 것이다.

●

산다는 것, 그것은 자신의 영역을 잃어버린다는 것이다.

●

수많은 사람들이 죽는 데 **성공했**다고 말한다는 것!

우리에게 충격적인 편지들을 보낸 사람들을 원망하지 않는 건 불가능한 일이다.

인도의 한 오지에서는, 만사를 꿈으로 설명하고는 했다. 그보 다 중요한 사실은 환자들의 병을 고치기 위해서도 꿈에서 영 감을 얻는다는 것이다. 그곳에서는 일상적일 일이나 중요한 일도 꿈을 통해 해결한다. 영국인들이 오기 전까지는 그랬다. 한 원주민이 말했다. "영국인들이 온 다음에 우리는 꿈을 꾸 지 않아요."

'문명'이라고 불러야 하는 것 안에 악마적인 원칙이 내재되 어 있다는 사실을 부정할 수 없다. 인간은 그 사실을 너무 늦 게 인식했다. 그것을 고치는 것은 이제 불가능하다.

야심을 억제하지 못하는 명석함은 극도의 무기력함에 이른 다. 명석함과 야심이 서로에게 기대고, 둘이 서로 싸우면서도 상대를 쳐서 **굴복시키지 말아야** 한다. 그래야 비로소 하나의 작품이, 하나의 생이 가능해진다.

우리는 우리가 높이 칭송하여 구름 위에 올려놓은 자들을 용서할 수 없다. 우리는 그들과의 관계를 끊고, 세상에 존재하는 것 중에서 가장 미묘한 족쇄를 끊어내려고 안달한다. 찬탄이라는 족쇄……. 우리가 그렇게 하고자 하는 이유는 우리가 건방지기 때문이 아니다. 우리는 우리 자신을 다시 발견하고, 자유로워지고 자기 자신이 되려는 갈망 때문에 그들에 대한 칭송으로부터 벗어나려는 것이다. 어떤 부당한 행위에 의해서만 우리는 그 일에 성공한다.

●

책임감의 문제는, 우리가 태어나기 전에 누군가 우리 의견을 물었는데, 우리가 정확히 지금 우리인 상태의 존재가 되겠다고 동의했을 때에만 의미를 가진다.

●

나는 나의 권태가 에너지와 위험성을 동시에 가지고 있다는 사실을 알고 있다. 그토록 힘을 빼앗는 고통 안에 그토록 엄청난 힘이 있다니! 내가 내 마지막 시간을 마침내 선택하지 못하는 이유는 이 역설에서 기인한다.

우리의 행동, 또는 아주 단순히 우리의 활력을 위해서도, 명석한 척하는 태도는 명석함 그 자체만큼 해롭다.

●

아이들이 돌아선다. 아이들은 부모를 등지고 돌아설 수밖에 없다. 그런데 부모는 그것에 대해 아무것도 할 수 없다. 왜냐하면, 그들은 일반적으로 살아 있는 사람들을 지배하는 법칙에 종속되어 있기 때문이다. 즉, 각자는 자기 자신의 원수를 낳는다는 법칙.

●

우리는 사물에 집착하라고 너무나 오랫동안 배웠기 때문에, 사물들을 뛰어넘고 싶을 때에는 어떻게 해야 할지 알지 못한다. 죽음이 우리를 도우러 오지 않는다면, 살아남으려는 우리의 집요한 욕구는 우리로 하여금, 마모를 넘어서는, 노쇠 자체를 넘어서는 실존의 형식을 찾아내게 할 것이다.

●

태어남이 불길한, 적어도 계제에 맞지 않는 사건이라는 것을 인정하면, 모든 것이 멋지게 설명된다. 그러나 이와 생각이 다르다면, 알 수 없는 것이 존재한다는 것을 체념하고 받아들이거나, 다른 모든 사람들처럼 속임수를 써야 한다.

●

2세기 그노시스파[50]의 어떤 책에는 "슬픈 사람의 기도는 결코 신에게까지 이르는 힘을 가질 수 없다."라고 기록되어 있다.

…… 절망 속에서만 기도하게 되므로, 어떤 기도도 그 목적지에 이르지 못했다고 추론하게 된다.

●

그는 모든 사람들 위에 있었다. 그런데 그가 그 자리에 가기 위해 했던 일은 아무것도 없다. 그는 다만 욕망하는 것을 **잊어버렸을** 뿐……

---

50 '그노시스(gnosis)'는 그리스어로 단지 '지식, 인식, 깨달음'을 의미하지만, '지식에 의한 구원'을 중요 교리로 내세운 2~3세기 알렉산드리아를 중심으로 한 기독교 분파의 유행 이후 영적 지식, '영지(靈知)'라는 뜻으로 바뀌었다. 그노시스를 신앙의 중요한 요소로 여기는 초기 기독교 분파를 그노시스주의(靈知主義)라고 부른다. 그리스 철학에 기독교, 동방철학, 점성학 등이 무분별하게 혼합된 밀교주의로, 매우 진지한 것부터 천박한 것까지 그 스펙트럼이 아주 넓다. 초기 기독교 교부들은 그노시스파를 이단으로 규명하고 그것을 논파하는 데 심혈을 기울였는데, 그노시스파의 가장 중요한 반기독교적 요소는 '물질'에 대한 부정적 인식이다. 그노시스파는 물질을 악마적인 것으로 보아 기독교 교리의 근본 개념인 그리스도의 성육신을 부정했다. 그러므로 인간으로 온 그리스도의 구원 사업 자체를 부정하기에 이른 것이다.

●

고대 중국에서, 여성들은 분노나 슬픔에 사로잡히면, 그녀들을 위해 특별히 길에 세워진 작은 단 위에 올라가 격분과 비탄을 마음껏 토해내고는 했다. 이러한 종류의 고해실은 거의 어디에서나 되살려내어야 할 것이다. 비록 그것이 교회의 낡아빠진 고해소나, 이제는 사용되지 않는 이런저런 심리치료사들의 치료실을 대신하는 것에 불과하다고 해도 말이다.

●

이 철학자는 품위가 없다. 또는 시쳇말로 '내적 형태'가 결여되어 있다. 그는 너무나 인위적이어서, 살아 있는 사람이라거나 또는 단순히 '실재'하는 인물로 보이지 않는다. 그는 기분 나쁜 인형이다. 내가 그의 책을 결코 다시는 읽을 일이 없다는 것을 알게 되어 얼마나 다행인지!

●

자신이 건강하고 자유롭다고 큰 소리로 외치는 사람은 아무도 없다. 그러나 이런 두 가지 축복을 누리고 있는 사람은 누구나 다 기쁨의 함성을 지르는 것이 마땅하다. 우리의 행운에 대해 소리치며 기뻐할 줄 모른다는 사실보다 우리의 본질을 더 잘 드러내는 것은 아무것도 없다.

•

좌절에 대한 사랑 때문에 언제나 모든 것을 망쳐버렸다!

•

자신의 고독을 수호하는 유일한 방법은, 사랑하는 사람들부터 시작해서 모든 사람들에게 상처를 주는 것이다.

•

한 권의 책은 지연된 자살이다.

•

죽음은 자연이 모든 사람을 만족시키기 위해 찾아낸 최상의 것이다. 그 사실은 말할 필요조차 없이 자명하다. 모든 것은 우리 각자와 함께 사라지고, 모든 것은 영원히 끝난다. 얼마나 큰 특권이며, 얼마나 대단한 특권의 남용인가. 우리는 최소한의 노력도 하지 않고, 우주를 처분하며, 그것을 우리의 소멸 안으로 끌어들인다. 죽는다는 것은 분명히 부도덕한 일이다……

7

당신의 시련이 당신을 팽창시키고 힘찬 환희의 상태에 데려다 놓는 대신, 당신을 좌절시키고, 신경질적인 사람으로 만든다면, 당신은 영적 소명을 가진 자가 아님을 알라.

●

우리는 기대 안에서 살아가고, 미래 또는 가상적 미래에 기대를 걸고 살아가는 일에 너무나 익숙해져 있다. 불멸성에 대한 생각조차도 **영원히** 기다리고자 하는 욕구에 의해 생겨난 것일 뿐이다.

●

모든 우정은 드러나지 않은 비극, 미묘한 상처들의 연속이다.

루카스 푸르테나겔이 그린 루터의 데스마스크. 숭고한 멧돼지의 무섭고, 공격적이고, 서민적인 얼굴······. 루터의 특징들을 잘 잡아낸 작품이다. 루터는 "꿈은 기만적이다. 누워서 침대에 똥을 싸는 것, 진실한 것은 그것뿐이다."라고 말했다. 그 말은 큰 찬사를 누릴 자격이 있다.

살면 살수록, 살았다는 것이 점점 더 쓸데없는 일처럼 느껴진다.

내 나이 스무 살의 그 밤들. 유리창에 이마를 대고 어둠을 응시하면서 몇 시간씩 그대로 있곤 했던······.

어떤 전제군주도 자살을 시도하는 한 가난뱅이가 누리는 엄청난 힘에 비할 만한 힘을 지니고 있지는 못하다.

흔적을 남기지 않도록 자신을 훈련하는 것. 그것은 우리가 자기 자신과 매 순간 치러야 하는 전쟁이다. 그 유일한 목적은, 만일 우리가 원한다면 현자가 될 수 있다는 것을 자신에게 증명해 보이는 것이다.

●

존재한다는 것은 그 반대 개념만큼이나 불가해하다. 아니, 그보다 더 불가해하다.

●

고대에 '서적들'은 무척 비싸서, 왕이나 참주, 또는…… 서재라는 명사에 어울릴 만한 서재를 소유했던 첫 번째 인물이었던 아리스토텔레스 같은 사람을 빼면, 그것들을 쌓아놓을 수 없었다.

여러 가지 면에서 이미 너무나 불길한 이 철학자의 신상에 첨가할 것이 하나 더 있는 것이다.

●

만일 내가 나의 가장 내밀한 확신에 나 자신을 일치시킨다면,

나는 나를 드러내거나, 어떤 방식으로든 반응하기를 그칠 것이다. 그런데 나는 아직도 **감각**의 능력을 가지고 있다.

●

괴물은, 그것이 아무리 무서운 괴물이라고 해도, 우리를 은밀하게 유혹하고, 따라다니고, 우리의 뇌리에 출몰한다. 그것은 우리의 이익과 비참을 확대된 형태로 나타낸다. 그는 세상에 **우리를** 선포하는 우리의 기수旗手이다.

●

오랜 세기에 걸쳐 인간은 신앙을 가지느라고 등골이 휘도록 고생했다. 인간은 이 교리에서 저 교리로, 하나의 환상에서 다른 환상으로 옮겨 다녔으며, 회의懷疑에는 아주 짧은 시간만을 할애했다. 회의란, 요컨대 맹목의 시기들 사이에 놓여 있는 간격을 말한다. 사실 그것은 회의가 아니라 모든 신앙의 피로감에 뒤따르는 휴지와 휴식의 시간이었다.

●

순수함, 어쩌면 유일한 것인지도 모르는 완전한 상태, 그것을 누리고 있는 사람이 거기서 빠져나오려 한다는 것은 이해할 수 없는 일이다. 그러나 역사는 그 시작부터 오늘날까지, 순수함으로부터의 이탈일 뿐이며, 그것 외의 아무것도 아니다.

•

나는 커튼을 닫는다. 그리고 기다린다. 사실 나는 아무것도 기다리지 않는다. 나는 다만 나를 **부재하는 존재**로 만들 뿐이다. 몇 분에 불과한 시간이라 해도, 정신을 어둡게 만들고 어지럽히는 불순물들을 씻어낸 나는, 자아가 비어버린 의식에 도달한다. 마치 우주 밖에서 쉬고 있는 것처럼 편안하다.

•

중세기의 악마 퇴치 의식에서는 악마를 쫓기 위해서 신체의 모든 부위를, 가장 작은 부위들까지도 전부 열거했다. 과도한 정확성, 지나친 디테일, 그리고 예상을 벗어나는 의외성으로 악마를 유혹하는 미친 해부학이라고 말할 수 있을 것이다. 치밀한 주술이다. **손톱에서 나오라!** 이것은 정신 나간 짓처럼 보이지만 시적 효과가 없지 않다. 왜냐하면 진정한 시란 '시'와 전혀 공통점이 없기 때문이다.

•

우리의 모든 꿈 안에는, 그 꿈들이 대홍수까지 거슬러 올라가는 꿈이라고 해도, 우리가 그 전날 목격했던 어떤 사소한 사건이, 아주 짧은 시간 동안이라고 해도 예외 없이 들어 있다. 이 규칙은 내가 몇 년에 걸쳐 끊임없이 확인한 것이다. 그것은 믿을 수 없을 정도로 뒤죽박죽인 밤의 잔상 안에서 내가 확인할 수 있었던 유일한 항구적인 요소이며, 유일한 법칙이거나 또는 법칙 비슷한 것으로 보이는 것이다.

●

대화의 용해력溶解力. 명상과 행위가 왜 침묵을 요구하는지 이해할 수 있다.

●

나의 존재가 하나의 우연한 사건에 지나지 않는다는 확신은 좋거나 나쁜 모든 상황에서 나를 보호해주었다. 그 확신이 내가 필요한 존재라고 생각하는 유혹으로부터 나를 지켜주기는 했으나, 반면에 환상을 버릴 때 생겨나는 나의 어떤 자기만족을 완전히 고쳐주지는 못했다.

●

자유로운 정신의 소유자를 만나는 일은 흔치 않은 일이다. 그런 사람을 만나게 되었을 때, 우리는 그 사람의 가장 훌륭한 점이 그의 저작들 안에(글을 쓸 때, 사람들은 이상하게도 자신을 사슬에 묶는다) 있는 것이 아니라, 그의 속내 이야기에서 드러난다는 것을 알게 된다. 그런 이야기를 할 때, 그는 그의 확신이나 포즈로부터, 엄격함이나 명예에 대한 모든 근심으로부터 벗어나 자신의 약점을 드러낸다. 그때 그는 자기 자신에 대한 이단자의 모습을 보인다.

●

프랑스 거류 외국인이 언어의 분야에서 창조적이지 못한 이유는, 그가 프랑스인들과 **똑같이 말을 잘하기를** 바라기 때문이다. 그가 그 일에 성공하든 그렇지 못하든, 이 야심은 그의 패배의 원인이 된다.

●

한 통의 편지를 쓰기 시작했는데 끝내지 못하고 다시 시작한다. 그런데 앞으로 나아가지 못하고 제자리걸음만 하고 있다. 누구에게 보내는 편지인지조차 모르겠다. 열정이나 관심은 그것들이 필요로 하는 어조를 즉시 찾아낸다. 불행히도, 초탈은 언어에 대한 무관심, 말에 대한 무감각이다. 그런데 말과의 접촉을 잃어버리면 존재들과의 접촉도 잃어버리게 된다.

●

누구나 주어진 어떤 순간에 특별한 경험을 하게 된다. 그 경험이 간직하고 있는 추억 때문에, 앞으로 우리의 내적 변모에 큰 방해가 될 경험.

●

나의 야심들이 잠들어 있을 때에만 나는 평화를 느낀다. 야심들이 깨어나는 순간, 불안이 다시 나를 사로잡는다. 삶은 야심의 한 상태이다. 굴을 파는 두더지는 야심만만하다. 야심은 사실 어디에나 있다. 우리는 죽은 자들의 얼굴에서조차 야심의 흔적을 보게 된다.

●

베단타 철학[51]이나 불교 때문에 인도에 가는 것은 장세니즘[52]

---

51 참된 지식을 통해 진리를 깨닫고 절대신(브라만, 범아(梵我))을 인식하여 해탈에 이르는 것을 목표로 하는 인도 육파철학(六波哲學) 중 가장 대표적인 유파. 베단타(Vedanta)는 '지식(veda)의 끝(anta)'이라는 뜻. 브라만을 인식하는 것을 목표로 여기지만, 개인적 자아(個我)와 우주적 자아(梵我)가 다르지 않음을 가르친다. 이 유파의 기본 경전 『브라마수트라』가 간행된 400~450년경에 전성기를 이루었다.

52 16세기 종교개혁에 자극받아 일어난 가톨릭 개혁 운동의 일환으로 시작되어 프랑스 17~18세기를 풍미했던 종교운동. 벨기에 태생 얀센(Cornelius Jansen)이 5세기 기독교 대신학자 성 아우구스티누스의 은총론을 기반으로 저술한 『아우구스티누스』(얀센 사후인 1641년 발간)가 이 운동의 시발점. 장세니즘이라는 이름은 얀센의 프랑스 발음에서 유래한 명칭이다. 이

때문에 프랑스에 가는 것과 같다. 그러나 장세니즘이 더 최근의 사상이다. 그것이 사라진 것은 겨우 3세기 전의 일이니까.

후 장세니즘이라고 불리게 된 한 독특한 종교적 성향이 베르사유 근교의 포르루아얄 데 상수도원을 중심으로 형성되었는데, 그것이 유독 프랑스에서만 큰 영향력을 행사한 것은 프랑스적인 어떤 민족적 성향과 관련이 있는 것으로 평가된다. 장세니즘은 '은총론'을 중심으로 한 교의처럼 보이지만, 사실 '은총론'은 이 유파의 결정적인 교의가 아니다. 실제로 2세기 이상 진행된 프랑스 교회의 혹독한 장세니즘 박해는 신학적으로는 별반 근거가 없다. 장세니즘은 스스로 독립 교파가 되려는 의지를 단 한 번도 드러낸 적이 없다. 그들은 스스로를 가톨릭교도라고 생각했고, 가톨릭을 떠날 생각도 하지 않았다. 따라서 학자들은 장세니즘이 어떤 종교 교파라기보다는 17~18세기 프랑스의 어떤 특정한 삶의 태도나 세계관이라고 본다. 세속성에 대한 거부, 고독과 은둔과 명상, 깊이에 대한 탐구, 영성주의적 기질, 가난과 소박함의 추구. 프랑스 문학사가인 랑송은 프랑스인들이 원했던 것은 화려한 종교가 아니라 '진지한 종교'였다고 말한다. 장세니즘은 그 욕구를 충족시켜주었기 때문에 프랑스에 뿌리내릴 수 있었다는 것이다.

장세니즘을 가장 혹독하게 탄압했던 사람은 프랑스 절대왕정의 완성자인 루이 14세와, 성직자이면서도 그 누구보다 권력 욕망이 컸던 리셜리외 추기경이다. 루이 14세는 어린 시절에 경험한 프롱드의 난 때문에, 그 난을 주도했던 파를망(parlement, 현대의 '의회'의 기원이 되는 제도이지만, 당시에는 재판소 비슷한 역할을 했다)의 부르주아 법복 세력에 대한 강한 경계심을 가지고 있었는데, 그 세력의 핵심이 바로 장세니스트들이었다. 이 탄압으로 인해 장세니스트들은 원하든 원하지 않든 근대적 계급의식을 일찍이 가질 수밖에 없게 되었고, 이후 그렇게 다듬어진 이들의 의식은 프랑스 대혁명의 복판에서 큰 역할을 하게 된다. 주로 예수회 사제들이 주장하는 '장세니스트들이 프랑스 대혁명을 꾸몄다'는 음모론은 근거 없는 것이지만, 적어도 프랑스 대혁명 삼부회의에 참여했던 성직자 대표들이 장세니스트들이었거나 장세니즘에 우호적인 인물들이었던 것만은 분명하며, 성직자 시민헌법 입안을 주도한 사람들도 장세니스트들이었다.

탄압받는 장세니즘의 중요한 이론가였던 소르본 대학의 신학박사 앙투안 아르노가 소르본 대학에서 쫓겨나자, 그것에 격분하여 '시골 사람(프로뱅시알)'에게 보내는 허구적인 편지를 써서 장세니즘을 대중 여론전에 끌어들이고, 장세니즘의 대중화에 큰 역할을 했던 장세니스트 파스칼의 『프로뱅시알』은 프랑스 고전문학의 금자탑으로 우뚝 서 있다. 섬세함, 열정, 치밀한 논리, 세속적 종교인들에게 보내는 통렬한 야유. 파스칼은 수학의 천재이면서 동시에 뛰어난 철학자이며 뛰어난 작가였다. 장세니스트적 특질이 가장 바람직하게 구현된 경우이다. 그런데 현대의 프랑스는? 포르루아얄은 폐허가 되어 있다.

안 그런 체하고 있지만, 시오랑은 매우 장세니스트적인 철학자이다. 무신론적 경향만 빼면, 그는 장세니스트적 요소를 빠짐없이 가지고 있다.

•

현실의 비현실성에 대한 나의 감각을 제외하면, 어디에서도 현실성에 대한 최소한의 기미도 느껴지지 않는다.

•

중요하지 않은 것에게 중요성을 부여하지 않게 된다면, 살아간다는 것은 완전히 실현 불가능한 시도가 될 것이다.

•

『기타』[53]는 어째서 '행위의 결실을 체념하는 것'을 그토록 높은 가치로 여기는 것일까? 체념은 드물고, 실현 불가능하고, 우리의 본성과 반대되며, 거기에 이르는 것은 이전의 나였던 인간과 현재의 나라는 인간을 파괴하는 것이며, 자기 자신 안에서 과거 전체를, 수천 년에 걸쳐 이룩된 인간의 작업을 죽이는 것이며, 자신을 뛰어넘는 것, 한마디로 말해서 종(種)을, 이 아득한 기원을 가진 천하고 흉측한 존재를 뛰어넘는 것이기 때문이다.

---

53 『바가바드기타』의 약칭. 산스크리트어로 '거룩한 자의 노래'라는 뜻. 『베다』, 『우파니샤드』와 함께 힌두교 3대 경전. 형성 연대는 분명하게 밝혀져 있지 않다(BC 2세기~AD 5세기 사이로 넓게 잡는다). 권력 투쟁의 야만성에 지친 왕자 아르주나와 크리슈나 신의 대화를 담은 시 700여 편으로 이루어져 있다. 유명한 인도 철학자들이 주석 작업을 했고, 현대에는 마하트마 간디도 주석을 썼다.

애벌레의 상태로 그쳐야 했다. 진화를 면제받고, 미완성으로 남고, 원소들의 낮잠을 즐기고, 태아의 엑스터시 안에서 고요히 자신을 소진시키는 것으로 만족해야 했다.

진실은 개인의 비극 안에 있다. 만일 내가 정말로 고통스러워하면, 나는 한 명의 개인이 겪는 고통보다 훨씬 더 큰 고통을 느끼게 된다. 그때 나는 내 자아의 영역을 벗어나, 타인들의 본질에 합류한다. 우리 자신을 보편적인 것을 향해 나아가도록 하는 유일한 방법은 자신과 관련되어 있는 것에 전념하는 것이다.

회의懷疑에 **고정되어** 붙잡혀 있을 때, 우리는 그 회의를 실천하기보다는 그것에 관해 생각해보는 것에서 더 큰 즐거움을 느낀다.

어떤 나라를 알고 싶으면, 그 나라의 이류 작가들을 읽어보아야 한다. 그들만이 그 나라의 진정한 본성을 드러낸다. 다른 작가들은 자기 나라 사람들의 무가치함을 비판하거나 변형시킨다. 그들은 그들과 나란히 서고 싶어 하지 않으며 그럴 생각도 없다. 그들은 믿을 수 없는 증인들이다.

●

젊은 시절에 나는 몇 주씩이나 잠을 자지 못하기도 했다. 나는 한 번도 경험해보지 못한 것 안에서 살았고, 나날의 시간이, 그 순간들의 총체와 더불어, 내 안에 모여 집약되어 있다고 느꼈다. 시간은 내 안에서 정점에 이르고, 승리를 구가했다. 물론, 나는 시간을 앞으로 나아가게 했다. 나는 시간의 주동자이며, 운반자, 그 원인이며 실체였다. 나는 시간의 대리인으로, 공범자로 시간의 신격화에 참여했다. 잠이 달아나버리면, 그 즉시 듣도 보도 못했던 사실이 일상적이고 쉬운 것이 되었다. 우리는 아무 준비도 없이 그 안에 들어가 자리를 잡고 뒹군다.

●

존재하는 모든 것, 일어나는 모든 일의 '의미'에 대해 자문해보느라고 내가 허비해버렸을지도 모르는 수많은 시간들…….
그러나 이 모든 것은 아무 의미도 없다. 진지한 정신의 소유자들은 그 사실을 모두 알고 있다. 그러므로 그들은 그들의 시간과 에너지를 보다 유용한 일에 사용한다.

●

페초린[54]에서부터 스타브로긴[55]에 이르는 러시아의 바이런풍 낭만주의[56]와 나의 유사성. 나의 권태, 그리고 권태에 대한 나의 열정.

●

내가 별로 높이 평가하지 않는 X가 너무나 멍청한 소리를 하는 바람에 나는 깜짝 놀라 잠에서 깨어났다. 우리가 별로 좋아하지 않는 사람들이 우리 꿈속에서 빛나는 일은 좀처럼 없다.

●

노인들은 전념하고 있는 일이 없기 때문에, 무엇인가 아주 복잡한 문제를 해결하거나, 그가 아직 지니고 있는 모든 능력을

---

54 러시아 작가 미하일 레르몬토프(1814~1841)의 소설 『우리 시대의 영웅』의 주인공. 고결하고 수줍지만 격렬한 인물. 마음에 품은 이상을 현실에서 실현할 수 없어서 마음이 황폐해졌다.

55 도스토옙스키의 소설 『악령』의 주인공. 지성적인 허무와 괴이한 감각적 기쁨의 모순 사이에 찢겨 있는 인물. 자살로 생을 마감한다. 가장 도스토옙스키적인 인물상으로 꼽힌다.

56 바이런의 특징인 어둡고 자기 파괴적인 요소를 지닌 낭만주의.

거기에 바치고 싶어 하는 것처럼 보인다. 그들이 집단 자살을 하지 않는 것은 그 때문인지도 모른다. 그렇게 몰두해 있지 않았다면 스스로 목숨을 끊어버렸을지도 모른다.

●

아무리 열정적인 사랑도 험담만큼 두 존재를 서로 가깝게 만들어주지 못한다. 서로 불가분의 관계에 있는 비방하는 사람과 비방당하는 사람은 하나의 '초월적인' 단위를 구성한다. 두 사람은 서로 영원히 결합되어 있다. 그들을 갈라놓을 수 있는 것은 아무것도 없다. 한 사람은 고통을 주고, 다른 사람은 고통을 당한다. 그러나 그가 고통당하는 이유는 그가 그 고통에 익숙해져 있고, 그것 없이는 지낼 수 없고, 심지어는 그것을 요구하기까지 하기 때문이다. 그는 그의 소망이 이루어질 것이라는 것을, 사람들이 그를 잊지 않을 것이라는 것을, 무슨 일이 일어나든 그가 그의 지칠 줄 모르는 시혜자의 정신 안에 영원히 현존할 것이라는 사실을 알고 있는 것이다.

●

유랑하는 수도자는 지금까지 사람들이 만들어낸 것 중에서 최상의 것이다. **무엇이든** 포기할 것이 더 이상 아무것도 없는 상태에 이르게 된다는 것! 각성한 모든 정신의 꿈은 그러한 것이 되어야 마땅하다.

●

흐느껴 우는 부정否定 — 용인할 수 있는 부정의 유일한 형태.

●

행복한 욥, 당신은 당신의 울부짖음에 대해 해설하지 않아도 되었으므로!

●

밤이 깊었다. 나는 사슬을 풀어내고 고함을 지르고 싶다. 긴 장을 풀기 위해 유례없는 행동을 하고 싶다. 그러나 누구에 대항해서 그리고 무엇에 대항해서 그렇게 해야 할지 모르 겠다.

●

생시몽[57]의 관찰에 따르면, 외디쿠르 부인은 어떤 사람을 칭찬할 때면 늘 몇 번의 혹독한 '그러나'라는 말을 덧붙이고는 했다고 한다.

뛰어난 정의다. 비방이 아니라, 일반적인 의미에서의 대화

---

57 Saint-Simon(1760~1825) : 프랑스의 대표적인 공상적 사회주의 사상가.

에 대한 뛰어난 정의라는 뜻이다.

●

살아 있는 모든 것은 **소리**를 낸다. — 광물을 위한 얼마나 멋진 변론인가!

●

바흐는 싸움꾼에다, 송사 벌이기를 좋아했고, 직위와 명예를 탐했다 등등. 아, 그런가! 그래서 어쨌다는 말인가? 한 음악학자는 죽음을 주제로 한 칸타타를 열거하면서, 바흐만큼 죽음에 대한 향수를 품었던 인간은 없었다고 말했다. 중요한 것은 그것뿐이다. 나머지는 개인의 전기에 속하는 일이다.

●

사색과 노력에 의해서가 아니고는 평정의 상태에 도달할 수 없다는 불행. 백치가 단번에 획득하는 그 상태에 도달하기 위해 사람들은 밤낮으로 몸부림쳐야 한다. 그나마도 이따금씩 밖에는 도달하지 못한다!

●

나는 늘 수많은 순간들이 나를 덮치기 위해 행군해 오는 듯한 환상을 지니고 살아왔다. 시간은 나의 던시네인의 숲[58]이될 것 같았다.

●

몰상식한 사람들이 우리에게 던지는 고통스럽고 상처를 주는 질문들은 우리를 짜증 나게 하고 혼란스럽게 만든다. 동양의 어느 종파가 사용하는 방법도 우리에게 같은 효과를 가져올 수 있다. 투박하고 공격적인 어리석음이 깨달음을 촉발시키지 못할 이유가 있을까? 그것은 머리를 내리치는 막대기와같은 가치를 가진다.

●

인식은 불가능한 것이며, 가능하다고 해도 아무것도 해결하지 못할 것이다. 회의주의자의 위치가 그러한 것이다. 그는무엇을 원하는가? 그는 무엇을 찾는가? 그 자신도 또 아무도그것을 결코 알지 못할 것이다.

---

58   forêt de Dunsinane : 셰익스피어의 『맥베스』에서, 맬컴과 맥더프의 군사는 나뭇가지로 위
      장하고 던시네인 숲에서 맥베스를 공격한다.

회의주의는 진퇴양난의 도취다.

●

다른 사람들에게 포위되면 나는 빠져나오려고 애쓴다. 그러
나 내가 그 일에 그리 성공적이지 못한 것이 사실이다. 그럼
에도 불구하고 **내가 그렇게 되고 싶었을지도 모르는** 사람과
매일 몇 초 동안이라도 이야기를 나누는 데 성공했다.

●

일정한 나이가 되면, 이름을 바꾸고 아는 사람이 아무도 없는
오지에 몸을 숨겨야 한다. 친구든 적이든 아무도 만날 위험이
없는 곳. 지친 악당이 평화로운 삶을 영위할 수 있는 곳.

●

우리는 사색을 하면서 동시에 겸손해질 수는 없다. 정신이 움
직이기 시작하면, 그것은 즉시 신 또는 그것이 무엇이든 다른
것으로 대체된다. 그것은 경솔함, 확장, 신성모독이다. 그것은
'일하지' 않고 붕괴시킨다. 그의 행보가 드러내는 긴장은 광
포하고 냉혹한 성격을 드러낸다. 약간의 냉혹함 없이 우리는
하나의 생각을 끝까지 밀어붙일 수 없다.

•

파괴자들, 환상가들, 그리고 구원자들 대부분은 뇌전증 환자들이거나 소화불량증 환자들이었다. 고위험군 질병이 가지고 있는 덕성에 대해서는 사람들의 의견이 일치한다. 반대로 소화불량의 장점은 별로 인정되지 않는다. 그러나 언제나 신경을 쓸 수밖에 없는 소화 문제만큼 모든 것을 뒤흔들어놓는 것도 없다.

•

나의 소명은 미처 **알지 못한 채** 고통을 겪고 있는 모든 이들을 위해 고통스러워하는 것이다. 나는 그들을 위해 값을 치러야 한다. 그들의 무지를, 그들이 얼마나 불행한지 알지 못하는 행운을 대신 속죄해야 한다.

•

시간이 나를 괴롭힐 때마다. 나는 시간과 나 둘 중 하나는 뛰어내려 죽어야 한다고, 이 잔인한 대면을 무한정 계속하는 것은 불가능한 일이라고 생각한다.

우울증이 극단에 이르면, 생겨나는 모든 일이 그것을 키운다. 모든 것이 우울증에게 넘치는 재료를 제공해주고, 우리가 따라갈 수 없는 높이로 그것을 끌어올린다. 그리하여 그것을 너무나 크고 거대한 존재로 만들어버린다. 그래서 이제 그것이 우리 자신의 우울증이 아닌 것처럼 느껴지게 된다면, 그건 별로 놀라운 일도 아니다.

●

예견되었던 불행이 마침내 갑자기 들이닥치면, 그것은 우리가 예견하지 못했던 불행보다 열 배, 백 배는 더 견디기 힘들다. 우리의 공포가 지속되는 동안, 우리는 내내 그것을 미리 체험했으므로, 그것이 막상 닥쳐왔을 때는 이 과거의 고통들이 현재의 고통에 덧붙여진다. 그리고 그 둘이 합쳐져서 견딜 수 없는 무게를 가진 덩어리가 되어버리는 것이다.

●

신이 하나의 해결책이었다는 것은 분명하다. 앞으로도 그처럼 만족할 만한 해결책은 결코 찾을 수 없을 것이다.

●

내가 진심으로 감탄하는 사람은 불명예를 겪었으나 행복한 사람이다. 나는 이렇게 생각할 것이다. 여기 주위 사람들의 견해를 무시하고, 오로지 자기 자신 안에서 행복과 위안을 길어 올리는 사람이 있구나, 라고.

●

루비콘강을 건넌 카이사르[59]는 파르살루스 전투[60] 이후 너무 많은 사람들을 용서했다. 카이사르를 배반했던 동료들은 그 관대함을 오히려 불쾌하게 받아들였다. 그들은 카이사르가 그들을 원한 없이 대한다는 것을 모욕으로 느꼈다. 그들은 쪼그라들고 놀림당하는 기분이었다. 그들은 카이사르가 그들에게 관대했기 때문에 또는 그들을 멸시했기 때문에 그를 벌했다. 카이사르는 자신이 원한 품은 자 수준으로 낮아지기를 원치 않았던 것이다! 그가 폭군답게 행동했더라면, 그들은 그를 해치지 않았을는지도 모른다. 그러나 그들은 카이사르가

---

59 크라수스의 전사로 로마 정치의 3두 체제가 무너져 카이사르와 폼페이우스 간의 세력 다툼이 발생했다. 원로원이 폼페이우스와 결탁하여 자신을 없애기로 음모를 꾸민다는 것을 알아챈 카이사르는 BC 49년, 루비콘강을 건너 로마에 입성했다. 루비콘강은 카이사르가 원로원 승인 없이 건널 수 없는 그의 지휘 영역 경계였으나 그는 원로원 승인 없이 그 강을 건넌 것이다. "루비콘강을 건넜다."라는 유명한 숙어는 이때 만들어진 것이다.

60 BC 48년 파르살루스(북그리스 테살리아)에서 카이사르와 폼페이우스 사이의 패권이 결정된 역사적 전쟁. 카이사르는 이 전쟁에서 교묘한 용병술로 자신의 군대보다 두 배나 많은 폼페이우스군을 물리치고 패권을 장악했다.

그들에게 공포심을 충분히 불어넣으려 하지 않았기 때문에 그에게 앙심을 품었다.

●

존재하는 모든 것은, 조만간, 악몽을 잉태한다. 그러므로 존재보다 더 나은 무엇인가를 발명하도록 애써보자.

●

기존 종교들을 파헤치는 것을 스스로 임무로 부여한 철학은, 기독교가 전파되어 승리를 구가할 시점에 이르자 이교와 공동전선을 펼쳤다. 승리를 구가하고 있는 기독교의 몰상식보다 이교의 미신이 낫다고 여겼던 것이다. 철학은 신들을 공격하고 신상을 파괴하면서 인간을 해방시킨다고 믿었다. 그러나 실제로 철학은 인간을 옛날의 노예 상태보다 더 고약한 새로운 노예 상태로 넘겨주었다. 바야흐로 종교의 신들을 대체하게 될 신은 관용에 대해서도 아이러니에 대해서도 변변한 전문성조차 없다.

　사람들은 철학은 이 신의 도래에 대해 책임이 없으며, 그 신을 추천한 것은 철학이 아니라고 반박할 것이다. 그럴지도 모른다. 그러나 철학은 신들을 파괴하는 일이 아무 대가도 없이 이루어지지 않는다는 것, 다른 신들이 와서 옛날 신들의 자리를 차지했지만, 그 대신 인간이 얻은 것은 아무것도 없다는 사실을 의심해보았어야 한다.

●

광신주의는 대화를 죽인다. 순교하고자 하는 사람과는 대화를 나눌 수 없다. 우리의 이성 안으로 들어오기를 거부하는 사람, 사람들이 자신의 이성에 승복되지 않을 때, 생각을 굽히느니, 차라리 죽기를 원하는 사람에게 무슨 말을 할 수 있겠는가? 딜레탕트들[61]과 소피스트들은 적어도 모든 종류의 이성 안으로 열심히 들어간다.

●

누군가에게 우리가 그 사람에 대해 어떻게 생각하고 있는지, 또 그가 하고 있는 일에 대해 말해준다는 것은 자신을 지나치게 우월하게 여기는 태도이다. 솔직함은 섬세한 감정과는 양립할 수 없는 것이다. 윤리적 요구와도 양립할 수 없다.

●

우리와 가까운 사람들이 제일 먼저 우리의 장점을 의심한다.

---

61   dilettantes : 장르를 불문하고 향락적 문예 도락을 즐기는 사람들. 흔히 극단적으로 세련된
      예술적 취향을 지닌 허무주의자와 동의어로 사용된다.

이것은 보편적인 법칙이다. 부처 자신도 이 법칙을 벗어나지 못했다. 그를 가장 악착같이 반대했던 사람은 그의 사촌 중 한 사람이었다. 악마 마라는 그다음이었다.

●

불안해하는 사람에게, 성공과 실패의 차이는 없다. 성공과 실패에 대한 그의 반응은 같다. 그 두 가지는 똑같이 그를 괴롭힌다.

●

일을 하지 않고 있어서 조금 지나칠 정도로 걱정스러울 때, 나는 내가 죽을 수도 있고, 그러면 일을 덜 하게 될 것이라고 생각한다.

●

연단 위에 서느니 차라리 하수구에 처박히는 게 낫겠다.

●

영원히 잠재성의 상태에 머물러 있는 이점들은 나에게 너무나 큰 것으로 보여서, 그 이점들을 헤아려보기 시작하면, 존재로의 이행이 결코 이루어질 수 없었을지도 모른다는 가정을 떨쳐버릴 수 없다.

●

실존＝고통. 이 등식은 나에게는 분명해 보인다. 내 친구 한 사람에게는 그렇게 여겨지지 않는 것 같다. 그를 어떻게 설득할 수 있을까? 그에게 내 감각을 **빌려주는** 건 불가능하다. 그런데 감각만이 그를 설득할 수 있고, 그가 너무나 오래전부터 끈질기게 비난해온 존재라는 고통의 추가분을 그에게 가져다줄 수 있을 것이다.

●

사람들이 사물들을 어둡게 보고 있다면, 그것은 그것들을 어둠 속에서 헤아려보기 때문이며, 사유는 일반적으로 어둠에서 출발한 밤샘의 결과물이기 때문이다. 그 사유들은 생을 **위해** 생각된 것이 아니므로, 생에는 적용될 수 없다. 그것들이 어떤 결과를 가져올 수 있는가에 대해 우리는 관심조차 없다. 우리는 모든 인간적 계산, 구원이나 파멸에 대한 모든 생각, 존재 또는 부재 바깥에, 그리고 침묵 안에 있다. 침묵은 공허의 우월한 방식이다.

●

태어남이라는 모욕을 아직도 소화시키지 못했다.

●

대화들 속에서 자신을 소모시킨다. 뇌전증 환자가 발작으로 인해 자신을 소모시키는 것처럼.

●

두려움이나 끈질긴 불안을 이기기 위해서는, 자기 자신의 장례식 장면을 떠올려보는 것보다 더 좋은 방법은 없다. 이것은 모든 사람이 사용할 수 있는 효과적인 방법이다. 낮 동안에 너무 자주 이 방법에 도움을 청하지 않으려면 날이 밝자마자 그 장점을 느껴보는 것이 제일 좋은 방법이다. 또는 인노켄티우스 9세처럼 예외적인 순간들에 사용할 것. 그는 자기가 죽음의 침상에 누워 있는 모습을 그린 그림을 하나 주문했는데, 중요한 결정을 내릴 때마다 그 그림을 바라보곤 했다고 한다.

●

부정적 정신의 소유자는 누구나 재난을 불러오는 어떤 **그렇다**에 목말라한다.

인간이 **자신의** 신과 단독자적인 대화를 나누었던 수 세기 동안 알고 있었던 깊이에 비견할 만한 깊이에 앞으로 결코 도달할 수 없으리라는 것은 분명하다고 확신할 수 있다.

—

내가 우주 밖에 있지 않은 순간은 단 한 순간도 없다!
    …… 내가 나 자신을, 불쌍한 존재인 나의 조건을 불쌍하게 여기기 무섭게, 나는 내가 나의 불행의 특질을 나타내기 위해 사용한 어휘들이 '지고의 존재'의 첫 번째 특질을 정의하는 바로 그 어휘들이었다는 것을 알아차린다.

—

아리스토텔레스, 토마스 아퀴나스, 헤겔 ― 인간의 정신을 노예로 만든 세 사람. 독재의 최악의 형태는 **체계**다. 철학에 있어서도 그렇고 다른 것에 있어서도 그러하다.

—

사유의 대상이 될 만한 가치를 가진 것은 아무것도 없다는 사실이 명백해진 이후에도 신은 살아남는다.

●

젊은 시절에는 적들을 만들어내는 것보다 더 큰 기쁨은 없었다. 이제는 적이 한 사람 생겨날 때마다 맨 처음에 드는 생각은, 그에 대해 더 이상 신경 쓸 일이 없도록 그와 화해해야겠다는 것이다. 적들을 가진다는 것은 커다란 책임을 지게 된다는 의미이다. 나의 짐 하나만으로도 충분히 무겁다. 나는 이제 다른 사람들의 짐을 짊어질 수 없다.

●

환희는 지칠 줄 모르고 자기 자신을 집어삼키는 빛이다. 그것은 **태초의 시간**에 있는 태양이다.

●

죽기 며칠 전에, 클로델[62]은 무한한 신이라고 부를 것이 아니라 무궁무진한 신이라고 불러야 마땅하다고 말했다. 마치 그것이 같은 의미, 또는 거의 같은 의미가 아니라는 듯이! 그럼에도 불구하고 그가 자신의 삶과의 '임대차 계약'이 곧 끝날 것이라는 것을 알아차린 그 순간에 보인 이 언어적 세심함은,

---

62　Paul Claudel(1868~1955) : 프랑스 상징주의 시인, 외교관. 대표적인 가톨릭 시인으로 꼽힌다.

어떤 말이나 '숭고한' 제스처보다도 더욱 감동적이다.

●

엉뚱함은 기준이 될 수 없다. 놀랍고 예상할 수 없기로는 파가니니가 바흐보다 한 수 위였다.

●

매일 되풀이해서 말해야 한다. "나는 지구 표면에서 돌아다니는 수십억 명 중 한 사람이다. 나는 그들 중 한 사람일 뿐, 그 이상 아무것도 아니다." 이 평범성은 어떤 결론, 행동, 행위도 모두 정당화시켜준다. 방탕, 정숙함, 자살, 노동, 범죄, 게으름 또는 반항.

…… 거기에서 각자 자기가 하고 있는 일을 하는 것은 옳다, 라는 결론이 도출된다.

●

친춤[Tzintzoum]. 우스꽝스럽게 들리는 이 단어는 카발라[63]의 중요

63　Kabbalah : 히브리어로 '전승' 또는 '전통'이라는 의미. 대표적인 유대교 신비주의. 『구약』에 대한 신비주의 해석이 그 바탕이다. 오랫동안 유럽 전역에 흩어져 있는 유대 공동체 안에서 비밀리에 전수되어오다가 13세기에 기본 경전 『조하르』가 쓰여지면서 체계화된 사상 체계로 등장했다. 중세 서구 신비주의에 큰 영향을 끼쳤다. 그 영향은 고급 사상 체계뿐 아니라 미술에도 강하게 작용했다. 18세기 이후에는 하시디즘을 통해 일상적 종교운동으로 전환되

한 한 가지 관념을 가리킨다. 세계가 존재하게 하기 위해서, 완전하며 도처에 존재하는 신은 몸을 수축시켜서, 그가 살지 않는 빈 공간을 남겨주는 데 동의했다. 이 '구멍' 안에 세계가 자리를 잡았다.

이처럼 우리는 신이 우리에게 자비 또는 변덕으로 인해 양보한 애매한 영역을 차지하게 되었다. 우리가 존재하게 하기 위해서 신은 수축되었고, 그의 절대권력에 제한을 두었다는 것이다. 우리는 신의 의지적인 축소, 지워짐, 그의 부분적인 부재의 산물이다. 신은 우리를 위해 자신을 잘라내는 미친 짓을 했던 것이다. 신이 **온전한** 존재로 머물러 있는 양식과 좋은 취향을 가지고 있지 않았다니!

●

『이집트인들에 의한 복음서』[64]에서 예수는 선언한다. "여자들이 아이를 낳는 한, 인간은 죽음의 희생자가 되리라." 그런 다음, 그는 분명하게 말한다. "나는 여자들이 하는 일을 파괴하러 왔다."

었다. 장미십자회나 프리메이슨도 카발라의 영향을 받았다. 세피로트의 나무(생명 나무)를 중심으로 한 매우 화려한 상징체계를 갖추고 있다. 숫자의 상징주의도 매우 독특하다.

64 *Evangile selon les Egyptiens* : 오늘날에는 사라진 2세기 초반 그리스어로 쓰여진 외경(外經)의 하나. 극단적 금욕주의 성향을 보이는 그노시스적 기독교 텍스트. 기독교 교부인 알렉산드리아의 클레멘스(150~213)의 저서에 그 단편이 인용되어 전한다. '로기온(logion, 예수와 제자의 대화 형식으로 이루어진 성서 텍스트 기본 자료인 Q자료의 형식. 원래는 '신탁' 또는 '신의 말씀'이라는 뜻)'을 바탕으로 쓰여진 것으로 보인다. 흥미로운 것은 예수와 여제자 살로메와의 대화로 이루어져 있다는 것. 역시 외경인 「도마복음」과도 상통하는 바가 있다.

그노시스주의자들의 극단적 교리를 접할 때면, 사람들은 가능하면 더 멀리까지 가고 싶어 하게 된다. 역사를 석화시키거나 박살 내는, 한 번도 말해지지 않은 무엇인가를 말하고 싶어진다. 우주적인 네로주의에 속하는 그 무엇, 물질적인 광기에 속하는 그 무엇을.

●

하나의 강박관념을 번역해내는 것은, 그것을 자기 바깥으로 투사한다는 것, 귀신을 쫓듯이 그것을 쫓아낸다는 뜻이다. 강박관념들은 신앙 없는 세계의 **악마들**이다.

●

인간은 죽음을 받아들이지만, 자신이 죽는 시간은 받아들이지 못한다. 인간은 죽어야 하는 시간에 죽는 것이 아니라, 아무 때나 죽는 것이다!

●

공동묘지에 들어가는 즉시, 완전한 하찮음에 대한 감정이 모든 형이상학적 근심을 쫓아낸다. 어디에서나 '신비'를 찾는 자들이 반드시 사물들의 바닥으로 내려가는 것은 아니다. '신비'는 '절대'처럼, 가장 흔히 정신의 습관적인 근육 경련 증

세에 일치할 뿐이다. 신비는 진실로 절망스러운 경우에, 달리 어쩔 도리가 없을 때에만 사용해야 하는 말이다.

●

별 진전이 없는 상태에 머물러 있는 계획들과 실현된 계획들을 돌이켜보면, 실현된 계획들이 실현되지 않은 계획들의 운명을 갖지 못한 것이 못내 아쉽게 여겨지는 충분한 이유가 있다.

●

"육체적 욕망을 추구하는 성향의 사람은 관대하고 동정심이 있다. 순수함을 추구하는 성향의 사람은 그렇지 못하다."(성 요한 클리마쿠스)[65]

이 정도로 명확하고 힘차게, 거짓말이 아니라 기독교 도덕과 모든 도덕의 본질을 비판하기 위해서는 더도 아니고 덜도 아니고, 딱 한 사람의 성인이 필요했다.

---

65 St. Joannes Climacus(579?~649?) : 시리아의 수도사. 수도사들의 교육을 위해 쓴 『천국의 사다리』의 저자(거기에서 그의 이름이 유래했다. 'klimax'는 고대 그리스어로 '사다리'라는 뜻). 신을 향해 가는 과정을 30단계로 설명한 이 책은 동방정교 수도원뿐 아니라 서구 수도원에서도 중요하게 여겨진 저작이다. 그는 가톨릭교회와 동방정교회 양쪽에서 성인으로 추앙받는다. 20세기에 시나이산 중턱에 암자를 짓고 신비적 정적주의자로 머물렀다. 그 후 찾아오는 이들에게 가르침을 베풀었으나 시기하는 사람들이 모략하자 1년간 완전한 침묵 속에서 지냈다. 제자들이 끈질기게 청원하여 다시 가르쳤다. 이집트 여행에서 돌아와 수도원장으로 추대되었다. 죽기 몇 년 전에 암자로 돌아가 그곳에서 죽었다.

·

우리는 끝나지 않는 잠에 대한 생각을 두려움 없이 받아들인
다. 반대로 **영원한** 깨어 있음(불멸성이라는 것이 생각할 수 있는 개념
이라면 아마도 바로 이런 상태일 것이다)은 우리를 공포에 **빠뜨린다**.
의식 없음은 조국이다, 의식은 망명지이다.

·

모든 심오한 느낌은 관능적이거나 불길하다. 또는 관능적이
며 동시에 불길하다.

·

나만큼 모든 것이 하찮다는 확신을 가지고 있는 사람은 아무
도 없었다. 비극에서 그렇게 많은 하찮은 것들을 보아낼 사람
도 없을 것이다.

·

아메리카 인디언 이시Ishi는 그의 종족의 마지막 생존자다. 그
는 백인이 무서워서 몇 년 동안 숨어 있다가, 더 이상 어떻게
해볼 수 없는 처지가 되어, 그의 종족을 죽인 살해자들을 완
전히 자의로 찾아갔다. 그는 자신도 동족들이 당했던 것 같은

대접을 받으리라 생각했다. 그러나 백인들은 그를 환대해주었다. 그에게는 아이가 없었다. 그는 정말로 그 종족의 마지막 사람이었다.

인류가 파멸하거나 아니면 그냥 사라져버린다면, 우리는 홀로 살아남아 땅 위를 헤매고 다닐 단 한 명의 인간을 상상해볼 수 있다. 그에게는 그가 투항할 그 **누구**조차 없다.

●

인간은 자신의 가장 깊은 내면에서, 자신이 의식을 갖기 **이전에** 머물렀던 조건에 합류하기를 간절히 원한다. 역사는 거기에 도달하기 위해 그가 따라가는 에움길에 불과하다.

●

중요한 것은 한 가지뿐이다. 패배자가 되는 것을 배우기.

●

모든 현상은 보다 광범한 하나의 다른 현상의 훼손된 판본이다. 시간은 영원성의 찌꺼기이며, 역사는 시간의 찌꺼기이며, 생 역시 물질의 찌꺼기이다. 그렇다면 정상적이라는 것은 무엇이며, 건강하다는 것은 무엇인가? 영원성은? 그것 역시 신의 불구성^{不具性}에 불과하다.

8

우주가 망가졌다고 생각하지 않는다 해도, 모든 정치체제하에서 벌어지는 불의의 광경을 보고 있으면 우유부단한 사람조차 폭력적으로 변하게 될 것 같다.

●

소멸시킨다는 것은 힘에 대한 느낌을 주며, 우리 안에 있는 어둡고 **원초적인** 그 무엇을 즐겁게 해준다. 우리는 무엇인가를 일으켜 세울 때가 아니라, 가루처럼 흩어버릴 때, 어떤 신의 비밀스러운 만족감을 짐작할 수 있다. 모든 시대의 광적인 자들에게서 촉발되는 파괴에 대한 매혹과 환상은 거기에서 온다.

●

모든 세대는 절대 안에서 살아간다. 그 세대는 자신이 역사의 절정, 아니면 끝에 이르렀다고 생각하고 행동한다.

어떤 민족이든, 자신들 역사의 한 시기에, 자신들이 **선택받은 민족**이라고 생각한다. 그때 그 민족은 자신의 최상의 것과 최악의 것을 드러낸다.

　●

트라피스트 교단[66]이 이탈리아나 스페인에서 태어나지 않고 프랑스에서 태어난 것은 우연한 일이 아니다. 스페인 사람들이나 이탈리아 사람들은 물론 쉴 새 없이 말한다. 그러나 그들은 자신이 하는 말을 **듣지** 않는다. 반면에 프랑스인들은 자기가 하는 말을 음미하며 자기가 말하고 있다는 사실을 결코 잊지 않는다. 그들은 자신이 한 말을 아주 깊이 의식하고 있다. 프랑스인만이 침묵을 시련과 금욕으로 생각할 줄 알았다.

　●

프랑스 대혁명이 나에게 언짢게 느껴지는 이유는, 모든 것이 무대 위에서 이루어지고 있다는 사실이다. 혁명의 주동자들

---

[66]　1098년 프랑스 시토에서 출범한 가톨릭 관상(觀想)수도회. 그러나 트라피스트라는 이름이 생겨난 것은 1664년, 아르망 드 랑세가 프랑스 노르망디의 라 트라프에 이 수도회 수도원을 처음 건립하면서부터였다. 속세와 인연을 끊고 침묵을 원칙으로 지키는 엄격한 수도 생활을 하며 농업과 목축 등 노동에 종사한다. 현대에도 명맥이 유지되고 있고, 유럽 각지의 트라피스트 수도원에서 생산되는 트라피스트 맥주가 유명하다.

은 타고난 배우들이며, 기요틴은 무대장치에 불과하다. 프랑스 역사는, 전체를 놓고 보면, 주문 생산된 역사, **연출된** 역사처럼 보인다. 그 안에서는 모든 것이 연극적 관점으로 보면 완벽하다. 그것은 사람들이 체험한다기보다는 바라보는 하나의 재현, 제스처들과 사건들의 연속, 10세기에 걸친 구경거리다. 거리를 두고 멀리서 바라보면 공포정치조차 경박한 인상을 풍기는 것은 그 때문이다.

●

풍요로운 사회를 멀리서 바라보면 다른 사회보다 더 취약하다. 왜냐하면 그 사회는 파멸밖에는 기다릴 것이 없기 때문이다. 안락함이란 그것을 소유하고 있을 때에는 이상이 될 수 없다. 수 세기 전부터 그런 상태가 지속되어왔을 때에는 더더욱 그러하다. 자연이 그 계산 안에 안락을 포함시킨 적이 없고, 자연이 소멸하지 않는 한 그렇게 하지 않을 것이라는 사실을 염두에 두지 않는다 해도 말이다.

●

여러 나라가 동시에 무기력해진다면, 갈등도 전쟁도 없고, 더이상 제국들도 생겨나지 않을 것이다. 그러나 불행하게도, 젊은 민족, 그리고 젊은이들이 있다. 이들이 박애주의자들의 꿈에 중요한 장애물이다. 그 꿈은 모든 사람들이 똑같은 정도의 무기력함이나 쇠약한 상태에 이르게 만드는 것이다.

●

어떤 경우에도 억압받는 사람들 편에 서야 한다. 비록 그들이 옳지 않다고 해도 그렇게 해야 한다. 그들이 그들을 억압하는 자들과 똑같은 진흙을 빚어 만들어진 인간이라는 사실을 놓쳐서는 안 된다.

●

죽어가는 체제들의 고유한 특질은 온갖 신념과 교리들이 뒤범벅이 되도록 내버려두면서, 동시에 결단의 시간을 무한정 늦출 수 있을 것이라는 환상을 준다는 것이다.

혁명을 앞둔 시대들의 매력은 거기에서 유래한다. 오로지 그 사실에서만 유래한다.

●

가짜 가치들만이 유통된다. 모든 사람이 그것에 동화될 수 있고, 위조할 수 있기(두 번째 단계의 거짓) 때문이다. 성공하는 사상은 필히 사이비 사상이다.

혁명은 나쁜 문학의 **승화**이다.

•

공적인 불행 안에서 난감한 점은, 누구나 그것에 관해 말할 수 있는 충분한 능력을 가지고 있다고 생각한다는 사실이다.

•

우리를 짜증 나게 하는 사람들을 치워버릴 수 있는 권리는 이상적 도시국가 헌법 1조에 들어가 있어야 한다.

•

젊은이들에게 가르쳐야 할 유일한 사실은 삶으로부터 기대할 것이 아무것도(거의 아무것도라고 해두자) 없다는 사실이다. 나는 각자에게 예약된 모든 계산 착오를 기록해놓은 **실망 일람표**를 생각하고 있다. 그걸 학교에 붙여놓는 것이다.

팔라틴 공주[67]의 말에 따르면, 맹트농 부인[68]은 왕이 죽고 나서 아무런 역할도 하지 못하고 있던 몇 년 동안, "얼마 전부터, 현기증의 정신이 사방에 퍼져 지배하고 있다."라는 말을 습관처럼 되풀이했다고 한다.

이 '현기증의 정신'은 패배자들이 언제나 확인하는 것이다. 더군다나 그것은 올바른 표현이다. 이 표현으로부터 출발해 역사 전체를 다시 생각해볼 수 있을 것이다.

●

진보란 모든 세대가 그 앞의 세대에 대하여 저지르는 불의다.

●

부자들[69]은 스스로를 증오한다. 그러나 비밀스럽게 그렇게 하

67 Princesse Palatine(1652~1722) : 루이 14세의 형제 필립 오를레앙의 부인. 당시 궁정 여성들과는 달리 개성이 분명하고 지성적인 여성이었다. 루이 14세 시대 궁정 생활을 기록으로 남겼다. 당시로서는 파격적인 일이었다. 맹트농 부인과 숙적 관계였다.

68 Mme de Maintenon(1635~1719) : 본명은 프랑수아즈 도비녜. 유명한 시인 아그리파 도비녜의 손녀. 그러나 집안은 몰락해 16세 때 46세의 중풍에 걸린 시인 스카롱과 결혼했고 25세에 과부가 되었으나, 남편은 아무것도 남겨주지 않았다. 그녀는 남편의 인간관계를 활용해 귀족 집안의 가정교사로 생활하다가, 루이 14세 서자의 가정교사가 된 후, 루이 14세와의 관계가 시작되었고 그와 비밀 결혼식을 한 후, 베르사유의 비공식적 안주인이 되었다. 귀족 출신인 팔라틴 공주가 미워했다.

는 것이 아니라 공개적으로 그렇게 한다. 그리고 어떤 방법으로든 숙청되기를 원한다. 어쨌든 그들은 자신들의 협조를 통해 그렇게 하기를 더 원한다. 바로 그것이 혁명적 상황의 가장 기이하고 독특한 양상이다.

●

한 민족은 단 한 차례의 혁명밖에는 하지 못한다. 독일인들은 종교개혁의 위업을 결코 다시 이루지 못했고, 이루었다 해도 먼젓번의 혁명에 미치지 못했다. 프랑스는 영원히 1789년에 의존하고 있다. 러시아나 다른 모든 나라도 마찬가지이다. 혁명 분야에 있어 자기 자신을 모방하는 이 경향은 안심되는 것이면서 동시에 비통한 일이다.

●

몰락기의 로마인들은 그리스적 휴식(*otium graecum*)만을 높이 평가했다. 그것은 로마인들이 자신들의 전성기에는 가장 경멸했던 것이었다.

  오늘날의 문명국과의 유사성이 너무 분명해서, 그것을 계속 주장하는 것이 적절치 않게 보일 지경이다.

---

69 repus : 원문 뉘앙스를 살리면 '배 터지게 먹는 자들'이라는 뜻. 동사 repaître의 과거분사로 만들어진 단어인데, repaître 동사 자체가 '동물에게 먹이를 주다'라는 부정적 뉘앙스를 가지고 있다.

알라리크[70]는 '악마'가 자기를 부추겨 로마를 공격하게 했다고 말했다.

쇠진한 모든 문명은 자신의 야만족을 기다린다. 그리고 모든 야만족은 자신의 악마를 기다린다.

●

서양 — 좋은 냄새를 풍기는 썩은 것, 향수 뿌린 시체.

●

이 모든 민족은 위대했다. 왜냐하면 그들은 위대한 편견을 가지고 있었기 때문이다. 이제 그들은 더 이상 그런 편견을 가지고 있지 않다. 그들은 아직 민족들인가? 기껏해야 해체되어 있는 군중일 뿐이다.

●

백인들은 점점 더 **창백한 사람들**이라는 이름에 걸맞은 존재

---

70   Alaric(370?~410) : 게르만 일파인 서고트족 족장. 410년에 로마에 침입해 사흘간 약탈했다. 게르만족 추장으로서는 최초의 로마 침입이었다.

들이 되어가고 있다. 그것은 아메리카 인디언들이 백인들에게 붙여주었던 이름이다.

●

유럽에서, 행복은 빈에서 끝난다. 그 너머로는 언제나처럼 저주에 저주가 덧붙여져 있을 뿐이다.

●

로마인, 터키인, 그리고 영국인들은 오래 지속되는 제국을 건설할 수 있었다. 왜냐하면 모든 교리에 둔감했던 그들은, 복속된 민족들에게 어떤 교리도 강요하지 않았기 때문이다. 만일 그들이 어떤 메시아니즘적인 악덕에 물들어 있었다면, 그들은 그렇게 오랫동안 지배권을 행사할 수 없었을 것이다. 생각지도 않게 억압자가 되었고, 관리자이자 기생충들, 신념을 가지지 않은 지배자들이었던 그들은, 권위와 무심함, 엄격함과 방임을 배합하는 기술을 가지고 있었다. 옛날에 스페인 사람들에게 부족했던 것이 바로 이 기술, 진정한 지배자의 비밀이었다. 우리 시대의 지배자들에게도 그 기술이 모자라는 것 같다.

어느 민족이 자신의 우월성에 대한 의식을 간직하고 있는 한, 그 민족은 사납다. 그리고 존경받는다 ─ 그것을 잃어버리는 순간, 그 민족은 인간다워지고, 그리고 중요성을 잃는다.

·

이 시대에 대해 분노가 치밀 때면, 앞으로 일어날 일에 대해서, 우리 뒤에 올 시대가 우리 시대에 대해 품게 될 회고적인 질투심에 대해 생각해보는 것만으로도 충분히 마음이 가라앉는다. 여러 가지 점에서 우리는 옛날의 인류, 여전히 천국을 그리워할 수 있는 인류에게 속해 있다. 그러나 우리 뒤에 올 사람들은 그 그리움에 대한 회한이라는 자원조차 가지고 있지 못하게 될 것이다. 그들은 천국이라는 개념조차, 심지어는 단어조차 모를 것이다!

·

미래에 대한 나의 비전은 너무나 **명확한** 것이어서, 만일 내게 아이들이 있다면, 나는 당장 그들을 목 졸라 죽일 것이다.

●

낭만주의 시대 베를린의 살롱들, 그곳에서 헨리에테 헤르츠나 라헬 레빈 같은 여성이 했던 역할, 레빈을 왕세자 루이스 페르디난트와 이어주었던 우정을 떠올려본다. 그녀들이 이 시대에 살았더라면 가스실에서 죽었을 것이다. 그런 생각을 해보면, 진보에 대한 믿음이야말로 가장 기만적이고 가장 어리석은 미신이라고 여기지 않을 수 없다.

●

헤시오도스는 역사철학을 정비한 첫 번째 철학자다. 그는 몰락에 대한 개념을 처음으로 만들어내기도 했다. 그렇게 함으로써 그는 역사의 생성에 엄청난 빛을 던졌다! 역사의 기원 한가운데에서, 호메로스 이후 시대의 세계 한복판에서, 그는 인류가 철의 시대[71]에 살고 있다고 평가했다. 그렇다면, 그는 그 이후의 세기들에 대해서는 무엇이라고 말했을까? 오늘날에 대해서는 무엇이라고 말할까?

경박한 사조나 유토피아에 의해 몽롱해진 시대들을 제외하면, 인간은 항시 자기가 최악이 시작되는 초기 상태에 이

---

[71] 헤시오도스를 호메로스와 동시대인(BC 8세기)으로 보기도 하지만, 대개는 그보다 1세기 후에 활동한 것으로 본다. 헤시오도스의 시대 구분은 『노동과 나날』에 나온다. 황금시대, 은의 시대, 청동시대, 영웅시대, 철의 시대. 영웅시대는 청동시대를 약간 극복하지만, 나머지는 모두 점점 더 타락하는 과정. 헤시오도스는 자기가 살았던 시대를 이미 인류가 가장 타락한 '철의 시대'라고 보았다.

르렀다고 생각했다. 자신이 비극이 시작되는 시기에 처해 있다는 것을 알면서도 인간은 어떤 기적에 의해 자신의 욕망과 공포를 끊임없이 변주시킬 수 있었을까?

●

제1차 세계대전 직후 내 고향 마을에 전기가 처음 들어왔다. 모두들 웅성거렸다. 그다음에는 절망해서 입을 다물었다. 그러나 교회들(우리 마을에는 교회가 셋 있었다)에 전기를 설치하자, 사람들은 모두 적그리스도가 왔으며, 그와 함께 세계의 종말도 왔다고 확신했다.

이 카르파티아 산맥의 농부들은 정확히 보았다. 그들은 **멀리** 앞을 내다보았던 것이다. 선사시대를 빠져나온 그들은, 문명인들이 얼마 전부터 겨우 알게 된 것을 당시에 이미 알고 있었던 것이다.

●

내가 역사책 읽기를 좋아하게 된 것은, 뭐든지 좋게 끝나는 것을 싫어하는 나의 편견 때문이었다.

사상은 죽음의 고통에 어울리지 않는다. 사상도 물론 죽는다. 그러나 죽는 줄 모르고 죽는다. 그런데 하나의 사건은 그종말을 위해서만 존재한다. 그것은 철학자들의 책보다 역사학자들의 책을 읽는 것을 더 좋아할 충분한 이유가 된다.

기원전 2세기에 로마에서 유명한 대사였던 카르네아데스[72]는 부임 첫날에는 정의를 옹호하는 발언을 하고, 둘째 날에는 정의를 부정하는 말을 했다. 그 순간부터, 건전한 관습이 자리 잡고 있던 로마에 그때까지 존재하지 않았던 철학이 그 파괴력을 발휘하기 시작했다. 그러면 철학이란 무엇인가? **과일 속의 벌레**……

카르네아데스의 변증법 강연에 참여했던 검열관 카톤은, 그 강연에 놀라서 가능한 한 빨리 아테네 사절단의 요구를 들어주라고 원로원에 요구했다. 그만큼 그는 그들의 존재가 해롭고 위험하기까지 하다고 생각했던 것이다. 로마의 젊은 이들을 그렇게 부도덕한 정신의 소유자들과 만나게 해서는 안 되었다.

도덕적 차원에서 카르네아데스와 그의 동료들은 군사적 차원에서 카르타고인들만큼이나 두려운 존재였다. 상승하는 민족들은 무엇보다 편견과 금기의 부재, 즉 지적 대담성을 두려워한다. 그것은 소멸되어가는 문명의 매력이다.

---

72 Carneades(BC 214?~BC 129?) : 극단적 회의론자. 진위의 존재를 인정하지 않았고, 그러므로 일체의 인식이 불가능하다고 주장했다. 그러나 개연성(3단계)에 바탕을 둔 지식의 존재는 인정했다.

헤라클레스는 그의 모든 시도를 성공시켰기 때문에 벌을 받았다. 마찬가지로, 트로이는 너무 행복했기 때문에 사라져야 했다.

비극적인 이야기들에 공통적으로 나타나는 이러한 시각을 생각해보면, 우리는 유감스럽게도, 자유롭고 온갖 행운으로 가득 차 있는 세계는 일리온[73]의 운명을 맞이할 수밖에 없다고 생각하게 된다. 왜냐하면 신들의 질투는 신들이 사라진 뒤에도 살아남아 있기 때문이다.

●

아파트 관리인 아주머니가 말했다. "프랑스인들은 이제 일을 안 하려고 해요. 전부 **글을 쓰려고 해요.**" 그녀는 그날 자기가 오랜 역사를 지닌 문명을 비난하고 있다는 사실을 알지 못했다.

●

한 사회는 스스로 한계를 설정할 능력이 더 이상 없게 될 때

---

73 Illion : 트로이의 다른 이름. 일로스 왕이 이 도시를 건설하고 자기 이름을 따서 일리온으로 명명했다고 한다.

저주받은 것이다. 개방된 정신, 지나치게 개방된 정신을 가지고 어떻게 자유의 과도함과, 치명적인 위험으로부터 자신을 지킬 수 있겠는가?

●

이데올로기 논쟁들은 사람들이 말[語]을 위해 서로 치고받는 나라, 말들을 위해 자신을 죽이는 나라들에서만 절정에 이른다. 요컨대 종교전쟁을 치른 나라들에서……

●

자신의 소명을 다한 민족은 자기가 했던 말을 되풀이하는, 아니, 더 이상 아무 할 말도 없는 작가와 같다. 왜냐하면 자기가 했던 말을 되풀이한다는 것은, 아직 자기 자신을, 자신이 지지했던 그 무엇을 믿고 있다는 증거이기 때문이다. 그러나 끝나버린 민족은, 그의 뛰어남과 광채를 보장해주었던 옛날의 신조들을 되풀이할 힘조차 더 이상 가지고 있지 못하다.

●

프랑스어는 시골말이 되어버렸다. 프랑스인들은 그 사실에 적응하고 있다. 프랑스에 거주하는 외국인만이 그 사실을 안

타까워할 뿐이다. 그만이 '뉘앙스'[74]의 죽음을 슬퍼할 뿐이다.

●

아테네인들에게 땅과 물을 요구하기 위해 크세르크세스[75]가 보낸 페르시아 사절들의 통역관을 테미스토클레스[76]는 모든 사람들이 승인한 칙령에 의거해 사형시켰다. '야만인의 요구를 표현하는 데 감히 그리스어를 사용했다'는 것이 그 죄목이었다.

이런 짓을 저지르는 민족은 전성기에 이른 민족뿐이다. 자신의 언어를 더 이상 믿을 수 없게 되어버리는 순간, 언어가 표현 수단의 최고 형태라는 생각을 더 이상 하지 않게 되는 순간, 언어 자체를 믿지 못하게 된 순간, 그 민족은 퇴폐[77] 한 가운데 있으며, 역사의 궤도 밖으로 밀려난다.

---

74 Nuance : 시오랑은 이 단어를 대명사로 표기하여 고유명사처럼 소환한다. 섬세한 차이를 잘 드러내는 프랑스어의 특징을 그 언어의 이름처럼 부르고 있는 것.

75 Xerxes(『구약』에서는 아하수에로, BC 519?~BC 465) : 고대 페르시아의 전성기를 이룬 다리우스 황제의 아들. 부왕의 숙원이었던 그리스 침공을 시도했으나, 대군을 거느리고도 유명한 살라미스 해전에서 그리스군에 대패. 이후 지중해 세계의 힘의 추가 그리스로 완전히 기운다. 『구약』에 나오는 유명한 유대인 여성 에스더가 그의 왕비들 중 한 사람이었다.

76 Themistocles(BC 528?~BC 462?) : 아테네 집정관이며, 페르시아 크세르크세스의 대군을 살라미스 해전에서 격파시킨 유명한 그리스 장군. 그러나 말년에는 정치적 갈등에 휘말려 도편추방을 당하는 비극을 겪었고, 아이러니컬하게도 도편추방 중 페르시아 왕과 내통했다는 모함을 받아 사형 판결을 받자 도망쳐 페르시아의 아르타크세르크세스 1세에게 여생을 기탁했다.

77 décadence : 극도의 세련됨. 미적 추구가 윤리와 도덕을 잡아먹는 경우. 데카당스의 등장은 한 민족의 문화가 최고에 이르렀다는 것을 보여주면서 동시에 몰락이 시작되었다는 것을 암시한다.

●

지난 세기의 어떤 철학자는 순진하게도 라로슈푸코[78]의 **과거
에 대한** 판단은 맞았으나 미래에 대한 판단은 불완전하다는
것이 드러날 것이라고 주장했다. 진보에 대한 생각은 지성을
수치스럽게 만든다.

●

앞으로 나아갈수록 인간은 자신의 문제를 해결할 능력을 점
점 더 잃어가고 있다. 그리고 맹목의 절정에 이르러, 이제 곧
궁극의 지점에 이르게 될 것이라고 확신하게 될 때, 바로 그
때 전대미문의 사건이 일어날 것이다.

●

엄밀하게 말하면, 나는 세계 종말에 대해서는 마음이 흔들릴
것 같다. 그러나 혁명에 대해서는……. 하나의 끝 또는 시초,
하나의 궁극적인 또는 최초의 재난에는 협조할 용의가 있다.
그러나 보다 더 나은 것이든 더 못한 것이든 변화에 협조하

---

[78] François de La Rochefoucauld(1613~1680) : 프랑스 절대왕권 시대의 모럴리스트 작가.
명문 귀족의 아들이면서도 반(反)리셜리외 반란에 가담했고, 프롱드의 난에서는 반란군 지휘
관으로 활동하며 많은 고난을 겪었다. 말년에는 글쓰기에 몰두해 『잠언과 성찰』이라는 걸작
을 남겼다. 짤막한 아포리즘으로 이루어진 이 작품의 바탕은 깊은 염세주의다. 간결하고 명
확한 문체로 인간의 심층을 파헤치고 있다.

기는 싫다.

●

그 무엇에 관해서도 깊이 생각해보지 않은 자만이 확신을 가지는 법이다.

●

긴 관점으로 보면, 관용이 불관용보다 더 많은 악을 배태한다. ― 만일 이것이 사실이라면, 그것은 인간에게 가할 수 있는 가장 심각한 비난이 될 것이다.

●

동물들은 서로 무서워할 필요가 없게 되면 무기력 상태에 빠져 멍해진다. 우리는 동물원에서 그처럼 풀이 죽어 있는 동물들을 볼 수 있다. 개인과 민족들도 같은 광경을 보여줄지도 모른다. 어느 날 조화롭게 살아갈 수 있게 된다면, 공개적으로든 비밀스럽게든 더 이상 두려움에 떨 필요가 없게 된다면 말이다.

●

거리를 두고 보면, 더 이상 좋은 것도 나쁜 것도 없다. 과거를 판단하는 일에 개입하는 역사학자는 **다른 세기에서** 저널리즘을 수행하는 것이다.

●

200년 뒤에(왜냐하면 정확을 기해야 하므로!), 너무 운이 좋았던 민족의 생존자들은 보호구역 안에 갇힐 것이다. 그리고 사람들은 그들을 구경하러 갈 것이다. 혐오감, 동정심, 또는 경악, 그리고 심술궂은 경탄의 감정을 느끼면서.

●

무리를 이루어 살아가는 원숭이들은, 이런저런 방식으로 인간들과 관계를 맺었던 원숭이들을 무리에서 쫓아내는 것 같다. 『걸리버 여행기』를 쓴 스위프트가 그런 디테일을 알지 못했다는 것은 무척 아쉬운 일이다!

●

자신의 시대를 혐오할 것인가, 아니면 모든 시대를 혐오할 것인가?

자신의 동시대인들 **때문에** 속세를 떠나는 부처를 상상할
수 있는가?

●

구세주라는 자들은 파렴치하게 자신을 믿고 있는 미치광이
들이다. 인류가 그들을 그토록 사랑하는 이유는, 그 구세주들
이 인류를 믿고 있다고 상상하기 때문이다.

●

국가 수반의 힘은 환상과 파렴치함을 겸비한다는 것이다. **뻔
뻔한** 몽상가.

●

최악의 죄악은 열정에 의해 저질러진다. 그것은 병적인 상태
로, 공적이거나 사적인 불행의 거의 모든 원인이 된다.

●

미래, 보러 가십시오. 그것이 당신을 즐겁게 만든다면. 나는
믿을 수 없는 현재, 그리고 믿을 수 없는 과거로 만족하는 것
이 더 좋습니다. 믿을 수 없음 자체와 대결하는 수고는 당신

의 몫으로 남겨둡니다.

●

시대의 첨단을 걷고 있는 그 부인이 나에게 말했다.

"당신은 2차 대전 이후에 이루어진 모든 일에 비판적이시
군요."

"시기가 틀렸습니다. 저는 사람들이 아담 이래로 해온 모
든 일에 대해 비판적입니다."

●

히틀러가 역사상 가장 불길한 인물이라는 점에는 의심의 여
지가 없다. 그리고 가장 비장한 인간이기도 하다. 그는 자신
이 원했던 것과 완전히 정반대되는 것을 실현하는 데 성공했
다. 그는 자신의 이상을 하나하나 파괴했다. 그가 유례없는
괴물, 즉 두 배의 괴물인 것은 그 때문이다. 그의 비장함 자체
가 괴물스럽기 때문이다.

●

모든 중요한 사건들은 미치광이들에 의해 촉발되었다. 그저
그런 시시한 미치광이들……. '세계의 종말'도 그렇게 닥쳐올
것이다. 분명히 그럴 것이다.

『조하르』는 가르친다. 땅 위에서 악을 행하는 자들은 모두 하늘에서도 그보다 더 나을 것 없는 자들이었는데, 그들은 빨리 하늘을 떠나고 싶어서 심연 입구로 달려가, "이 세상에 떨어져 내려올 시간을 앞당겨 내려왔다."

우리는 이 영혼 선재설^{先在說}이 지닌 깊은 의미를 쉽게 파악할 수 있다. 그것은 '악한 자들'의 자신감과 승리, 확신과 능력을 설명하는 데도 유용하다. 오래전부터 공격을 준비해왔으므로, 그들이 자기들끼리 이 세상을 나누어 가지는 것은 놀라운 일이 아니다. 그들은 세상에 존재하기도 전에 이미 세상을 정복했던 것이다……. 사실 영원히 정복했다.

●

진정한 예언자를 다른 예언자들과 구별시켜주는 것은, 그가 서로 배제시키고 서로 싸우는 운동들과 교리들의 기원에 위치하고 있다는 사실이다.

●

작은 촌락에서 사람들이 제일 좋아하는 것은 그의 이웃 사람 중 하나가 망하는 모습을 구경하는 것이다. 대도시에서도 똑같다.

●

파괴에 대한 욕구는 인간 안에 너무나 단단하게 뿌리내리고 있어서, 그것을 뽑아낼 수 있는 사람은 아무도 없다. 존재의 바탕 자체가 필경 악마적인 것이기 때문에, 파괴 욕구는 모든 사람을 구성하고 있는 일부이다.

　현자는 마음을 가라앉힌 파괴자, 은퇴한 파괴자이다. 다른 사람들은 **현직에 있는** 파괴자들이다.

●

불행은 수동적인, 겪는 상태이다. 반면에 저주는 그와는 반대로 능동적인 선택을 전제한다. 그 선택은 소명 의식과 내면의 힘으로부터 출발한 것이다. 저주는 불행 안에 포함되어 있지 않다. 저주받은 한 명의 개인 또는 민족은 필연적으로 불행한 개인이나 민족과는 다른 계급을 이루고 있다.

●

엄밀하게 말하면, 역사는 되풀이되지 않는다. 그러나 인간이 가질 수 있는 환상은 그 수가 제한되어 있어서 언제나 다른 가면을 쓰고 돌아온다. 그렇게 해서 그 고색창연한 그 망할 이야기에 새로운 분위기가 주어지고 비극적인 윤색이 이루어지는 것이다.

나는 지금 요비니아누스,[79] 성聖 바실리우스,[80] 그리고 몇몇 다른 사람들에 관한 글을 읽고 있다. 기원 후 몇 세기 동안, 기독교 정통 교파와 이단 사이에 있었던 갈등은 우리가 현대에 익숙해져 있는 이데올로기 갈등보다 더 무분별한 것처럼 보이지는 않는다. 논쟁 방식, 동원되는 정념, 광기와 우스꽝스러움도 거의 동일하다. 두 경우에, 모든 것은 종교적이거나 정치적인 도그마의 근거를 형성하고 있는 비현실성과 확인 불가능성 주위에서 선회한다. 역사는 종교적이거나 정치적인 도그마를 벗어나야 비로소 견딜 만한 것이 될 것 같다. 역사가 멈추게 된다면, 모든 사람들이 무척 행복해질 것이다. 역사를 겪는 사람들도, 역사를 만드는 사람들도 모두.

•

파괴를 의심스럽게 만드는 것은, 그것이 쉽다는 사실 때문이

79　Jovinianus(?~405?) : 한때 가톨릭 사제였으나, 기독교 금욕주의에 반대하고 성직을 떠났다. 로마와 밀라노 공의회에서 이단 판결을 받았다. 성 제롬(히에로니무스)은 그를 '기독교의 에피쿠로스'라고 불렀다.

80　St. Basilius(329~379) : 대(大)바실리우스라고도 불린다. 가톨릭의 중요한 초기 교부 중 한 사람. 흑해 지방에 수도원을 세우고, 이후 수도원 규율의 근간이 된 규칙을 만들었다. 이단 아리우스파에 대항하여 정통 신앙을 옹호했고, 삼위일체 교의를 다듬었다. 니사의 그레고리우스, 나지안조스의 그레고리우스와 함께 '카파도키아 삼대 교부'로 불린다. 해박한 그리스 철학 지식을 바탕으로 기독교 신앙을 그리스 철학 체계로 설명했고, 미와 예술에 대해서도 중요한 언급들을 많이 남겨서 미학사에서도 언급되는 인물이다.

다. 처음 해보는 사람도 부수는 것은 잘할 수 있다. 그러나 파괴하는 것이 쉽다고 해도, 자신을 파괴하는 것은 그렇게 쉽지 않다. 좌절한 사람이 선동자나 아나키스트보다 우월하다.

●

만일 내가 초기 기독교 시대에 살았더라면, 나는 아마도 유혹을 느꼈을지도 모른다. 그랬을 것 같다. 나는 그에 대한 동조자, 가설적 광신자였을지도 모른다. 나는 그런 나를 증오한다. 나는 2,000년 전의 이 가담에 대해 나 자신을 용서할 수 없다.

●

폭력과 깨침 사이에 찢겨 있는 나는, 어떤 테러를 저지르려는 생각을 먹고 길을 나섰다가 가는 도중에 『전도서』의 저자[81]나 에픽테토스[82]를 만나 의견을 물어보려고 멈추어 서는 테러리스트처럼 굴고 있는 것이다.

---

81 솔로몬.

82 Epiktetos(55?~135?) : 후기 스토아철학자. 노예 출신의 철학자로 같은 시기에 활동했던 세네카와 전혀 다른 길을 걸었다. 세네카는 공직을 통해 부와 명성을 얻었으나 에픽테토스는 쓰고 가르치는 일에만 전념했다. '자유와 노예'가 그의 중요한 주제. 그것은 사회적 신분을 의미하는 것이 아니라, 정신의 지위를 의미하는 것. 노예여도 주인인 자가 있고 주인이어도 노예인 자가 있다. '정신의 자유'가 인간을 주인으로 만든다. 철학자 황제 마르쿠스 아우렐리우스가 그의 영향을 많이 받았다.

헤겔의 말을 믿자면, 인간이란 '온전히 자기 자신이 창조해낸 세계에 둘러싸여 있을 때에만' 완전히 자유로워질 수 있다.

그러나 인간은 바로 그렇게 해왔던 것인데, 인간은 지금 그 어느 때보다 속박되어 있고, 노예 상태에 있다.

●

삶은 이제 인류가 더 이상 어떤 환상도 가지지 않을 때라야 견딜 만한 것이 될 것이다. 환상에서 완전히 깨어난 인류, 환상을 벗어났다는 사실을 **너무나 기뻐하는** 인류.

●

내가 느끼고 생각할 수 있었던 모든 것은 반反유토피아 연습과 구별되지 않는다.

●

인간은 계속 살아남지 못할 것이다. 피로가 숨어서 인간을 노리고 있다. 인간은 지나치게 독창적이었던 경력 때문에 큰 대가를 치르게 될 것이다. 인간이 시간을 끌며 살아남아 좋은 결말을 맞는다는 것은 생각할 수 없는 일이며 자연에 반하는 일이기 때문이다. 이 예상은 우울하다. 그러므로 진실성이 있다.

●

'계몽 절대주의'는 모든 것을 체험하고 제자리로 돌아온, 역사의 공모자조차 될 수 없기 때문에 혁명의 공모자는 더더욱 될 수 없는 정신을 유혹할 수 있는 유일한 체제이다.

●

동시대에 살고 있는 두 명의 예언자들보다 더 고통스러운 것은 아무것도 없다. 둘 중 하나는, 우스꽝스러운 꼴이 되지 않으려면 몸을 숨기거나 사라져야 한다. 둘 다 몰락하는 것이 가장 공평한 해결책이 될 테지만, 그게 불가능하다면 한 사람이라도 그렇게 되었으면 좋겠다.

●

순진한 사람을 만날 때마다 나는 감동받고 혼란스러워지기까지 한다. 어디서 왔을까? 무엇을 찾는 것일까? 그의 출현이 어떤 곤란한 사건을 알리는 것은 아닐까? 도저히 나와 같은 사람이라고 생각할 수 없는 사람 앞에서 우리가 느끼는 아주 특별한 혼란은 그러한 것이다.

●

문명인들은 그들이 처음으로 출현했던 곳 어디에서나 원주민들에게는 사악한 존재, 유령, 귀신이라고 여겨졌다. 한 번도 **살아 있는 사람들**이라고 여겨진 적은 없다.

따를 수 없는 직관, 예언자의 눈썰미. 그런 것이 존재했다면 말이지만.

●

사람들이 모두 '깨달았다면' 역사는 이미 오래전에 멈추었을 것이다. 그러나 인간은 근본적으로, 생물학적으로, '깨닫는' 데 부적합한 존재다. 그러나 한 사람만 빼고 모든 사람들이 깨닫는다고 해도, 역사는 그 사람 때문에, 그의 눈멂 때문에 계속될 것이다. **단 하나의 환상 때문에!**

●

X는 우리가 하나의 '우주적 사이클' 끝에 위치해 있으며, 모든 것이 곧 무너질 것이라고 주장한다. 그는 그것에 관해 단 한 순간도 의심하지 않는다.

그와 동시에 그는 한 대가족의 아버지이다. 그런 확신이 있으면서, 그는 어떤 정신머리 없는 생각으로 망할 세상에 아이들을 줄줄이 내어놓았다는 말인가? 종말을 예견하고 있다면, 그 종말이 곧 닥쳐올 것이라고 확신하고 있다면, 그것을 기대하고 있기까지 하다면, 그것을 혼자 기다릴 일이다. 파트모스[83]섬에서 아기를 가져서는 안 된다.

●

현자 몽테뉴에게는 후손이 없었다. 히스테리 환자였던 루소는 아직도 여러 민족을 휘저어놓고 있다.

나는 어떤 선동가에게도 영감을 주지 않는 사상가들만을 좋아한다.

●

1441년, 피렌체 공의회에서는 이교도, 유대인, 이단자들과 교회분리주의자들은 '영원한 생명'에서 아무 몫도 가질 수 없다고 선언했다. 죽기 전에 진정한 종교로 돌아오지 않는 모든 사람들은 곧장 지옥행이라는 선언도 덧붙였다.

그런 엄청난 것들을 공언하던 시대의 교회가 진짜 교회였다. 하나의 제도는 그것 아닌 다른 모든 것을 거부할 때에만 생생하고 강력한 것이 된다. 불행하게도, 국가나 정치체제도 마찬가지이다.

---

83 사도 요한이 세계의 종말을 예언한 「요한계시록」을 기록한 섬. 터키 에페소스 앞바다에 있다.

진지하고 정직한 정신은 역사에 관해서 아무것도 이해하지 못하고, 이해할 능력도 없다. 역사는 그 대신 냉소적이고 박식한 사람에게 환희를 제공하는 데 놀라울 정도로 적합하다.

인간이므로 우리는 나쁜 별 아래에서 태어났고, 사람들이 지금 시도하고 있는, 그리고 앞으로 시도할 모든 것이 불운의 사랑을 받게 될 것이라고 생각하면 기분이 이상하게 좋아진다.

플로티노스는, 노예들을 면천해주고 자신의 재산을 포기하고 아무것도 소유하지 않은 채 친구들 집을 전전하며 먹고 자는 어느 원로원 의원과 우정을 맺었다. '공식적' 관점에서 보면, 이 원로원 의원은 길을 잃은 사람이다. 사람들에게는 이 원로원 의원이 불안하게 여겨졌을 것이다. 더욱이 그는 실제로 불안한 존재였다. 원로원의 **성인**…… 그의 존재, 그런 사람이 존재할 수 있다는 사실은 얼마나 엄청난 기호인가! 유랑민의 무리는 멀리 있지 않았던 것이다…….

●

이기주의를 완전히 극복하고 그 흔적을 조금도 지니고 있지 않은 인간은 21일 이상 그 상태를 유지할 수 없다. 그것이 현대의 베단타 학파의 가르침이다.

　서구의 모럴리스트라면, 제아무리 비관적인 경우라고 해도, 인간 본성에 대해 그처럼 무서울 정도로 정확하고 계시적인 관점을 주장할 엄두를 내지 못했을 것이다.

●

사람들은 '진보'를 점점 덜 환기시키고, '변화'에 대해 점점 더 많이 말한다. 그런데 그 변화의 이점이라고 사람들이 늘어놓는 모든 것은 유례없는 재난이라는 징후에 대한 징후에 불과하다.

●

사람들은 부패한 정치체제 안에서만 숨을 쉴 수 ― 또는 떠들어댈 수 ― 있다. 그러나 그것을 파괴하는 데 일조하고 난 뒤에야, 그 사실을 후회할 능력밖에 남지 않았을 때에야 그 사실을 알아차린다.

사람들이 창조적 본능이라고 부르는 것은 인간 본성의 하나의 일탈, 하나의 왜곡에 불과하다. 우리는 혁신하고 뒤집어엎기 위해서가 아니라, 우리 존재의 겉모습을 즐기기 위해서, 세계를 서서히 청산하고 그다음에는 소리 없이 사라지게 하기 위해서 세상에 던져진 것이다.

●

아즈텍인들이 신들을 달래야 한다고, 세상이 무너져서 다시 카오스로 떨어지는 일을 막기 위해서는 매일 인간의 피를 바쳐야 한다고 생각했던 것은 옳은 일이었다.

　오래전부터 우리는 더 이상 신을 믿지 않으며, 그들에게 희생 제의도 바치지 않는다. 그래도 세상은 여전히 거기에 있다. 아마도. 다만 우리는 왜 세상이 당장 망하지 않는지 그 이유를 알 기회를 잃어버렸을 뿐이다.

우리의 모든 추구는 고통에 대한 욕구로 인해 생겨난다. 구원의 모색 자체가 고통이다. 모든 모색들 중에서 가장 미묘하고, 가장 교묘하게 위장되어 있는 고통이다.

●

죽음에 의해서 우리가 태어나기 전의 상태로 돌아가는 것이 사실이라면, 일절 움직이지 말고, 그 순수한 상태에 머물러 있는 것이 더 낫지 않을까? 영원히 실현되지 않은 충일성 안에 머물러 있을 수 있는데, 이 갈고리[84]가 무슨 소용 있다는 말인가?

---

[84] 파스칼의 『팡세』에 나오는 유명한 문장, "열쇠의 여는 효과, 갈고리의 끄는 효과"에서 얻은 성찰인 듯. 실존은 분명히 열쇠는 아니다. 실존 자체가 의문투성이이므로. 그러나 그것은 생을 무로부터 끌어낸 갈고리이다. 그런데 시오랑은, 그것이 태어남 이전의 실현되지 않은 상태보다 못한 것이라면 그 '끄는 효과'가 무슨 소용에 닿는 것인가?라고 질문하고 있다.

내 육체가 나와 맺은 동반관계를 배신할 때면, 이 썩은 몸뚱이를 가지고 어떻게 감각기관들의 해체와 맞서 싸운다는 말인가 하는 의문이 든다⋯⋯.

●

고대의 신들은 인간들을 놀리고, 시샘하고, 뒤쫓고, 때로는 후려치기도 했다. 복음서의 신은 그보다는 덜 심술궂고 질투도 덜했기 때문에 인간들은 불운을 당했을 때, 신을 비난하는 위안조차 가질 수 없게 되었다. 기독교 작가 중에 아이스킬로스 같은 작가가 존재하지 않거나 존재할 가능성이 없는 이유는 거기에서 찾아야 한다. **선한** 신은 비극을 죽여버렸다. 제우스는 문학에 아주 잘 어울리는 신이었다.

●

내게는 아주 오래전부터 포기에 대한 강박과 미칠 듯한 욕구가 있었다. 그런데, 나는 무엇을 포기하고 싶었던가?

  내가 예전에 그토록 누군가가 되고 싶었던 이유는, 유스테수도원에서 "나는 이제 아무것도 아니다."라고 말했던 카를 5

세[85]처럼, 어느 날인가 나도 그렇게 말할 수 있는 만족을 위해서였을 뿐이다.

●

『프로뱅시알』[86]의 어떤 편지들은 열일곱 차례까지 퇴고되었다. 오늘날 우리에게 별로 흥미롭게 여겨지지 않는 작품 하나를 위해서 파스칼이 그토록 정력과 시간을 낭비할 수 있었다는 사실은 잘 이해되지 않는다. 인간과 벌이는 논쟁은 시대에 한정되어 있다. 『팡세』에서 파스칼은 신과 논쟁을 벌인다. 그 때문에 그 논쟁은 아직은 조금 우리와 관련이 있는 문제이다.

●

사로프의 성聖 세라핌[87]은 15년간 완전한 은거 생활을 했다. 그는 그의 독방 문을 아무에게도 열어주지 않았다. 이따금 그의 은거지를 찾아온 주교에게도 열어주지 않았다. 그는 "침묵은 인간을 신에게 가까이 다가가게 하고, 땅 위에서 천사들을 닮은 존재로 만들어준다."라고 말했다.

---

85   111쪽, 주 30 참고.

86   178쪽, 주 52 참고.

87   Saint Seraphim of Sarov(1759~1833) : 러시아의 수도사이며 영성가. 평범한 수도사로 15년을 보내고 사제 서품을 받은 뒤, 수도원 가까운 곳에서 은거하다가 나중에는 수도원 안에 독방을 만들고 은거했다. 66세에 독방에서 나와 8년간 가르침을 베풀었다. 1903년 시성(諡聖)됨.

성인은 침묵이 기도의 불가능성 안에서 더욱 깊어진다는 사실도 덧붙여 말해야 했을 것이다.

●

현대인들은 운명에 대한 감각을 잃어버렸다. 그리고 그 사실로 인해, 비탄에 대한 취향도 잃어버렸다. 연극에서는 무엇보다 먼저 코러스[88]를, 그리고 장례식에서는 곡비哭婢들을 되살려내어야 할 것이다.

●

불안한 사람은 자신의 은혜로운 불안을 강화시켜주고 자극하는 모든 것에 매달린다. 불안을 치유하려고 하는 것은 그의 평형을 흔드는 것이다. 불안이 그의 실존과 풍요로움의 바탕이기 때문이다. 영리한 고해신부는 불안이 필요하다는 것, 사람이 한번 그것을 알게 되면 그것 없이 지낼 수 없다는 것을 알고 있다. 그는 불안이 유익한 것이라고까지는 감히 공언할 수 없기 때문에, 우회로를 사용한다. 그는 회한을, 용인되는 불안을, 명예로운 불안을 높이 평가한다. 그의 고객인 신자들

---

88 그리스 음악은 음악의 독자적인 영역을 가지고 있었던 것이 아니라 언어와 한 단위를 이룬다. 그것을 가장 잘 보여주는 것이 코러스의 역할이다. 그리스 비극의 코러스는 극의 효과를 높이기 위한 음악적 배경을 이루는 것이 아니라 극의 한 단위를 이룬다. 코러스가 상황을 설명하거나 전개를 암시하고, 관객의 생각도 전달한다. 비극적 운명은 특히 코러스가 예고하거나 논평한다.

은 그 점에 대해 그에게 고마움을 느낀다. 그래서 그는 어렵지 않게 고객들을 확보하는 데 성공한다. 반면에 그의 속세의 동료들은 고객들을 확보하기 위해 몸을 낮추며 힘들게 노력해야 한다.

●

당신은 나에게 죽음은 존재하지 않는다고 말했다. 존재하는 것이 아무것도 없다는 사실을 명시한다는 조건으로 그 주장에 동의한다. 아무것에게나 현실성을 부여하면서 명백하게 실재로 보이는 것을 거부한다는 것은 순전히 헛소리다.

●

누구에겐가 비밀을 털어놓는 정신 나간 짓을 저질렀을 때, 그가 비밀을 지킬 것이라고 확신하는 유일한 방법은 그 자리에서 그를 죽여버리는 것이다.

●

"질병은 어떤 것은 낮에, 어떤 것은 밤에, 제멋대로 인간을 찾아온다. 그것은 아무 말도 없이 인간에게 고통을 가져다준다. 지혜로운 제우스께서 질병에게 말을 허락하지 않으셨기 때문이다."(헤시오도스)

다행이다. 질병은 말이 없으면서도 이미 끔찍하기 때문이다. 만일 말이 많았더라면 어떠했을까? 자신을 **예고하는** 병을 하나라도 상상할 수 있는가? 징후들 대신, 선언들이 있을 것이다! 제우스는 한 번 더 그 섬세함을 증명한 것이다.

●

불모의 시기에는 겨울잠을 자야 할 것이다. 굴욕과 분노를 겪느라고 힘을 낭비하는 대신, 힘을 비축하기 위해 밤낮으로 자야 한다.

●

우리는 어떤 사람이 4분의 3 정도 무책임해야만 그에 대해 경탄할 수 있다. 경탄은 존경과 아무 관계도 없다.

●

인간들을 많이 증오해보았던 사실의 무시하지 못할 이점은, 증오하느라고 너무 지쳐서 증오 자체가 힘이 빠져버림으로써 인간들을 견딜 수 있게 된다는 것이다.

덧창을 닫고, 어둠 속에 몸을 눕힌다. 바깥세상의 소음은 점차로 흐릿해지고, 이윽고 사라져버린다. 남아 있는 것은 나뿐이다. 그런데…… 거기에 중요한 포인트가 있다. 은둔자들은 그들 안에 가장 깊이 숨겨져 있는 것과 대화를 나누며 생애를 보냈다. 나라고 그들을 따라서, 나의 내면을 만나게 되는 이 극단적 연습에 몰두하지 못할 이유가 무엇인가? 중요한 것은 나와 자아의 이 대화, 하나의 자아에서 다른 자아로 이행하는 것이다. 그 이행은, 우리가 그 대화를 끊임없이 새로운 것으로 만들 때에만 가치를 가진다. 그렇게 하면, 나는 본질적 판본의 다른 나에게 흡수된다.

●

신 가까이 있어도, 천사들의 최초 반란이 증명하고 있듯이, 불만은 으르렁댔다. 그것은 우리가 창조의 모든 단계에서 그 누구에게도 그 우월성을 허용하지 않는다는 뜻이다. 우리는 **질투하는** 꽃조차도 생각해볼 수 있다.

●

덕은 구체적인 모습을 가지고 있지 않다. 비개인적이며, 추상적이고, 관습적인 덕은 악덕보다 빠르게 소진된다. 그와 달리 악덕은 활력에 가득 차 있고, 분명한 모습을 가지며, 시간이 지나갈수록 더욱 심각해진다.

●

철학의 여명기에 탈레스는 "만물은 신들로 가득 차 있다."라고 말했다. 다른 쪽 끝에서, 우리는 우리가 도달한 이 황혼기에 "만물에는 신이 없다."라고 선언할 수 있다. 그 선언은 대칭에 대한 욕구 때문이 아니라 자명함에 대한 존중 때문이다.

●

나는 마을을 굽어보고 있는 묘지에 혼자 있었다. 그때 임신한 여자 하나가 묘지 안으로 들어왔다. 나는 얼른 묘지를 나왔다. 시신을 품고 있는 여자를 가까이에서 바라보아야 할 이유가 없으므로. 가짜 약속과 모든 약속의 종말 사이에서, 위로 부풀어 오른 배와 세월이 지나 납작해진 무덤들의 대조를 반추해야 할 이유도 없으므로.

●

기도하고자 하는 욕망은 신앙과 아무 관계도 없다. 그 욕망은 특별한 짓눌린 듯한 감정으로부터 오고, 신들과 그들에 대한 기억마저 영원히 사라진다고 해도, 그 감정이 지속되는 한 유지된다.

●

"어떤 언어도 자신의 실패 외에는 다른 아무것도 기대할 수 없다."(그레고리우스 팔라마스)[89]

문학 전체에 이렇게 혹독한 유죄판결을 내릴 수 있는 사람은 '형언할 수 없는 존재'[90]에 대한 전문가인 신비주의자밖에 없다.

●

고대인들, 특히 철학자들은, 자살하기 위해 기꺼이 자발적인 질식에 도움을 청했다. 죽음이 찾아올 때까지 숨을 쉬지 않는 것이다. 생명을 끝내는 너무나 우아하지만 매우 실용적인 이 방법은 완전히 사라져버렸다. 그것이 언젠가 다시 살아날 수 있을지 매우 불확실하다.

---

89   St. Gregorius Palamas(1296~1359) : 그리스정교 신비학자. 아토스산에서 정적주의(靜寂主義) 수행을 했다. 유명론(唯名論) 신학자들로부터 신에 대한 직접 체험 가능성을 공격받자 이에 맞서 자신의 정적주의 신학을 정통으로 확립시켰다(산상에서의 예수의 변화 「마태복음」17장, 「누가복음」9장)가 그 신학적 논거).

90   시오랑은 'Inexprimable'이라고 대문자로 표기하고 있다. 따라서 '형언할 수 없음'의 상태가 아니라, 그러한 속성을 가진 대문자로 표기되는 존재, 즉 '신'으로 이해해야 한다.

사람들은 거듭해서 말했다. 변화를, 역사를 전제하는 운명에 대한 생각은 불변의 존재에게는 적용되지 않기 때문에 신의 '운명'에 대해 말할 수 없다고.

　이론적으로는 아마 그 말이 맞을지 모른다. 그러나 사람들은 실제로는 신에게 운명에 대한 생각을 적용해왔다. 특히 종교들이 와해되고, 신앙이 흔들리고, 시간과 맞설 수 있는 것은 아무것도 없는 것처럼 보이는 시대, 신 자신이 총체적인 몰락 안으로 끌려 들어간 시대에는.

●

무엇인가를 **원하기** 시작하는 순간, 사람들은 악마의 지배하에 떨어지게 된다.

●

생은 아무것도 아니다. 죽음이 전부다. 그러나 생과 무관하게 독자적으로 죽음일 수 있는 것은 존재하지 않는다. 죽음을 보편적인 것으로 만들어주는 것은, 바로 죽음이 이 별도의, 자율적인 실재성을 가지고 있지 않다는 사실이다. 죽음은 자기만의 영역을 가지고 있지 않다. 그것은 자기동일성과 한계와 고유의 특성을 결여하고 있는 모든 것처럼 어디에나 존재한다. 그것은 무례한 무한이다.

●

지극한 기쁨. 나는 알 수 없는 어떤 힘에 떠밀려 이유 없이 기쁨에 넘쳐 있었다. 평소의 기분, 그리고 그로 인해 생겨나는 사색들을 떠올리는 것은 불가능했다. 어디에서 왔는지 알 수 없는 그 기쁨은, 바쁘게 일하며 싸우는, 무엇인가 **만들어내는** 사람들이 느낄 것 같은 감정이라는 생각이 들었다. 그들은 자신들을 부정하는 것에 대해 생각하고 싶어 하지도 않고 그럴 능력도 없다. 기쁨이 어떤 결과를 끌어내지 못할 수도 있다는 것을 그들은 생각해보았을까? 내 경우에는 그랬다. 그 기억할 만한 한나절 동안 나에게 일어났던 일은 어떤 결과도 가져오지 않았다.

●

무엇 때문에 해석을 배제하는 것에 장식을 덧붙이는가? 설명이 첨가된 텍스트는 더 이상 텍스트가 아니다. 사람은 사상과 더불어 산다. 사람들은 사상을 분해하지 않는다. 사람들은 사상과 싸우는 것이지, 사상의 단계들을 묘사하는 것이 아니다. 철학의 역사는 철학에 대한 부정이다.

정확하게 내가 어떤 것들에 지쳐 있는지 알고 싶어서, 나는 그 목록을 작성하기 시작했다. 내가 그렇게 하게 된 동기는 분명치 않았지만 말이다. 불완전한 목록이었음에도 불구하고, 그 목록은 너무 길고 맥빠지는 것이어서, 차라리 **피로 그 자체**로 방향을 돌리는 것이 더 낫겠다는 생각이 들 지경이었다. 그 방식은 그 철학적 요소 덕택에 페스트 환자라도 다시 원기를 회복시켜줄 만큼 기분 좋은 형식이었다.

●

통사의 파괴와 해체, 모호함과 '거의'의 승리. 다 좋다. 다만 당신의 유언장을 한번 작성해보시라. 그러면 이제는 사라진 엄격한 어법이 과연 그렇게 무시해도 좋은 것인지 알게 될 것이다.

●

아포리즘? 화염이 없는 불꽃. 그 곁에서 몸을 따뜻하게 덥히려는 사람이 아무도 없는 것은 그 때문이다.

나는 이성을 잃는다고 해도, 헤시카스트주의자들[91]이 권하는 '중단없는 기도'에는 이르지 못할 것 같다. 경건함에 대해 내가 이해하는 것은, 무절제와 수상쩍은 과도함뿐이다. 금욕에서 나쁜 수도사의 모든 공통점들을 발견하지 못했다면 그것은 한순간도 내 관심을 끌어당기지 못했을 것이다. 나태함, 탐식, 비탄에 대한 취향, 탐욕, 세상에 대한 혐오감, 비극과 모호함 사이에서의 번뇌, 내면적 파괴에 대한 희망……

●

영적 좌절을 이겨내는 방법으로 육체노동을 권한 교부가 누구였는지 기억이 나지 않는다.

훌륭한 충고다. 나는 언제나 그 충고를 기꺼이 따랐다. 툭탁거리며 무엇인가 만들다 보면, 세속의 영적 좌절인 권태는 사라진다.

---

91 Hesycastes : 249쪽, 주 89 참고. 14세기 아토스산의 그리스정교 수도사들을 중심으로 생겨난 기독교 신비주의 일파. 그 기원을 찾아 올라가면, 4~5세기 카파도키아 지방을 중심으로 한 사막의 교부들의 신비주의를 만나게 된다. 이들은 신비의 관상(觀想)에 필요한 특별한 기도 방법을 고안해냈다. 헤시카스트주의는 반대자들의 맹렬한 반대에 부딪혔으나 성 그레고리우스 팔라마스의 끈질긴 노력으로 정통 신학으로 채택되어 콘스탄티노플 공의회에서 정식 수도 방식으로 인정받았다.

●

몇 년 전부터 커피도, 술도, 담배도 입에 대지 않고 있다. 유용하게도, 가장 강한 흥분제를 대신하는 불안이 그 자리를 차지했다.

●

경찰국가 체제에 대해 해야 하는 가장 강한 비난은 그 체제가 사람들로 하여금 신중을 기하기 위해 편지와 일기, 즉 가장 덜 기만적인 문학을 파괴하도록 강요한다는 사실이다.

●

정신을 깨어 있는 상태로 유지하기 위해서는, 비방을 당하는 것이 병에 걸리는 것만큼 효과적이다. 똑같은 경계심, 똑같은 움츠린 주의력, 똑같은 불안감, 당신을 채찍질하는 똑같은 두려움. 둘 다 불길한 방식으로 당신을 풍요롭게 만들어준다.

●

나는 아무것도 아니다. 그건 분명하다. 그러나 오랫동안 나는 무엇인가 되기를 원했으므로, 이 의지를 없애지 못한다. 그 의지는 그것이 전에 존재했으므로, 지금도 존재한다. 그것은 내가 그것을 거부해도, 나를 들볶고, 나를 지배한다. 그것을 나의 과거로 쫓아 보내도 소용이 없다. 그것은 다시 살아나 나를 괴롭힌다. 결코 충족된 적이 없으므로, 그것은 고스란히 살아 있고, 나의 명령에 복종할 생각을 하지 않는다. 나의 의지와 자아 사이에 끼어 있는 나는 무엇을 할 수 있을까?

●

『천국의 사다리』에서 성 요한 클리마쿠스[92]는 교만한 수도사는 악마에게 시련을 당할 필요가 없다고 말했다. 그 자신이 바로 자기 자신의 악마이므로.

나는 수도 생활을 망쳐버린 X에 대해 생각한다. 세속에서 그보다 더 두각을 나타내고 빛날 수 있는 사람은 없었다. 겸손과 복종에 적합하지 않았던 그는 고독을 택했고, 고독 안에 갇혀버렸다. 다시 요한 클리마쿠스의 표현에 따르면, 그에게는 '신의 연인'이 될 수 있는 소질이 전혀 없었다. 빈정거리는 태도로는, 자기 자신의 구원을 이룰 수도 없고, 다른 사람들이 구원을 이루도록 도울 수도 없다. 빈정거림으로는 고작해야 자신의 상처나 혐오감을 가릴 수 있을 뿐이다.

---

92   202쪽, 주 65 참고.

●

내가 어떤 야심도 없이 살 수 있었다는 것은, 큰 힘이고, 큰 행운이기도 하다. 나는 그렇게 하려고 애쓴다. 그러나 그렇게 하려고 애쓰고 있다는 사실도 여전히 야심의 일부이다.

●

명상의 빈 시간은, 사실은 유일한 충만한 시간이다. 텅 빈 순간들을 축적한다는 사실을 결코 부끄러워해서는 안 될 것이다. 그것은 겉으로 보기에는 텅 빈 시간이지만, 사실은 가득 차 있는 시간이다. 명상은 최상의 여유이지만, 그 비밀은 사라져버렸다.

●

고결한 행동은 언제나 의심쩍다. 그런 행동을 했다는 사실에 대해 우리는 매번 후회하게 된다. 그것은 가짜, 연극, 포즈다. 천박한 행동에 대해서도 거의 똑같이 후회하게 되는 것도 사실이지만.

●

내 인생의 순간들을 생각해보면, 가장 흥분했던 순간이든, 가장 밍밍했던 순간이든, 그 순간들로부터 무엇이 남은 것일까? 그리고 지금과 그 순간들 사이에 어떤 차이가 있는 것일까? 모든 순간들이 뚜렷한 형체도 없고, 현실성도 없이, 비슷비슷해져 버렸기 때문에, 내가 진실에 가장 가까이 다가간 순간은 내가 아무것도 느끼지 않았던 때이다. 즉, 내가 나의 경험들을 반추하고 있는 현재 상태 말이다. 그것이 무엇이든 무엇인가 느꼈다는 것이 무슨 소용이 있다는 말인가? 기억이나 상상력이 되살려낼 수 있는 '엑스터시'는 이제 아무것도 없는 것이다!

●

마지막 순간이 다가오기 전에, 자신의 죽음을 완전히 **소진시킬 수 있는** 사람은 아무도 없다. 태어나자마자 죽는 아기에게조차, 죽음은 새로움이라는 무無[93]를 지니고 있다.

●

카발라에 따르면, 신은 태초에 영혼들을 창조했다. 그 영혼들은 그것들이 나중에 육신이 되면 지니게 될 형상을 하고 신 앞에 모두 서 있었다. 그들 모두는 자기 차례가 되면, 자신들

---

93 태어나자마자 죽는 아기라고 해도 그 죽음-무(無)는 아기가 체험하지 못했던 새로운 것이다. 인간은 죽기 전에 죽음을 결코 완전히 알 수 없다.

에게 할당된 육체를 만나러 가라는 명령을 받았다. 그러나 영혼들은 모두 비탄에 빠져, 자기를 이 노예 상태와 더러움으로부터 풀어달라고 탄원했다.

내 차례가 왔을 때 무엇으로든 만들어지지 않을 수 없었다는 것을 생각해볼수록, 다른 누구보다도 몸을 가지기 싫다고 투덜거린 영혼이 있었다면 그것이 바로 내 영혼이었을 것이라는 생각이 더욱더 든다.

●

사람들은 회의주의자를 압박하면서, '의심의 기계 장치'라고 말한다. 신자에 대해서는 그가 '신앙의 기계 장치'에 빠졌다고 말하지 않는다. 그럼에도 불구하고 신앙은 의심과 다른 방식으로 기계적인 성격을 가지고 있다. 의심은 놀라움에서 놀라움으로 이행한다는 평계를 가지고 있다. ― 사실은 혼란 내부에서 옮겨 가는 것이기는 하지만.

●

우리 각자 안에 있는, 그리고 우리가 태어나기 훨씬 전으로, 모든 탄생들보다 훨씬 전으로 거슬러 올라가는 이 약간의 빛. 우리가 이 머나먼 광채와 다시 맺어지기를 원한다면 그것을 지켜내는 일은 중요하다. 우리가 왜 그것과 헤어졌는지 결코 알 수 없을 그 빛.

·

나는 충만의 감각, 진정한 행복을 느낄 때면, 언제나 이것이 내가 영원히 지워지는 순간 또는 그 어느 때로구나, 라고 생각하게 된다.

·

형이상학과 아마추어리즘 사이에서, 심오한 사실들과 시시한 일화 사이에서 선택하지 않으면 안 된다는 것이 쓸데없는 일로 여겨지는 어떤 순간이 찾아온다.

·

기독교 문화가 고대 문화에 비해 얼마나 후퇴했는지 제대로 헤아려보기 위해서는, 자살에 대해 교부들이 남긴 초라한 기록들을, 같은 주제에 대해 플리니우스, 세네카, 심지어는 키케로가 제시한 견해들과 비교해보는 것으로 충분하다.

·

우리가 말하는 것에는 무슨 의미가 있는가? 담론을 구성하고 있는 이 문장들의 연속에 의미가 있는가? 그리고 하나씩 하나씩 택한 이 문장들에 목적어가 있는가?

이런 질문을 제거해버리거나, 또는 가능한 한 적게 던질 때라야 우리는 비로소 **말할 수** 있게 된다.

●

"뭐가 어떻게 되든 난 관심 없어." — 이 말이, 그것이 무엇을 의미하는지 완벽하게 알고 있는 상태에서, 단 한 번이라도 냉정하게 발언되었다면, 역사는 정당화되고, 역사와 더불어 우리도 모두 정당화된다.

●

"세상 모든 사람이 너희에 대해 좋게 말할 때, 너희에게 불행이 있을 것이다."

그리스도는 자기 자신의 종말을 예언한 것이다. 지금은 모든 사람들이 그에 대해 좋은 말을 한다. 가장 확고한 비신자들마저 그렇다. 그들이 특히 더 칭송한다. 그리스도는 언젠가 전 세계가 그를 인정할 것이라는 사실에 짓눌리게 될 것을 잘 알고 있었다.

기독교는 초기에 겪었던 그 무자비한 박해를 겪지 않았다면 망했을 것이다. 기독교는 온갖 희생을 치르더라도 적들로부터 살아남아야 했으며, 무서운 재앙에 대비해야 했다. 새로운 네로가 등장해야만 기독교는 다시 살아날 수 있을 것이다.

●

나는 말이 최근의 것이라고 생각한다. 만 년 전에서 더 멀리 거슬러 올라가는 대화는 잘 상상이 되지 않는다. 천 년 후에도 대화라는 게 있을 거라고 상상하기는 더 힘들다. 만 년 후가 아니라 단지 천 년 후에 말이다.

●

정신의학 저작에서 나의 관심을 끌어당기는 것은 환자들에 대한 이야기뿐이다. 비평서에서는 인용문들에만 관심이 간다.

●

그 폴란드 여자는 건강과 병을, 심지어 생사조차도 넘어서 있다. 사람들이 그녀를 위해 해줄 수 있는 것은 아무것도 없다. 유령을 고칠 방도는 없다. 살아서 땅을 벗어난 사람은 더더욱 고칠 수 없다. 우리는 땅에 속한 사람들, 땅에 아직 뿌리내리고 있는 사람들을 고칠 수 있을 뿐이다. 그 뿌리가 아무리 깊이 박혀 있지 못한 것이라 해도.

●

우리가 지금 통과하고 있는 불모의 시대들은 우리의 분별력
이 고조되고 우리 안의 광기가 종식되는 시기와 일치한다.

●

자신의 예술의 극단까지 가기, 거기서 더 나아가 자기 존재의
극단까지 가기. 그것이 자기 자신을 조금이라도 **선택받은 자**
라고 여기는 모든 사람들의 법칙이다.

●

인간이 자유롭다는 환상을 주는 것은 언어 때문이다. 사람들
이 한마디 말도 없이 일한다면, 우리는 그들을 로봇이라고 여
길 것이다. 말을 하면서, 사람들은 그들이 남들을 속이는 것
처럼 자신에게 속아 넘어간다. 그들이 앞으로 어떤 일을 처리
할 것이라고 예고할 때, 어떻게 그들이 자기 행위의 주인이
아니라고 생각할 수 있겠는가?

●

사람들은 누구나 마음 깊은 곳에서 자신이 불멸의 존재라고
느끼고 그렇게 믿는다. 잠시 후에 숨이 끊어질 것이라는 것을

알고 있을 때조차 그러하다. 사람들은 무엇이든 다 이해하고, 용납하고, **실감할** 수 있다. 그러나 자신의 죽음만은 그럴 수 없다. 자신의 죽음에 대해 끊임없이 생각하고 체념한 경우에도 그러하다.

●

그날 아침, 도살장에서 사람들이 도살 장소로 몰고 가는 짐승들을 보았다. 거의 모든 짐승들이 마지막 순간에 앞으로 나아가기를 거부했다. 놈들이 앞으로 나아가게 하기 위해서 사람들은 놈들의 뒷다리를 때렸다.

이 장면은, 잠에서 쫓겨난 내가 매일 겪는 시간의 형벌을 마주할 힘이 없을 때, 종종 머릿속에 떠오르곤 했다

●

모든 것이 덧없다는 사실을 인지하기, 나는 내가 그 일에 탁월한 능력이 있다고 자부한다. 나의 모든 기쁨을, 더 나아가 나의 모든 감각까지 망가뜨려버리는 괴이한 탁월함.

●

사람들은 누구나 자신의 첫 번째 순간을 속죄한다.

●

나는 브라만[94]에게 흡수된다는 것이 베단타[95]의 열성적 신자에게 무엇을 의미할 수 있는지 1초 동안 느꼈다고 생각한다. 이 1초가 무한정 늘어날 수 있기를 나는 얼마나 간절히 원했던가!

●

나는 불안에 대한 처방을 회의懷疑에서 구했다. 그 처방은 결국 고통과 같은 것이 되어버렸다.

●

"하나의 사상이 널리 퍼지는 것은, 하늘이 그것을 원하기 때문이다."(공자)

…… 이런저런 정신 착란들이 승리를 구가하는 것을 보면서, 너무나 분노해서 뇌출혈을 일으킬 것 같을 때마다, 나는 공자가 했던 그 말을 믿을 수 있다면 얼마나 좋을까, 라고 생

94　Brahman : 일반적으로 인도 카스트 제1계급의 이름으로 알려져 있는 이 산스크리트어 단어의 원래 뜻은 '힘'이다. 우주의 절대자인 '신'으로 이해되기도 하지만(힌두교에서는 최고신으로 섬겨지기도 한다), 그보다는 개인적 자아 아트만(Atman)에 대비되는 우주적 자아/범아(凡我)를 나타낸다고 해석하는 것이 일반적이다. 불교 사상의 근간인 범아일여(梵我一如)는 『우파니샤드』의 철학을 계승한 것으로서, 우주적 원리가 개인 안에 들어 있는 것으로 본다.

95　178쪽, 주 51 참고.

각했다.

●

나는 수많은 열광자들, 미치광이들, 멍청이들에게 감탄해왔다! 그것이 무엇이든 이제 더 이상 정해진 하나의 입장을 취하지 않을 것이라고 생각하면, 마음이 너무나 가벼워져서 오르가즘 같은 것이 느껴진다.

●

그는 곡예사인가? 이데아에 사로잡힌 오케스트라 지휘자인가? 그는 흥분했다가 자제하고, 알레그로와 안단테를 번갈아 연주한다. 그는 고행자나 사기꾼이 그렇게 하듯이, 자신을 완벽하게 통제한다. 말하는 동안 내내 그는 무엇인가 추구하고 있다는 인상을 준다. 그러나 그가 무엇을 추구하는지 우리는 결코 알 수 없다. 그는 사상가인 체하는 기술의 전문가이다. 그가 단 하나라도 완전히 분명한 것을 말했다면, 그는 망했을 것이다. 그의 말을 듣고 있는 청중과 똑같이 그도 자기가 어디로 갈지 모르므로, 그의 말을 듣고 있는 허수아비들의 경탄을 끊임없이 불러일으키며 그는 몇 시간씩 계속 떠들어댈 수 있다.

자신의 시대와 갈등하며 산다는 것은 하나의 특권이다. 매 순간 우리는 우리가 다른 사람들처럼 생각하지 않는다는 사실을 의식한다. 이 첨예한 다름의 상황은 겉으로 보기에는 너무나 초라하고 삭막해 보이지만, 그럼에도 불구하고 철학적 위상을 지니고 있다. 시대적 사건들과 일치하는 사유 안에서 그런 특성을 찾는다면 완전히 실패할 것이다.

●

그 90세 할머니는, 내가 현재, 미래, 상황의 진행에 관해 그녀에게 무슨 말을 해도, 그녀의 귀에다 대고 아무리 외쳐대도, 끊임없이 "어쩔 수 없어."라고 말했다. 그녀에게서 어떤 다른 대답이라도 끌어내기를 바라는 마음으로, 나는 나의 두려움, 불만, 한탄을 계속해서 늘어놓았다. 그러나 그녀가 "어쩔 수 없어."라는 말만 되풀이했으므로, 나는 지겨워져서 그 자리를 떠났다. 나 자신에게, 그리고 그녀에게 화가 났다. 멍청한 할머니에게 마음을 열다니 나는 대체 무슨 생각을 했던 걸까.

밖으로 나오자, 생각이 완전히 달라졌다. "하지만 할머니 말이 맞다. 어째서 나는 그녀의 후렴구가 어쩌면 가장 중요한 진실을 내포하고 있을지도 모른다는 사실을 즉시 알아차리지 못했을까? 일어난 일 모두가 그 진실을 드러내고 있는데, 우리 안에 있는 모든 것이 그것을 거부하고 있으니 말이다."

10

두 가지 종류의 직관이 있다. 기원에 형성된 것(호메로스, 우파니샤드, 민속)과 후대에 형성된 것(대승불교, 로마의 스토아철학, 알렉산드리아의 그노시스주의). 최초의 번개들, 그리고 꺼져버린 희미한 불빛들. 의식의 깨어남과 깨어남으로 인한 피로.

●

소멸하는 것이 결코 존재한 적이 없었다는 것이 사실이라면, 소멸의 근원인 태어남 역시 별로 존재하지 않는 것이다.

●

완곡어법들을 주의하라! 그 표현들은 그것들이 감추려 하는 공포를 더욱 심화시킨다.

죽은 사람 또는 **사망자** 대신 '사라진 사람'이라는 표현을 사용하는 것은 나에게는 기괴할 뿐 아니라 정신 나간 짓으로 보인다.

인간은 자신이 필멸의 존재라는 사실을 잊고 있을 때, 위대한 일들을 이룰 수 있다고 느끼며, 때로 그 일에 성공하기도 한다. 과도함의 열매인 이 망각은 인간 불행의 원인이 되기도 한다. "필멸의 존재인 인간이여, 필멸의 존재로서 생각하라." 고대 문화는 **비극적 겸손함**을 고안해냈다.

로마 황제 기마상들 중에서, 이민족의 침입과 세월의 침식을 피해 살아남은 것은 마르쿠스 아우렐리우스의 상 하나뿐이다. 가장 황제 같지 않았던 황제, 황제 아닌 다른 어떤 조건에도 잘 적응했을 것 같은 인물.

머릿속에 이런저런 계획들을 잔뜩 집어넣고 자리에서 일어난 나는 아침나절 내내 일을 할 생각이었다. 분명히 그럴 생각이었다. 그런데 책상에 앉자마자, 끔찍하고 비열하고 설득력 있는 후렴구가 나의 부푼 마음을 깡그리 부숴버렸다. "대체 너는 이 세상에 뭘 찾으러 온 거냐?" 그래서 나는 평소처럼, 침대로 돌아갔다. 어떤 대답을 찾았으면 하는 희망을 품고, 아니 오히려 다시 잠들었으면 하는 희망을 품고.

●

사물의 표면에 집착하는 동안 사람들은 선택하고 잘라낸다. 사물들의 깊이 안으로 내려가는 순간, 더 이상 잘라낼 수도, 선택할 수도 없다. 오직 표면을 그리워할 수 있을 뿐이다.

●

속임을 당하게 될까 봐 두려워하는 것은 진실 추구의 속된 판본이다.

●

자기 자신을 잘 알 때, 사람들은 자신을 완전히 경멸하지 않는다. 극단적 감정에 빠져들기에는 너무 지쳐 있기 때문이다.

●

하나의 교리, 믿음, 체계를 따르는 것은 사람을 너무 메마르게 만든다. ― 특히 작가에게 그렇다. 그런 경우가 종종 있듯이, 그가 겉으로 표방하는 사상과 모순된 방식으로 살아가지 않는 한 말이다. 이 모순, 또는 배반은 그를 자극하고 그를 불안과 거북함과 부끄러움 안에 붙잡아놓는다. 그런데 그런 감정들은 작품 생산에 유리한 조건이다.

천국은 사람들이 그 모든 것을 알고 있는, 그러나 그것에 관해 아무것도 설명하지 않는 장소다. 죄 이전의 세계, **해설** 이전의 세계.

다행히도 나는 신앙을 가지고 있지 않다. 신앙을 가졌더라면, 나는 그것을 잃어버릴지도 모른다는 끊임없는 두려움과 함께 살았을 것이다. 그러므로 신앙은 나를 돕기는커녕 나에게 해가 되었을 것이다.

위선자, '연기를 피우는 자'[96]는 존재를 의식한다. 따라서 자신에 대한 구경꾼이다. 그는 장점으로 가득 찬, 분열되지 않은 착실한 사람보다 필연적으로 더 진전된 인식을 지니고 있다.

---

96 fumiste : 통상적으로는 '난로공'이라는 뜻으로 '진지하지 못한 불성실한 사람'을 의미하지만, 시오랑은 이 단어를 위선자/사기꾼(imposteur)과 동격으로 사용해서, 존재를 이중화하고 감추는 자라는 뉘앙스를 주려 한 것 같다. 이 단어를 따옴표 안에 넣은 것으로 보아도, 통상적 의미가 아니라 은유적 의미로 사용한 듯. 동사 fumer(연기를 피우다)를 말놀이에 동원한 것으로 여겨져서 '연기를 피우는 자'라고 번역했다.

·

육체를 가지고 있는 자는 누구나 버림받은 자라는 타이틀을 가질 자격이 있다. 거기에 덧붙여서, 그가 '영혼'의 고통마저 겪고 있다면, 그는 자신이 온갖 종류의 파문을 당했다고 주장할 수 있다.

·

모든 것을 잃어버린 사람 앞에서 어떤 말을 할 수 있을까? 가장 모호하고, 가장 애매한 말이 언제나 가장 효과적일 것이다.

·

회한의 우위. 우리가 끝마치지 못한 행위들은 그것들이 우리를 계속 따라다니기 때문에, 그리고 우리가 그것에 관해 끊임없이 생각하고 있으므로, 우리 의식의 유일한 내용물이 된다.

·

우리는 때로 식인종이 되고 싶은 때가 있다. 이런저런 사람들을 잡아먹고 싶어서가 아니라, 그들을 토해내는 기쁨을 누리기 위해서.

·

중요한 결정을 내려야 할 때는, 언제나 길게 드러누워서 시간
이 흘러 지나가도록 내버려두는 것이 제일 좋은 방법이다. 일
어선 자세로 내린 결정은 아무 소용도 없다. 그 결정은 오만
이나 두려움의 지시를 따른 것이기 때문이다. 누워 있는 자세
에서도 우리는 오만과 두려움이라는 두 가지 재난을 모두 겪
지만, 그 형태는 좀 더 완화되고 좀 더 비시간적이다.

·

누군가 그의 인생이 목표에 이르지 못했다고 투덜거리면, 생
자체가 비슷하거나 그보다 못한 상황에 처해 있다는 사실을
그에게 상기시켜주기만 하면 된다.

·

태어난 작품들은 죽는다. 단장斷章들은 살았던 적이 없으므로
더더욱 죽을 수도 없다.

·

세부적인 것에 대한 두려움이 나를 마비시킨다. 그런데 세부
적인 것은 의사소통의 (그러므로 사유의) 본질이다. 그것은 말과

글의 살과 피다. 그것을 포기하려 한다는 것은 해골과 연애하는 것과 같다.

●

어떤 작업을 끝마치면서 느끼는 만족감(특히 그 작업의 가치를 인정하지 않거나 경멸하기까지 할 때)은 우리가 어느 정도로 여전히 천민 무리에 속해 있는지 보여준다.

●

나의 장점은 내가 완전히 쓸모없는 인간이라는 사실이 아니라, 그렇게 되고 싶어 했다는 사실이다.

●

내가 나의 기원起源을 부인하지 않는 이유는, 무엇인 체하는 것보다 전혀 아무것도 아니라는 것이 결국 더 낫기 때문이다.

●

자동 기계 장치와 변덕의 혼합물인 인간은 부서지고 **고장난** 로봇이다. 그가 그 상태로 머물러 있다가, 다시는 일으켜 세우지 못하게 되기를!

·

인내심이 있건 없건 간에, 우리 모두가 늘 기다리고 있는 것
은 분명히 죽음이다. 그러나 죽음이 찾아왔을 때에야 우리는
그 사실을 알게 된다. …… 기다렸던 것이 찾아왔다는 것을
즐기기에는 너무 늦은 시간에.

·

인간은 말하는 것을 배우기 훨씬 전에 기도하기 시작한 것이
분명하다. 왜냐하면 동물의 상태를 벗어나면서, 동물성을 부
정하면서, 인간이 맞닥뜨려야 했던 공포를 으르렁대기나 신
음 없이 견딜 수 없었을 것이기 때문이다. 그것이 기도의 전
조와 징조였을 것이다.

·

예술이나 모든 것에 있어서, 논평자는 논평의 대상이 되는 것
보다 더 주의 깊고 더 명석하다. 그것은 살인자가 희생자에
대해 가지고 있는 이점이다.

·

"아무도 삶 안에 억지로 붙잡아두지 않으시는 신들에게 감사

하자."

세네카(황제 칼리굴라에 따르면, 세네카의 문체는 **점착력**이 부족했다)는 본질적인 것에 열린 마음의 소유자였다. 그것은 그가 스토아 학파에 속해 있었기 때문이라기보다는, 당시에 매우 야생적 인 상태였던 코르시카섬에서 8년간 유형 생활을 했기 때문 이다. 이 시련은 한 경박한 정신의 소유자에게 그가 통상적인 방법으로는 얻을 수 없었을 하나의 차원을 부여해주었다. 그 것은 그로 하여금 병과 싸우지 않을 수 있게 해주었다.

●

아직은 내 것인 이 순간은, 흘러서, 나를 빠져나가 삼켜진다. 그다음에 오는 순간과 관계를 맺어야 하나? 나는 그렇게 하 기로 결심한다. 그 순간은 저기 있다. 그것은 나에게 속한다. 그런데 벌써 멀리 가 있다. 아침부터 저녁까지, 과거를 만들 어내고 있다니!

●

그는 신비주의자들 옆에서 모든 것을 시도해보았지만, 완전 히 실패했다. 이제 그에게 남아 있는 출구는 하나뿐이다. 지 혜 안에 침몰하는 것……

어떤 사람이 이른바 철학적 질문들을 자신에게 던지는 순간, 그는 어쩔 수 없이 철학적 용어를 사용할 수밖에 없다. 그러면, 그는 우월하고 공격적인 분위기를 풍기게 된다. 해결 불가능성이 엄연하게 존재하므로 겸손함 또한 엄격하게 요구되는 영역에서 말이다. 이 비정상성은 아주 분명하다. 접근하는 질문들의 차원이 높아질수록 사람들은 이성을 잃어버린다. 심지어 그 질문을 다루는 사람이 그 질문의 차원을 자신에게 부여하는 일까지 생긴다. 신학자들의 오만이 철학자들의 오만보다 더 '악취를 풍기는' 이유는, 신을 다루면 반드시 대가가 따르기 때문이다. 자신의 의지와는 상관없이 신의 어떤 속성들을 자기 것으로 가로채게 되기 때문이다. 그 속성들은 당연히 신의 가장 고약한 속성들이다.

자기 자신과 세계가 화합하고 있을 때, 정신은 쇠약해진다. 그러나 최소한의 대립 상태만 생겨나도 정신은 활짝 피어난다. 결국 생각이란 우리의 난관과 불운을 뻔뻔하게 착취하고 생겨난 것에 불과하다.

옛날에는 충성스러웠던 이 육체가 이제 내 말을 듣지 않고, 나를 따르지 않고, 나의 공범이 되기를 그쳤다. 오래된 쇠약함이 그들의 충성스러움을 표하기 위해 나를 찾아와 밤낮으로 곁에 있어주지 않았다면, 거부당하고, 배신당해 버림받은 나는 어떻게 되었을까?

●

'점잖은' 사람들은 언어 분야에서 새로운 것을 만들어내지 못한다. 반면에 허세로 즉흥적 창작을 하거나 감정으로 채색된 거친 말 안에서 뒹구는 사람들이 그 분야에서 탁월함을 보인다. 그들은 자연의 인간들이다. 그들은 말들과 직접 접촉하며 산다. 언어적 천재성은 저속한 세계의 속성인가? 어쨌든 그 재능이 어느 정도의 불쾌함을 요구하는 것은 사실이다.

●

어떤 하나의 언어만 붙잡고 기회가 있을 때마다 그 언어에 대한 지식을 심화시켜야 한다. 작가에게는, 아파트 관리인 아주머니와 수다를 떠는 것이 외국어로 학자와 면담하는 것보다 훨씬 더 유익한 일이다.

●

"…… 내가 모든 것이라는 느낌, 그리고 아무것도 아니라는 명백함." 젊은 시절에 나는 우연히 이 문장을 읽게 되었다. 그 문장은 나를 뒤흔들어놓았다. 내가 당시에 느꼈던 모든 것, 그리고 내가 그 후에 느끼게 될 모든 것이 이 평범하지만 놀라운 문장 안에 모두 압축되어 있었다. 확장과 실패, 황홀과 낭패감의 종합. 계시는 가장 흔히 역설이 아니라 자명한 사실로부터 솟아 나온다.

●

시는 계산과 계획을 배제한다. 그것은 미완결, 예감, 심연이다. 그것은 웅웅대는 기하학도, 창백한 형용사들의 나열도 아니다. 우리는 모두 너무 상처 입고, 너무 타락했고, 너무 지쳐 있고, 우리는 너무 피로하고, 너무나 야만적인 존재가 되어서, 이제 시라는 **재능**을 제대로 평가할 능력이 없다.

●

우리는 진보라는 관념을 떨쳐버리지 못한다. 그러나 거기에 머물러 있을 만한 가치는 없다. 인생의 '의미'도 마찬가지다. 인생에는 하나의 의미가 **있어야 한다.** 그러나 따져보면, 우스꽝스럽지 않은 인생의 의미라는 게 하나라도 있던가?

•

학살당한 나무들. 집들이 솟아오른다. 낯짝들, 사방에 낯짝들. 인간은 **퍼져나간다.** 인간은 지구의 암이다.

•

숙명이라는 개념에는 포근하고 관능적인 무엇인가가 있다. 그것은 당신을 따뜻하게 감싸준다.

•

만족감의 모든 뉘앙스를 전부 체험해보았을, 동굴에 살았던 원시인…….

•

자신을 비방하는 기쁨은 남에게 비방당하는 것보다 훨씬 더 가치가 있다.

•

모든 것에 대한 갈증을 가지고 태어났다는 사실의 위험을 나는 그 누구보다 잘 알고 있다. 그것은 독이 들어 있는 선물,

섭리의 복수다. 그렇게 설정된 나는, 아무것에도 도달할 수 없다. 물론 정신적 차원에서 그렇다는 말인데, 그것이 유일하게 중요한 것이다. 나의 실패는 전혀 우연한 것이 아니다. 그것은 나의 본질과 뒤섞여 있다.

●

신비가들과 '그들의 전집'. 신에게 말을 할 때, 그들이 주장하듯이 신에게만 말을 할 때, 그들은 글을 쓰는 것을 삼가야 할 것이다. 신은 글을 **읽지** 않는다……

●

본질적인 것에 대해 사유할 때마다, 나는 침묵 또는 폭발, 경악 또는 비명 안에서 그것을 얼핏 보았다고 생각한다. 언어 안에서는 한 번도 본 적이 없다.

●

하루 종일 태어남의 불운에 대한 생각을 되뇌고 있을 때면, 우리가 계획하고 있는 모든 것, 우리가 실행하고 있는 모든 것이 보잘것없고 하찮은 것으로 느껴진다. 우리는 병을 고친 미치광이 같다. 지나온 위기, 빠져나온 '꿈'에 대해서만 생각하면서 끊임없이 그 광기로 돌아가는 것이다. 따라서 그의 치유는 그에게 아무 이익도 가져다주지 못하는 것 같다.

●

어떤 사람들에게는 고통에 대한 욕망이 다른 사람들이 도박에서 돈을 따며 느끼는 매력과도 같은 것이다.

●

인간은 출발부터 발을 잘못 내디뎠다. 천국에서 겪은 불운이 그 첫 번째 결과이다. 나머지는 줄줄 따라오게 되어 있었다.

●

나는 인간이 ― 적어도 ― 영원한 존재가 아니라는 사실을 알면서도 어떻게 살아갈 수 있는지 결코 이해하지 못할 것이다.

●

이상적인 존재? 유머 감각으로 피폐해진 천사.

●

욕망, 혐오감, 마음의 평화에 대한 일련의 질문을 던진 다음,

사람들이 부처에게 물었다. "열반의 목적과 궁극적 의미는 무엇입니까?" 그는 대답하지 않았다. 그는 **미소를 지었다.** 사람들은 이 미소를 답이 없는 질문에 대한 정상적인 반응으로 보는 대신, 그것에 대해 여러 가지 해설을 쏟아냈다. 부처의 미소는 우리가 어린아이들이 던지는 **왜?**라는 질문 앞에서 보이는 반응이다. 우리는 어떤 대답도 생각해낼 수 없어서, 대답이 질문보다 더 의미가 없을 터이므로 미소를 짓는다. 어린아이들은 그것이 무엇이든 그 한계를 인정하지 않는다. 아이들은 언제나 저 너머를 바라보고 싶어 하고, 그다음에 무엇이 있는지 보고 싶어 한다. 그러나 그다음은 없다. 열반은 하나의 한계, 절대적인 한계다. 그것은 해탈이며, 최후의 막다른 길이다.

●

소란이 일어나기 전에 — 신석기 이전이라 하자 — 삶이 어떤 매력을 가질 수 있었던 것은 분명하다.

　인간은 언제 모든 사람들로부터 자기 자신을 떼어놓는 방법을 알게 될까?

●

사산아보다 더 오래 살아서는 안 된다고 생각해보아야 아무 소용도 없다. 처음 찾아온 기회로부터 도주하는 대신, 우리는 한나절이라도 더 살기 위해 소외당한 자의 에너지를 가지고 악착같이 매달린다.

●

명석함은 살고 싶은 욕망을 근절시키지 못한다. 어림없다. 그것은 단지 살아가는 데 불편한 사람으로 만들어줄 뿐이다.

●

신이란, 사람들이 이제 치유되었다고 생각하는 병이다. 왜냐하면 이제 그 병 때문에 죽는 사람은 아무도 없으므로.

●

의식을 가지지 않는 것은 삶의 비밀이며, '삶의 원칙'이다. 그것은 자아를, 개체로 분화되었다는 고통을, 사람을 쇠약하게 만드는 깨어 있는 의식의 상태를 견디게 해주는 유일한 방책이다. 깨어 있는 의식의 상태란 너무나 무섭고, 마주 서기 힘들어서 힘센 역사^{力士}들이나 감당할 수 있는 시련이다.

●

모든 성공은, 그것이 어떤 종류의 성공이든, 내면적 빈약함을 초래한다. 그것은 우리가 어떤 존재인지 잊게 만든다. 그것은 우리에게서 한계를 인식하는 고통을 빼앗아 가버린다.

●

나는 나 자신을 한번도 **존재**로 생각해본 적이 없다. 흘러넘치는 과도한 무無에 의해서만 존재하는 비-시민, 주변인, 아무것도 아님.

●

짧은 경구과 한숨 사이 어디에선가 난파해버렸다!

●

고통은 눈을 뜨게 하고, 다른 방식으로는 깨달을 수 없었던 것들을 볼 수 있도록 도와준다. 그것은 그러므로 깨달음에게만 유용할 뿐이며, 그 외에는 사는 일에 해나 끼칠 뿐이다. 삶에 해를 끼치는 특성 역시, 지나가는 김에 하는 말이지만, 깨달음에 도움을 준다.

"그는 고통당했다. 그래서 그는 깨달았다." 그것이 병, 불의, 또는 이런저런 불행의 희생자에 대해 우리가 말할 수 있는 것의 전부이다. 고통은 그 누구도 더 나은 사람으로 만들어주지 않는다(이미 **선했던** 사람들은 제외하고). 그것은 다른 모든 것들이 그렇듯이 잊혀진다. 그것은 '인류의 유산' 목록에도 들어가지 않고, 어떤 방식으로도 보존되지 않으며, 모든 것이 사라지듯이 사라질 뿐이다. 한 번 더 말하지만, 그것은 눈을 뜨게 하는 데나 도움을 줄 뿐이다.

●

인간은 말해야 했던 것들을 말했다. 이제 인간은 휴식을 취해야 마땅하지만, 그는 그것에 동의하지 않는다. 인간은 목숨을 부지하는 생존자의 국면에 들어섰음에도 불구하고, 자기가 무슨 거창한 역사의 문턱에 서 있는 양 부산을 떨어대고 있다.

●

비명悲鳴은 창조된 세계 안에서만 의미를 가진다. 창조주가 없다면, 자신에게 주의를 기울여달라고 외치는 것이 무슨 소용이 있다는 말인가?

●

"콩코르드 광장에 도착했을 때, 나를 파괴해버리자는 생각이 머리에 떠올랐다."

프랑스 문학을 통틀어서 이 문장만큼 나를 오래 따라다닌 문장은 없다.

　　　　　　　　•

모든 것을 통틀어서, 시작과 해체, 만들기와 부수기만이 중요
하다. 존재를 향해 가는 길과 존재 밖으로 나가는 길, 그것이
바로 호흡이며 숨결이다. 반면에, 있는 그 자체로서의 존재는
숨 막히는 공간에 불과하다.

　　　　　　　　•

시간이 지나갈수록, 나의 어린 시절이 천국이었다는 확신이
든다. 그러나 어쩌면 내가 잘못 생각하고 있는 것인지도 모른
다. 천국이라는 게 있었다면, 내 생애가 시작되기 전에 찾아
내어야만 했을 것이다.

　　　　　　　　•

황금률 — 자신의 이미지를 불완전한 것으로 남길 것.

　　　　　　　　•

인간은 인간이 되어갈수록 현실 안에서 자신을 잃어버리게
된다. 그것은 그가 자신의 분명한 본질을 위해 지불해야 하는

대가이다. 그가 자신의 독자성의 끝까지 가서, 완전하고 절대적인 방식의 인간이 된다면, 그에게는 그것이 무엇이건 실존의 장르를 환기시켜주는 것이 아무것도 남아 있지 않게 될 것이다.

●

운명의 정지 앞에서의 묵언^{默言}, 수 세기에 걸친 시끌벅적한 탄원 이후에 다시 발견하게 된 **침묵하라**는 가르침. 그것이 우리가 도달해야 할 그 무엇이며, 우리의 투쟁이다. 비록 이 투쟁이라는 단어가 예견되고 받아들여진 패배에 관한 것일 때 적합한 것이기는 하지만.

●

모든 성공은 불명예스럽다. 성공한 사람은 결코 자신을 돌이킬 수 없다. 물론, 자기 자신의 시각으로 돌아올 수 없다는 뜻이다.

●

자신의 진실에 대한 공포는 견딜 수 있는 수준을 넘어선다. 자기 자신에게 더 이상 거짓말하지 않는 사람은(그런 사람이 존재한다면 말이지만) 자신에게 불평할 것이 너무나 많다.

•

나는 이제 현자들의 글을 더 이상 읽지 않을 것이다. 그들은
나에게 너무 많은 아픔을 주었다. 나를 본능에 던지고, 나의
광기가 활짝 피어나게 내버려두어야 했다. 나는 그와 정반대
로 해왔다. 나는 이성의 가면을 썼다. 그런데 가면이 결국 내
얼굴을 대신하게 되었고, 나머지를 빼앗아 가버렸다.

•

과대망상에 사로잡힌 순간에, 나는 내 판단이 틀렸을 리가 없
으며, 내가 맞았다는 것을 증명해줄 존재, 그 마지막 인간이
올 때까지 끝까지 기다리기만 하면 된다고 생각한다.

•

존재하지 않는 것이 나았을 것이라는 생각은 가장 많은 반대
에 부딪히는 생각이다. 자신을 자기 안에서 바라볼 줄 밖에
모르는 사람들은 누구나 자신이 필요한 존재, 더 나아가 필수
불가결한 존재라고 느끼며, 자기 자신을 하나의 절대적인 현
실, 하나의 전체, 전체 그 자체라고 생각한다. 자신의 고유한
존재와 온전히 동일시되는 순간, 사람들은 신처럼 행동한다.
그들은 신이다.
　자기 안에서, 그리고 동시에 자기를 벗어나 살 때에만 우리

는 우리가 태어난다는 우연한 사건이 결코 일어나지 않았더라면 더 좋았을 것이라는 사실을 아주 평온하게 생각해볼 수 있게 된다.

●

천성을 따라 살았더라면, 나는 모든 것을 파괴해버렸을 것이다. 내게는 천성을 따를 용기가 없기 때문에, 참회하는 심정으로, 평화를 찾아낸 사람들을 접하며 나 자신을 무디게 만들기 위해 애쓰고 있다.

●

한 명의 작가가 우리에게 강한 인상을 남기는 이유는 우리가 그의 작품을 많이 읽었기 때문이 아니라, 우리가 그에 대해 이상할 정도로 많이 생각했기 때문이다. 나는 보들레르도 파스칼도 특별히 많이 읽지는 않았다. 그러나 나는 그들의 비참에 대해 끊임없이 생각했고, 그들의 비참은 나의 비참만큼이나 어디에서나 나를 충실하게 따라다녔다.

●

인생의 여러 시기에, 보다 더 또는 덜 분명한 징조들이 이제 집을 비울 때가 되었다는 사실을 우리에게 알려준다. 마침내 노년이 되면 그 징조들이 아주 분명해져서 머뭇거리는 것이 적절하지 않게 될 것이라고 확신하면서도, 망설이고 뒤로 미룬다. 징조들은 정말 분명하지만 우리에게 기력이 모자라서, 살아 있는 자가 수행하기에 적합한 유일한 행위를 하지 못하는 것이다.

●

나의 어린 시절에 유명했던 어떤 여배우의 이름이 느닷없이 머리에 떠올랐다. 누가 아직도 그녀를 기억하고 있을까? 시간의 추악한 현실성과 비현실성을 우리에게 알려주는 것은 철학적 사색보다 이러한 종류의 사소한 사실들이다.

●

모든 것에도 불구하고, 우리가 계속 살아가는 데 성공한 이유는, 우리의 결함이 하도 많은 데다가 서로 상충되는 것들이어서 그것들이 서로 상쇄되어버리기 때문이다.

●

내가 위안을 느끼며 떠올리는 순간들은 오직, 내가 그 누구에게도 아무도 아니기를 원했던 순간들, 그 사람이 누구든 한 사람의 기억에 내가 작은 흔적이라도 남긴다는 생각으로 얼굴이 붉어졌던 그 순간들이다.

●

영적 완결을 위해 불가피한 조건. 언제나 판돈을 잃었다는 것.

●

실망이나 분노의 횟수를 줄이고 싶다면, 어떤 경우에도 우리는 서로를 불행하게 만들기 위해 같이 살고 있다는 것, 그리고 그 상황에 대항하는 방법은 공통되는 삶의 근거 자체를 없애버리는 것이라는 사실을 기억하는 것이 중요하다.

●

병은 사람들이 우리에게 그 병명을 말해주는 순간, 즉 사람들이 우리 목에 밧줄을 거는 순간부터 비로소 우리의 것이 된다.

●

나의 모든 사유는 체념을 향해 있다. 그럼에도 불구하고, 내가 신 또는 누구인지 모르는 존재에게 보내는 어떤 최후 통첩을 준비하지 않는 날은 하루도 없다.

태어남이 실패라는 사실을 모든 사람들이 이해하게 될 때, 삶은 마침내 견딜 만해지고, 그것은 항복한 다음 날 투항한 자가 느끼는 홀가분함과 휴식처럼 보일 것이다.

　

사람들이 악마의 존재를 믿었을 때, 세상에 일어나는 모든 일은 이해할 수 있고 명확한 것이었다. 악마의 존재를 더 이상 믿지 않게 되었을 때, 사람들은 일어나는 모든 사건들에 대한 새로운 설명을 찾아내야 했다. 그 작업은 힘겹고 자의적이며, 모든 사람에게 궁금증을 불러일으키지만, 아무도 만족시키지 못한다.

　

우리가 늘 진실을 추구하는 것은 아니다. 그러나 우리가 그것을 목마르게, 격렬하게 추구할 때, 우리는 모든 **표현**, 단어와 형태에 속한 모든 것, 천박한 거짓말들보다 진실에서 더 멀리 떨어져 있는 모든 고상한 거짓말들을 증오하게 된다.

감정 또는 냉소주의로부터 온 것만이 진실한 것이다. 나머지는 모두 '재주'다.

활력과 거부는 짝을 이루고 있다. 빈혈의 징조인 관용은 서로 다른 모든 형태들 앞에서 양보해버리기 때문에 웃음을 지워버린다.

육체적 불행은 우리가 편한 마음으로 미래를 대면하도록 도와준다. 그것은 우리가 지나치게 자신을 들볶지 않게 해주고, 우리가 세워놓은 긴 호흡의 어떤 계획들 중 하나로 인해 우리가 보유하고 있는 에너지의 잠재적 가능성이 단기간에 모두 소진되어버리지 않도록 최선을 다한다.

제국이 흔들리고, 이민족들이 이동하기 시작했다……. 그때 세계로부터 탈출하는 것 말고 무엇을 할 수 있었겠는가?
  도망칠 곳이 있었고, 고독한 공간들에 접근할 수 있었고,

그런 곳이 사람들을 맞아주었던 시대는 행복했다! 우리는 모든 것을 빼앗겼다. 심지어 사막조차도.

●

외양을 한 꺼풀씩 벗겨내는 나쁜 습관을 가지고 있는 사람에게, **사건과 오해**는 동의어다.

　본질적인 것을 향해 가기, 그것은 게임을 포기하는 것이며, 자신이 패배자라는 것을 자인하는 것이다.

●

X가 자신을 '화산'에 비유한 것은 맞는 것 같다. 그러나 그가 그 세부로 들어간 것은 잘못이다.

●

가난한 사람들은, 돈에 대해 너무 생각하고, 또 끊임없이 그 생각을 하기 때문에, 급기야 무소유의 정신적 이점을 잃고, 부자들만큼이나 천박한 상태에 떨어져버린다.

●

초기의 고대 그리스인들은 프시케[97]를 공기 이상의 아무것도 아니라고 생각했다. 그것은 요컨대 바람, 기껏해야 연기였다. 사람들은 자신이나 다른 사람들의 자아의 깊은 곳에 숨어 있는 엉뚱한 것, 그리고 가능하다면 수상쩍은 것을 찾다가 지칠 때마다 고대 그리스인들이 옳았다는 것을 기꺼이 인정한다.

●

무심함에 이르는 마지막 발자국은 무심함이라는 개념 자체를 파괴해버리는 것이다.

---

97 Psyché : '영혼' 또는 '나비'. 사랑의 신 에로스의 아름다운 연인. 원래는 '공기' 또는 '숨'이라는 의미. 프시케가 '영혼'이라는 의미를 갖게 된 것은 후대의 일이다. 호메로스의 작품에서 프시케는 그저 공기나 바람에 불과하다. 그의 작품에 우리가 익히 알고 있는 서구의 영혼관은 나타나지 않는다. 우리에게 알려진 프시케의 운명은 로마 작가 아풀레이우스의 『변형담』(일명 『황금 당나귀』)에 나온다. 이 신화를 바탕으로 신을 향해 솟아 올라가는 인간 영혼에 대한 아름다운 이야기가 만들어진 것이다. 프시케는 영적 아름다움을 상징하며 그 때문에 그녀의 아름다움을 육체적 아름다움의 여신 베누스(에로스의 어머니. 그러므로 프시케의 시어머니)가 질투하는 것은 당연하다. 프시케는 헤라클레스처럼 반신(半神)조차 아니며, 순수한 인간이다. 순수한 인간이 신의 반열에 오른 것은 그리스-로마 신화를 통틀어 그녀가 유일하다.
현대의 '심리'라는 단어와 그 파생어에는 이 여신의 이름이 어디에서나 어른거린다. 'pschy-'로 시작되는 단어는 모두 프시케의 후손이라고 보면 틀림없다.

·

가을이 되어 숲속에서 무성하게 자란 키 큰 고사리 울타리 두 개를 헤치고 걸어가기, 그것이 **개선**凱旋이다. 이 기쁨에 비하면 선거와 갈채가 대체 무엇이라는 말인가?

·

자기 가족을 폄하하고, 비방하고, 산산조각 내고, 자신의 출신을 원망하고, 자신의 근원에서 자신을 치고, 자신의 출발점을 파괴하고, 자신의 근원을 스스로 벌한다⋯⋯.

이 모든 선택되지 못한 자들을 저주하기. 위선과 슬픔 사이에 찢겨 있는, 소명을 가지지 않는다는 것만을 유일한 소명으로 지닌, 별 볼일 없는 족속을⋯⋯.

·

모든 집착들을 부수어버리면, 나는 자유의 감각을 느낄 것이다. 사실 나는 그 효과를 경험하고 있다. 너무 강렬해서 그것을 즐기는 것이 두려울 정도이다.

·

사물들을 정면으로 바라보는 습관이 강박이 되어버리면, 우리는 예전에 우리였던, 그러나 이제는 우리가 아닌 바보를 위해 울게 된다.

11

우리가 아주 높이 평가했던 어떤 인물이 그답지 않은 행동을 했을 때, 그는 우리와 더욱 가까워진다. 그 일로 인해 그는 공경이라는 고난의 잔을 마시는 우리의 고역을 면제시켜준다. 그리고 그 순간부터 우리는 그에게 진정한 애착을 느끼게 된다.

●

우리가 소심함 때문에 저지르는 비겁하고 거친 행동보다 더 심각한 것은 아무것도 없다.

●

누군가의 증언에 따르면, 플로베르는 나일강과 피라미드 앞에서도, 노르망디 지방에 대해서만, 앞으로 완성하게 될 작품 『보바리 부인』의 관습과 풍경에 대해서만 생각했다고 한다. 그에게는 『보바리 부인』을 제외하면 아무것도 존재하지 않았던 것 같다. 상상한다는 것은, 자신을 축소시키는 것, 배제하기다. 그것이 무엇이든, 거부하는 크나큰 능력 없이는, 어떤 계획도, 어떤 작품도 실현되지 못한다.

●

승리와 아주 비슷한 것, 또는 조금 비슷한 것은 나에게 엄청난 불명예처럼 보인다. 그래서 나는 어떤 상황에서든, 반드시 패배하리라고 단단히 결심하고 싸움에 응한다. 나는 존재들이 중요하게 여겨지는 단계를 넘어섰으므로, 이제 나에게는 사람들이 알고 있는 세계에서 투쟁해야 할 어떤 이유도 없다.

●

철학은 아고라에서, 정원에서 또는 자기 집에서만 가르쳐야 하는 학문이다. 강단은 철학자의 죽음, 살아 있는 모든 사상의 죽음이다. 강단은 죽은 정신이다.

●

내가 아직도 욕망을 가질 수 있다는 사실은, 내가 현실을 정확하게 인지하지 못하고 헤매고 있으며, 진리에서 천 리외[98]

98　lieue : 거리의 옛 단위. 약 4킬로미터.

나 떨어져 있다는 사실을 증명한다. 『법구경』은 "인간이 욕망의 제물이 되는 이유는 그가 사물들을 있는 그대로 보지 못하기 때문이다."라고 말하고 있다.

●

나는 분노로 몸을 떨었다. 내 명예가 달린 문제였다. 시간이 흘러 지나가 새벽이 가까워오고 있었다. 하찮은 일 때문에 밤을 망쳐야 하나? 별것 아니라고 생각해보았지만, 아무 소용도 없었고, 마음을 가라앉히기 위해서 내가 만들어낸 이유들도 효과가 없었다. 그들이 감히 나에게 이런 짓을 하다니! 나는 창문을 열고 분노한 미친 사람처럼 고함을 지르려고 했다. 그 순간, 팽이처럼 빙빙 돌아가는 지구의 이미지가 갑자기 내 머리를 사로잡았다. 나의 분노는 즉시 가라앉았다.

●

죽음은 전혀 쓸모없지 않다. 어쨌든 죽음 덕택에 탄생 이전의 공간, 우리의 유일한 공간을 되찾을 수 있게 되는 것이므로.

●

옛날에 한나절을 기도로, 살려달라는 구조 요청으로 시작한 것은 옳은 일이었다. 누구에게 기도를 보내야 할지 알지 못하는 우리는 맨 처음 만나게 될 미치광이 신 앞에 꿇어 엎드리게 될 것이다.

●

육체를 가지고 있다는 날카로운 인식, 그게 바로 건강하지 못하다는 증거다.

…… 그건 내가 한 번도 건강했던 적이 없다는 말이다.

●

모든 건 속임수다. 나는 그것을 언제나 알고 있었다. 그러나 이 확신은 나에게 어떤 위안도 되지 않았다. 그것이 내 정신에 강렬하게 현존하는 순간들을 제외하면…….

●

비전의, 신비 체험의 위치로 격상된 덧없음에 대한 인식.

●

계속 이어지는 불운을 견딜 수 있는 유일한 방법은 불운에 대한 생각 자체를 사랑하는 것이다. 그 경지에 이르면, 더 이상 놀라지 않게 된다. 우리는 일어나는 모든 일보다 우월하다. 우리는 패배시킬 수 없는 희생자다.

●

아주 강한 고통을 느낄 때, 우리는 신음하고 울부짖을 때조차
자신을 관찰하고, 자신의 분신을 만들어내어 자기 밖에 있게
된다. 이러한 일은 약한 고통을 느낄 때보다 강한 고통을 느
낄 때 훨씬 더 많이 나타난다. 무서운 고통에 이르게 하는 모
든 것이 모든 사람 안에서 심리학자, 호기심 많은 관찰자, 실
험하는 학자를 깨어나게 만든다. 우리는 견딜 수 없는 것 안
에서 우리가 어디까지 갈 수 있는지 보고 싶어 하는 것이다.

●

병과 관련해서 말할 수 있는 부당함이란 무엇일까? 사람들이
병에 걸렸다는 사실이 부당하다고 생각할 수 있는 것은 사실
이다. 더욱이 사람들은 모두 자기 생각이 맞는지 틀리는지 살
펴볼 생각도 하지 않고 그렇게 반응한다.

　병은 **존재한다**. 그보다 더 현실적인 사실은 없다. 병이 부
당한 것이라고 선언한다면, 존재 자체에 대해서도 같은 말을
할 용기를 가져야 한다. 요컨대 **존재한다는 사실의 부당함**에
대해 말해야 한다는 뜻이다.

있는 그 자체로서의 창조는 가치 있는 것이 아니었다. 여기저기 수선된 지금은 더 가치가 없다. 사람들은 왜 그것을 그 진실성 안에, 아무것도 아닌 태초의 상태 안에 내버려두지 않았을까!

사람들은 미래에 올 메시아, 진정한 메시아가 출현을 미루고 있다는 사실을 알게 되었다. 그를 기다리고 있는 임무는 쉬운 것이 아니다. **보다 더 나은 것을 원하는 강박**으로부터 인간을 구해내기 위해 그는 그 임무를 어떻게 처리할까?

●

자기 자신에게 너무 익숙해졌다는 사실에 대해 분노해서, 사람들은 자신을 증오하기 시작한다. 그리고 얼마 안 가서 상황이 전보다 더 나쁘다는 것을 알아차린다. 자신을 증오하는 것이 자신과의 관계를 더욱 강화하는 것이다.

●

나는 그가 하는 말을 끊지 않는다. 그가 한 사람 한 사람의 장점들을 평가하도록 내버려둔다. 나는 그가 나를 도마에 올리는 것을 기다린다⋯⋯. 사람들에 대한 그의 몰이해는 당혹스럽다. 섬세하고 동시에 천진난만한 그는 당신이 마치 실체이거나 하나의 범주인 것처럼 판단한다. 시간의 힘이 그에게 미치지 못했기 때문에, 그는 내가 그가 방어하고 있는 모든 것 밖에 있고, 그가 주장하고 있는 그 어떤 것도 이제 나와 상관이 없다는 것을 인정하지 못한다.

시간의 흐름에서 벗어나 있는 사람과의 대화는 의미 없는 것이 되어버린다. 나는 내가 사랑하는 사람들에게, 부디 은혜를 베풀어 늙어달라고 부탁한다.

·

그것이 무엇이든 그 앞에서 느끼는 공포. 충만 앞에서 그리고 텅 빔 앞에서도. **원초적인 공포**······.

·

신은 **존재한다**. 그가 존재하지 않는다고 해도······.

·

D는 악을 이해하지 못한다. 그는 악의 존재를 인정하지만, 그것을 그의 사유 안에 통합시키지 못한다. 그는 지옥에 갔다 온다고 해도, 악을 이해하지 못할 사람이다. 그만큼, 그가 하는 이야기 안에서 그는 자신에게 해를 끼치는 것보다 우위에 있다.

그는 많은 시련을 겪었는데, 그가 견뎌낸 시련의 어떤 흔적도 그의 생각 안에 보이지 않는다. 이따끔 그는 상처 입은 사람이 보이는 무의식적 행동을 보인다. 무의식적 행동, 그게 전부다. 부정적인 것에 마음을 닫고 있는 그는, 우리가 소유하고 있는 모든 것이 비존재의 자산에 불과하다는 것을 분별하지 못한다. 그런데도 그의 몸짓에서는 이따끔 악마적인 정신이 드러난다. 자기도 모르는 사이에 드러나는 악마적인 몸짓. 그는 선에 의하여 혼미해지고 황폐해진 파괴자다.

●

자신의 몰락이 얼마나 진전되었는지 알아보고 싶은 호기심이 우리가 나이를 먹는 유일한 이유이다. 이제 한계에 도달했으며, 지평선이 영원히 닫혀버렸다고 생각하면서 우리는 슬퍼하며 절망에 빠진다. 그러고 나서 우리는 아직도 더 낮게 떨어질 수 있다는 것, 새로운 것이 있으며, 모든 희망이 사라져버린 것은 아니라는 것, 좀 더 자신 안에 틀어박히는 것이 가능하며, 그렇게 함으로써 고정되고 굳어지는 위험을 피할 수 있다는 것을 알게 된다.

●

"삶은 미친 사람에게나 좋은 것 같다." 이것은 2,300년 전 키

레나이카[99]의 철학자 헤게시아스가 즐겨 했던 말이다. 이 철학자의 말 중에서 남아 있는 것은 이 말뿐이다. 내가 복원하고 싶은 책이 있다면, 단연코 그의 책이다.

●

살아 있는 동안 잊히는 행운을 가지지 못한 사람은 현자의 조건에 접근할 수 없다.

●

사유한다는 것은 뒤흔든다는 것, **자신을** 뒤흔든다는 것이다. 행동하는 것은 덜 위험하다. 왜냐하면 행위는 사물들과 우리 사이의 간극을 메워주기 때문이다. 반면에, 사유는 그 간극을 위험하게 벌려놓는다.

…… 육체적인 운동이나 손으로 하는 작업에 몰두하고 있는 동안, 나는 행복하고 가득 차 있다는 느낌을 받는다. 멈추는 순간, 나는 나쁜 현기증에 사로잡히고, 영원히 도망치고 싶다는 생각밖에는 들지 않는다.

---

99   Cyrenaica : BC 7세기에 그리스가 건설한 식민지. 현재 리비아 동부.

●

내면의 가장 깊은 지점에서, 바닥을 치고, 심연을 만졌을 때, 우리는 신보다 더 **우월하다**는 느낌에 의해 단번에 위로 들어 올려진다 — 방어적 반작용 또는 우스꽝스러운 오만. 끝장내고 싶다는 유혹의 과대망상적이고 불순한 측면.

●

늑대가 포효하는 장면이 나오는 방송 프로그램 하나를 보았다. 굉장한 언어다! 그보다 더 비통한 언어는 없다. 나는 그것을 결코 잊지 못할 것이다. 훗날, 너무나 외로운 순간이면, 그 울음소리를 분명하게 떠올려보기만 해도, 나는 내가 하나의 공동체에 속해 있다는 느낌을 충분히 받을 수 있을 것이다.

●

패배가 예견되는 순간부터 히틀러는 오직 승리에 대해서만 말했다. 그는 승리를 믿었고 — 어쨌든 그는 그렇게 믿고 있는 것처럼 행동했다. — 끝까지 자신의 낙관주의 안에, 그의 신앙 안에 갇혀 있었다. 그의 주위에서 모든 것이 무너져 내렸고, 날마다 그의 희망을 부정하는 일들이 벌어졌으나, 그는 계속해서 불가능한 것을 기대하고, 불치병 환자들만이 그렇게 할 수 있듯이, 맹목적으로 끝까지 치달으며, 연이어 공포스러운 일들을 꾸며내고, 자신의 광기를 넘어 자신의 운명마저 넘어가는 힘을 가지고 있었다. 우리가 그에 대해 말할 수 있는 것은, 모든 것을 망쳐버린 자, 바로 그자가 어떤 인간보다 더 자기 자신을 실현했다는 것이다.

●

"내가 죽고 나서 대홍수가 올 거야." 이것은 모든 사람들이 가지고 있는 숨겨진 믿음이다. 우리가 죽고 난 뒤에도 다른 사람들이 살아남을 것이라는 것을 인정한다면, 그것은 그들이 살아남는다는 사실로 인해 벌을 받을 것이라는 희망과 함께이다.

●

아프리카에서 고릴라들을 가까이에서 관찰한 동물학자 한 사람은, 그들의 생활방식이 모두 똑같고, 그들이 아무것도 하지 않는다는 사실에 놀랐다. 고릴라들은 몇 시간이고 또 몇 시간이고 아무것도 하지 않았다……. 그렇다면 그들은 권태라는 걸 모르는 것일까?

이런 질문은 바쁜 원숭이인 **인간**에 대해서나 던질 수 있는 것이다. 동물들은 단조로움에서 도망치기는커녕 그것을 찾는다. 그들이 제일 두려워하는 것은 단조로움이 끝나는 것이다. 왜냐하면, 단조로움이 공포로 바뀌게 되기 때문이다. 공포는 모든 분주함의 원인이 된다.

비활동은 신성한 것이다. 그러나 인간은 비활동에 대항해서 반란을 일으켰다. 자연 안에서, 인간만이 단조로움을 견디지 못한다. 인간만이 무슨 값을 치르든 어떤 일이, 무슨 일이라도 일어나기를 원한다. 그 점에서 인간은 그의 조상에 미치지 못한다. 새로움에 대한 욕구는 길을 잘못 든 고릴라의 특징이다.

●

우리는 점점 더 숨 막히는 상태에 가까워지고 있다. 우리가 그 상태에 도달하는 날은 위대한 날이 될 것이다. 그런데 슬프게도 우리는 오직 그 전날에 있을 뿐이다.

●

번영을 이루고 그 상태를 유지하는 국가는, 그것이 유지되고 있는 동안, 부적합하다고 할 수밖에 없는 관습을 어쩔 수 없이 받아들이고, 편견들에 종속된다. 그 나라는 문제되는 관습과 편견들을 있는 그대로 받아들이지 않는다. 국가가 그것들을 관습과 편견이라는 이름으로 지목하는 순간, 모든 가면이 벗겨지고 모든 것이 위태로워진다.

지배력을 행사하고 싶어 하고, 어떤 역할을 하고, 법을 만드는 것은 엄청난 어리석음 없이는 이루어지지 않는다. 역사는 본질적으로 **어리석은 것이다.** 국가들이 편견들을 순차적으로 청산하기 때문에, 역사는 지속되고, 앞으로 나아간다. 국가들이 그것들을 동시에 청산한다면, 전 세계가 한꺼번에 해체되는 행복한 일이 일어날 것이다.

사람들은 동기 없이 살 수 없다. 내게는 이제 동기가 없다. 그런데도 나는 살고 있다.

나는 완벽하게 건강했다. 어느 때보다도 건강했다. 그러다가 갑자기 오한이 엄습했는데, 치료 방법이 없는 것이 분명해 보였다. 나에게 무슨 일이 일어난 거지? 그러나 내가 그런 느낌에 사로잡힌 것은 그때가 처음이 아니었다. 그러나 전에는 그런 느낌을 이해하려고 애쓰지 않고 병을 견뎠다. 이번에는 알고 싶었다. 그것도 즉시. 나는 가설을 세우고 하나하나 지워나갔다. 그러나 이것은 병의 문제일 수 없었다. 내게 달라붙은 병 징후의 그림자는 없었다. 어떻게 해야 하나? 어떤 설명 비슷한 것조차 찾을 수 없어서 나는 완전히 혼란스러워졌다. 그런데 그 오한은 궁극적인 최후의 거대한 오한의 한 판본에 불과하다는 생각이 떠올랐다. 최후의 오한이 미리 나타나 예행 연습을 하는 것뿐이라고. 그러자 마음이 아주 가벼워졌다.

•

천국에서는 사물들과 존재들이 사방에서 빛에 둘러싸여 있기 때문에 그림자가 생기지 않는다. 달리 말하면 그들은 실재성을 결하고 있다는 뜻이다. 어두움에 침식당하고 죽음으로 인해 황폐해진 모든 것처럼.

•

우리의 최초의 직관들은 진실하다. 내가 아주 젊은 시절에 했던 수많은 생각은 날이 갈수록 점점 더 옳은 것으로 여겨진다. 수없이 헤매고 수많은 길을 돌아, 나는 지금 그 최초의 생각으로 돌아간다. 그렇게 분명해진 사실들의 폐허 위에 나의 실존을 세울 수 있었다. 나는 그 사실이 못내 슬프다.

•

내가 지나갔던 어떤 장소. 우울증 때문에 내가 무화無化되는 기분을 느꼈던 곳이라는 기억밖에는 남아 있지 않다.

•

시장에서, 얼굴을 찡그리고, 소리를 질러대고, 지친 표정을 짓는 마술사 앞에서, 나는 생각했다. 그는 그가 해야 할 일을 하고 있는데, 나는 내가 할 일을 슬그머니 피하고 있구나.

●

어떤 분야에서건, 자신을 드러내려고 애를 쓰는 것은 어느 정도 위장된 광신자의 행동이다. 자기가 소명을 받았다고 생각하지 않으면, 존재한다는 것은 힘든 일이며, 행동한다는 것은 불가능한 일이다.

●

구원이 없다는 확실성은 구원의 한 형태이며, **그 자체**가 구원이기조차 하다. 거기에서 출발해서 우리는 자신의 삶을 구성할 수 있으며 역사철학의 체계를 세울 수도 있다. 해결 불가능성을 해결책으로, 단 하나의 출구로 삼는…….

●

나의 육체적 결함이 나의 존재를 망가뜨렸다. 그러나 그 덕분에 나는 살고 있으며, 살고 있다고 상상한다.

●

인간이 자기 자신을 믿지 않게 된 이후 나는 비로소 인간에게 관심을 가지기 시작했다. 인간이 완전히 상승 국면에 있었을 때, 인간은 내게 관심을 기울일 만한 존재가 아니었다. 이제 인간은 나에게 새로운 감정을 불러일으킨다. 나는 인간에게 특별한 공감을 느낀다. **측은한** 두려움.

●

나는 수많은 미신과 관계를 치워버리려고 애써보았지만 헛수고였다. 나는 모든 것으로부터 멀리 떨어져 자유롭게 있지 못한다. 그러나 포기에 대한 광기는 다른 열정들이 지나간 후에도 살아남아 나를 떠나지 않는다. 그것은 나를 괴롭히면서 계속 체념하라고 끈질기게 요구한다. 그런데 대체 무엇을 체념하라는 말인가? 던져버릴 무엇이 나에게 남아 있는가? 나는 자문해본다. 나의 역할도, 경력도 끝났다. 그러나 내 삶에서 바뀐 것은 아무것도 없다. 나는 같은 지점에 있고, 나는 여전히 그리고 언제나 나 자신을 포기해야 한다.

12

깨달음을 얻은 후에도 아직 살아 있다는 것보다 더 기만적인
입장은 없다.

●

각자에게 할당된 이 시간의 몫을 냉정하게 생각해보면, 그것
이 하루 안에 펼쳐져 있든, 한 세기에 걸쳐 펼쳐져 있든, 만족
스러우면서도 동시에 가소로운 것처럼 보인다.

"나는 내 시간을 살았다." 삶의 첫 순간을 포함한 어느 순
간에나 이보다 더 적절하게 사용할 수 있는 표현은 없다.

●

죽음은 완전한 실패에 대한 취향과 재능을 가진 사람들에게
는 은총이다. 그것은 목적을 이루지 못한 사람들, 목적을 이
루는 데 집착하지 않는 모든 이들에게 주어지는 보상이다.
…… 죽음은 그들이 옳다는 것을 인정해준다. 죽음은 그들

의 승리이다. 반대로, 다른 이들, 성공하기 위해 애썼던 사람들, 그리고 성공한 사람들에게, 죽음은 엄청난 배반이며 모욕이다!

●

이집트의 한 수도사가, 15년간의 완전한 은거 생활 후에, 은거 생활 동안 부모님과 친구들이 보낸 편지 한 꾸러미를 받았다. 그는 추억의 공격을 피하기 위해 그 편지들을 열어보지 않고 불 속에 집어던졌다. 유령들이 나타나 설치고 돌아다니게 내버려두면 자기 자신과 자신의 사유가 합일의 상태에 머무를 수 없다. **사막**은 새로운 삶보다는 과거의 죽음을 의미한다. 우리는 드디어 자신의 역사로부터 탈출하는 것이다. 은거지에서뿐 아니라 세속에서도, 우리가 쓴 편지들은 우리가 받은 편지들처럼, 우리가 사슬에 묶여 있으며, 어떤 관계도 끊어내지 못했다는 것을, 우리가 한 사람의 노예에 불과하며, 그럴 수밖에 없는 존재라는 것을 증언한다.

●

조금만 참을성 있게 기다리면, 이제 더 이상 아무것도 가능하지 않은, 궁지에 몰린 인류가 어느 방향으로든 한 발자국도 떼어놓을 수 없는 순간이 올 것이다.

　이 유례없는 장대한 광경을 대강 상상하는 것은 가능하지만, 사람들은 **세부적인 장면**을 원할 것이다. 그런데 사람들은 그 구경거리를 놓칠까 봐, 이제 충분히 젊지 않아서 그 구경거리에 참가하는 기회를 얻지 못할까 봐 두려워한다.

●

어떤 구멍가게 주인의 입에서, 또는 어떤 철학자의 입에서 발설되건, **존재**[100]라는 단어는 겉으로 보기에는 너무나 풍요롭고, 너무나 매혹적이고, 너무나 무거운 의미를 가지고 있는 것처럼 보이지만, 사실은 아무것도 의미하지 않는다. 의식 있는 정신의 소유자가 그 말을 어떤 경우에든 사용할 수 있다는 것은 믿기 힘든 일이다.

●

한밤중에 나는 내 방 안에서, 나는 선택받은 자이며, 흉악한 범죄자라고 확신하며, 서서 빙빙 돌았다. 밤샘하는 자에게는 자연스럽게 받아들여지지만, 낮의 논리에 사로잡혀 있는 사람들에게는 혐오스럽게 느껴지는 이중적인 특권.

---

100 être : 명사—'존재', 동사—'존재하다/있다', '~이다/~하다'. 프랑스어로는 통상적으로 쓰이는 단어지만, 우리말로 그 뉘앙스를 모두 살려 번역하는 것은 불가능하다.

＊

모든 사람이 다 불행한 어린 시절을 가지고 있는 것은 아니다. 내 어린 시절은 행복 이상의 것이었다. 그것은 **왕관을 쓰**고 있었다. 나는 내 어린 시절의 의기양양한 — 그 고통 안에서조차 — 특성을 가리키는 그보다 더 나은 표현을 찾을 수 없다. 그 찬란함은 대가를 치러야 했다. 그것은 벌을 받지 않고 유지될 수 없었다.

＊

내가 도스토옙스키의 서간문을 그토록 좋아하는 이유는 그 안에 병과 돈 이야기밖에 없기 때문이다. 그 두 가지만이 '뜨거운' 주제들이다. 나머지는 전부 미사여구나 객설에 불과하다.

＊

50만 년 뒤에, 영국은 아마도 완전히 물에 뒤덮일 것으로 보인다. 내가 영국인이라면, 만사를 제쳐두고 무기를 내려놓을 것이다.

　사람들에게는 각자의 시간 단위가 있다. 어떤 이에게는 하루, 일주일, 한 달 또는 1년이 단위이고, 10년, 심지어는 100년이 단위가 되는 사람도 있다. 아직 인간적 차원에 속해 있는 이 단위들은, 어떤 계획이나 일과도 양립할 수 있다.

시간 자체를 단위로 잡거나, 때로는 그 위로 올라가 버리는 사람들도 있다. 그들에게 어떤 일이, 어떤 계획이 진지하게 여겨지겠는가? 너무 멀리 내다보는 사람은 미래 **전체**의 동시 대인이다. 그는 바쁘게 움직일 수 없다. 아예 꼼짝도 하지 못한다.

●

덧없음에 대한 생각은 언제나 나를 따라다닌다. 오늘 아침, 우체국에서 편지를 부치면서, 나는 그 편지가 한 **필멸의 존재**에게 가는구나, 라고 생각했다.

●

무엇에 관한 것이건, 단 한 차례의 절대적 경험을 하고 나면, 당신은 자기 자신을 죽음을 겪고 살아난 생존자라고 느낄 것이다.

●

나는 언제나 산다는 일이 불가능하다고 인식하며 살았다. 그런데 사는 일을 견디게 만들어준 것은 내가 1분을, 하루를, 한 해, 또 한 해를 어떻게 넘기는지 알고 싶다는 호기심이었다.

성인이 되기 위한 첫 번째 조건은 귀찮게 구는 사람들을 사랑하고, **찾아오는 사람들**을 견디는 것이다…….

●

사람들이 깨어났을 때, 그들에게 제안할 것이 아무것도 없으므로, 그들이 계속 잠들어 있도록 내버려두는 것이 천 배나 더 나을지도 모른다는 것을 알면서도, 그들의 잠을 깨우는 것이 범죄라는 것을 알면서도, 사람들을 흔들어 잠에서 뽑아내려 한다는 것…….

●

포르루아얄.[101] 이 녹음의 한가운데에서 몇 가지 사소한 일들로 인해 그토록 싸우고 찢어발겼다니! 모든 신앙은 일정한 기간이 지나면, 근거 없고 이해 불가능한 것이 되어버린다. 그것을 파괴했던 반대되는 신앙도 마찬가지이다. 대립되는 두 신앙이 불러일으킨 굉굉대는 소음만 남아 있다.

---

101 178쪽, 주 52 참고.

●

시간을 **느끼는** 한 가여운 사람, 시간의 희생자이며, 시간에게
파먹히고, 다른 것은 아무것도 느끼지 못하는, 매 순간 시간
인 사람. 그는 형이상학자나 시인이 어떤 붕괴 또는 기적 덕
택에 겨우 짐작하는 것을 알고 있다.

●

아무것에도 이르지 못하는 이 내면의 으르렁댐. 그곳에서 우
리는 기괴한 화산의 상태로 축소되어버린다.

●

분노에 사로잡힐 때마다 나는, 처음에는 나 자신을 괴롭히고
경멸한다. 그다음에는 이렇게 생각한다. 얼마나 운이 좋은가,
대단한 행운이다! 나는 아직도 살아 있다. 살과 뼈로 이루어
진 이 유령들 중 하나로……

●

나는 방금 한없이 긴 전보를 받았다. 나의 모든 오만과 부족
함들이 그 전보에 나열되어 있었다. 나 자신은 거의 의식하
지도 못했던 결점들이 거기에 지적되고 공개되어 있었다. 대

단한 통찰력과 치밀함이다! 기나긴 조서 끝에는 누가 썼는지 알게 해주는 단서나 흔적은 전혀 없었다. 누굴까? 그리고 왜 이렇게 성급하게, 그리고 무례한 방법을 사용하는가? 홧김에 자신의 행위를 누군가에게 이보다 더 시시콜콜 이야기한 사람이 있었을까? 자신의 이름을 밝히지 못하는 이 재판관, 나의 비밀을 전부 알고 있는 이 비겁한 자, 가장 잔혹한 사형집행인조차 베풀어주는 최소한의 정상참작도 해주지 않는 이 조사관은 어디에서 튀어나온 것일까? 나도 길을 잃고 헤맬 수 있고, 나에게도 용서받을 권리가 있지 않은가. 나는 내 결점 목록 앞에서 뒷걸음질 친다. 숨이 막힌다. 이 진실의 나열을 더 이상 견딜 수 없다. 망할 놈의 전보 같으니라구! 나는 그 전보를 찢어버린다. 그리고 잠에서 깨어난다.

●

의견을 가지는 것은 불가피한 일이며, 정상적인 일이다. 확신을 가지는 것은 그보다는 덜 그렇다. 확신에 찬 사람을 만날 때마다 나는 그의 정신의 어떤 악덕과 어떤 균열 때문에 그가 그런 확신을 가지게 되었는지 자문해본다. 이 질문이 정당한 것이라고 해도, 내가 그런 의문을 품는 습관이 있다는 사실이 대화의 기쁨을 망쳐버리고, 나에게 양심의 가책을 느끼게 하며, 나를 나 자신이 보기에도 혐오스러운 존재로 만들어버린다.

●

글을 쓰는 것이 중요하게 여겨졌던 때가 있었다. 지금은 나의 모든 미신들 중에서 글을 쓴다는 것이 가장 위험하고 가장 불가해한 것으로 보인다.

●

나는 **혐오감**이라는 단어를 남용해왔다. 그러나 격한 분노가 끊임없이 피로감에 의해 교정되고, 피로감이 격한 분노로 교정되는 상태를 지칭하기 위해 다른 어떤 단어를 택할 수 있다는 말인가?

●

저녁 시간 내내, 우리는 그가 어떤 사람인지 정의하려고 시도하면서, 그에 관해 배신자라는 단어를 사용하지 않게 해줄 완곡한 표현들을 검토해보았다. 그는 배신자가 아니라, 뒤틀려 있을 뿐이다. 악마적으로 뒤틀려 있으며 동시에 순진하고, 나이브하고, 심지어 천사 같다. 가능하다면, 알료샤와 스메르쟈코프[102]를 섞어놓은 인물을 상상해보라.

---

102 도스토옙스키의 소설 『카라마조프가의 형제들』의 등장인물들. 표도르 카라마조프의 셋째 아들 알료샤는 수도사로 순결한 정신의 소유자. 넷째 아들 스메르쟈코프는 표도르가 여자 거지 백치에게서 얻은 사생아로 악마적 인물. 그가 아버지를 살해한다. 그러나 아름다운 그루셴카

●

자기 자신을 더 이상 믿을 수 없게 되면, 우리는 더 이상 무엇인가 만들어내거나 투쟁하는 것을 그치게 된다. 자신에게 질문을 던지거나 거기에 대답하지도 않게 된다. 그런데 그때 그 정반대되는 일이 일어나야 한다. 즉, 그 순간부터 집착에서 벗어나 진실을 파악하고, 실재적인 것과 그렇지 않은 것을 파악하기에 적합한 상태가 되는 것이다. 그러나 자신의 고유한 역할, 또는 고유한 몫이 고갈되면, 사람들은 모든 것에 대해, 심지어는 '진실'에 대해서마저 호기심을 잃어버리게 된다. 어느 때보다 진실에 더욱 가까이 다가가 있음에도 불구하고.

●

천국에서 나는 한 '계절'도, 하루도 견디지 못할 것이다.

그렇다면 천국에 대한 나의 향수를 어떻게 설명할 수 있는가? 나는 설명하지 않는다. 그것은 늘 내 안에 살고 있었다. 그것은 내가 태어나기 전에 이미 내 안에 있었다.

───────

를 두고 아버지와 갈등 관계였던 큰아들 드미트리가 아버지 살해 혐의를 받게 되었고, 스메르쟈코프는 드미트리의 재판이 열리기 전날 자살한다.

●

누구라도 이따금 한 지점과 한순간밖에는 차지하고 있지 못하다는 느낌을 가질 수 있다. 그러나 이런 감정을 밤낮으로, 매시간 느낀다는 것은 평범한 것은 아니며, 바로 이 경험, 이 여건에서 출발해 우리는 열반이나 냉소주의 또는 동시에 두 가지를 향해 돌아서게 된다.

●

거룩한 간결함을 거스르는 죄를 결코 짓지 않겠다고 맹세했음에도 불구하고, 나는 여전히 말들의 공범으로 남아 있다. 나는 침묵에 매혹당했지만, 그 안으로 들어갈 용기를 내지 못하고 그 주변만 빙빙 맴돌고 있을 뿐이다.

●

우리는 어떤 하나의 종교가 악마를 대하는 방식에 따라, 그 종교가 가진 진실성의 정도를 정립해야 할 것이다. 악마에게 특별한 위치를 허용하는 종교일수록 실재에 대한 근심을 가지고 있고, 기만과 거짓을 거부하는 진지한 종교라는 것을, 더 이상 헛소리를 하며 위안을 주는 일에 집착하지 않는다는 것을 증언한다.

·

파괴되어야 할 만한 가치를 가진 것은 아무것도 없다. 어쩌면, 생겨나야 할 가치를 가진 것이 아무것도 없기 때문인지도 모른다. 그처럼 우리는 모든 것에 대해 초연해진다. 궁극과 마찬가지로 기원에 대해서도, 몰락과 마찬가지로 최초의 도래에 대해서도.

·

말해져야 할 것은 모두 말해졌다. 우리는 그것을 알고 있고, 그것을 느낀다. 그러나 우리가 모든 것이 말해졌다는 사실만큼 느끼지 못하는 것은, 이 분명한 사실이 언어에게 그것의 잘못을 참회시켜주는, 이상한, 더군다나 불안한 위상을 부여한다는 사실이다. 말들은 마침내 구원받았다. 왜냐하면 살기를 그쳤으므로.

·

죽은 자들의 조건에 대해 곱씹어 생각해봄으로써 내가 얻게 될 거대한 선과 거대한 악.

늙어가는 일의 부인할 수 없는 이점은 신체 기관들이 천천히, 그리고 체계적으로 망가지는 것을 가까이 관찰할 수 있다는 사실이다. 기관들은 모두 삐걱대기 시작한다. 어떤 것들은 눈에 보이게 뚜렷하게, 다른 것들은 은밀하게. 그것들은 육체가 우리에게서 분리되는 것처럼 육체로부터 분리된다. 육체는 우리를 빠져나가 도망친다. 그것은 이제 우리에게 속하지 않는다. 그것은 우리가 고발조차 할 수 없는 탈주병이다. 왜냐하면 그것은 아무 곳에도 멈추어 서지 않고 그 누구에게도 종사하지 않기 때문이다.

●

은자들에 대한 이야기는 아무리 읽어도 질리지 않는다. 나는 '신을 찾다가 지친' 은자들에 관한 이야기를 특히 좋아한다. 사막의 패배자들은 나에게 찬탄을 불러일으킨다.

●

만일 랭보가 어떤 방식으로든 계속해서 글을 쓸 수 있었다면[103](『이 사람을 보라』 후에도 활발하게 글을 썼던 니체 같은 천재의 만년을

---

103 Arthur Rimbaud(1854~1891) : 프랑스 상징주의 천재 시인. 16세에서 20세까지 『지옥에서

생각해보는 것과 같다), 그는 결국 뒤로 물러나, 현명해져서, 자신이 겪은 폭발에 해설을 붙여 설명하고, 자기 자신을 해명했을 것이다. 어떤 경우에도 그것은 신성모독이다. 의식의 과잉은 신성모독의 한 형태에 불과하다.

●

나는 한 가지 생각만을 깊이 탐색했다. 즉, 인간이 이루는 모든 것은 필연적으로 그를 배반한다는 생각이다. 이것은 새로운 생각은 아니다. 그러나 나는 확신의 힘으로 광신주의나 착란도 저리 가라 할 정도로 집요하게 그것을 체험했다. 나는 어떤 박해나 불명예를 겪더라도 그 생각을 고수할 것이다. 나는 그 생각을 어떤 다른 진리와도, 어떤 다른 계시와도 바꿀 생각이 없다.

●

부처보다 더 멀리 가기, 열반보다 더 높이 솟아오르기, 열반 없이 지내는 법을 배우기……. 그 무엇에 의해서도, 해탈에 대한 생각에 의해서도 멈추지 않기, 해탈을 단지 잠깐의 정지, 제약, 이지러짐으로 여기기…….

보낸 한 철』 등의 놀라운 작품들을 썼으나, 20세에 문학을 완전히 버리고 아프리카에 가서 상인으로 생활하다가 병에 걸려 오른쪽 다리를 절단하고 비참하게 죽었다.

●

나는 사망 선고를 받은 왕조들, 망해가는 제국들에게 한없이 끌린다. 영원한 목테수마[104]들, 징조를 믿는 자들, 찢기고 쫓기는 자들, 필연에 중독된 자들, 협박당하는 자들, 잡아먹힌 자들, 사형집행인을 기다리는 모든 사람들……

●

나는 그 비평가의 무덤 앞에 멈추어 서지 않고 그냥 지나간다. 나는 그의 신랄한 글 여러 편을 찬찬히 읽어보았었다. 살았을 때 자신의 소멸만을 꿈꾸었던 시인의 무덤도 지나간다. 다른 이름들, 이역異域의 이름들도 나를 따라온다. 무자비하면서도 마음을 가라앉혀주는 가르침, 제아무리 어두운 강박관념이라고 해도, 그것들을 정신으로부터 추방하기 위해 만들어진 비전과 이어져 있는 이름들. **나가르주나,**[105] 찬드라키르

---

104 시오랑은 'Montezuma'라고 표기하고 있으나 목테수마(Moctezuma, 1466~1520)가 맞는 표기이다. 아즈텍 황제로 전쟁을 통해 영토를 확장하는 등 전성기를 이루었으나, 1519년에 스페인인들이 침입해 왔고, 그들에게 포로로 잡혀 스페인의 가신임을 천명하라고 협박을 당했다. 분노한 아즈텍 귀족들이 궁을 공격해 오자, 목테수마는 그들을 진정시키기 위해 궁전 지붕에 올라갔다가 돌과 화살에 맞았고, 그로 인해 죽었다. 그러나 그 기록 자체가 스페인인들의 기록이므로, 그들이 살해하고 꾸며냈을 가능성이 있다는 주장도 있다. 목테수마의 왕위는 동생과 조카에게 차례로 물려졌으나, 목테수마 사후 1년 뒤인 1521년 아즈텍 제국은 스페인에게 완전히 멸망했다.

105 Nâgârjuna(150?~250?) : 인도의 대승불교학자. 동양 불교 전통에서는 용수(龍樹)라는 이름으로 불림. 산스크리트어로 '나가=용, 아가르주나=나무'를 의역한 것. 공(空)과 중도(中道) 이론을 체계화하여 대승불교 교리의 근간을 세워 대승 8종(大乘八宗)의 종사(祖師)로 불린

335

티,[106] **샨티데바,**[107] 비할 나위 없는 지혜의 검객들, 구원에 대한 강박으로 다듬어진 변증론자들, 허무의 곡예사들이자 사도들……. 현자 중의 현자인 그들에게, 우주는 그저 하나의 단어에 불과했다…….

●

너무나 서둘러 우수수 떨어지는 나뭇잎들을 바라본다. 수없이 많은 가을에 그 광경을 바라보았지만, 바라볼 때마다 어떤 경이감에 사로잡히고는 한다. 마지막 순간에, 어디에서 왔는지 내가 밝혀내지 못한 어떤 기쁨이 불쑥 솟아오르지 않는다면, 그 경이감은 '등골이 서늘해지는' 느낌이었을 것이다.

●

우리가 신앙으로부터 아무리 멀리 떨어져 있다고 해도, 대화자로서 신밖에 떠올릴 수 없는 순간들이 있다. 그럴 때에는, 신이 아닌 다른 사람에게 말한다는 것이 불가능하거나 미친 짓이라고 여겨지는 것이다. 극단적 단계에 이른 고독은 대화

다. 『중론(中論)』이 주요 저서.

106 Candrakirti(600?~650?) : 월칭(月稱). 인도의 승려로 중관파(中觀派) 귀류논증법(歸謬論證法)의 시조. 용수의 『중론』의 주석서인 『명구론(明句論)』으로 유명하다.

107 Çantideva(685~763) : 적천(寂天). 월칭과 동시대에 활약한 중관학파의 대표적 불교학자. 남인도 현강국 왕자로 태어났으나, 왕위 계승 전날 밤 꿈에 문수보살을 만나 출가를 결심했다고 한다.

의 어떤 형태를 요구하는데, 그 형태 역시 극단적이다.

●

인간은 특별한 냄새를 풍긴다. 모든 동물 중에서 인간만이 시체 냄새를 풍긴다.

●

시간은 흘러가고 싶어 하지 않았다. 동이 트려면 아직 멀었고, 새벽은 올 것 같지도 않다. 사실 내가 기다린 것은 아침이 아니라, 앞으로 나아가기를 거부하고 있는 이 고집스러운 시간에 대한 망각이다. 나는 생각한다. 사형수는 행복하다고. 처형 전날 밤에는 적어도 푹 잘 수 있으니 말이다!

●

앞으로도 나는 여전히 서 있을 수 있을까? 아니면 쓰러지게 될까?

●

흥미로운 감각이 있다면, 그것은 우리에게 발작의 예감을 주는 그런 감각이다.

오래 살아남은 사람은 누구나 자신을 경멸한다. 그 사실을 인정하지는 않지만, 그리고 때로는 그 사실을 알아차리지도 못하지만.

오래 살아남은 사람은 누구나 자신을 경멸한다. 그 사실을 인정하지는 않지만, 그리고 때로는 그 사실을 알아차리지도 못하지만.

반항할 나이가 지났는데, 그런데 아직도 발버둥 치고 있다면, 그는 자신에게 노망든 루시퍼처럼 굴고 있는 것이다.

생명의 낙인을 가지고 있지 않았다면, 사라지는 일이 얼마나 수월했을까? 그리고 모든 것이 저절로 이루어졌으련만!

그 누구보다도 나는 그 자리에서 당장 용서할 수 있다. 보복하고 싶다는 생각은 나중에야 든다. 너무 늦게, 모욕당한 기억이 지워지는 시간이 되어서야, 행동하고 싶다는 충동이 거의 사라져버린 시간에, 그래서 내가 나의 '선량한 감정들'을 한탄하는 것밖에 아무것도 할 수 없을 때에야 그런 생각이 든다.

매 순간, 죽음과 삶을 비비는 정도 안에서만 사람들은 모든 존재가 어떤 터무니없음 위에 근거를 두고 있는지 엿볼 수 있는 기회를 가지게 된다.

●

결국, 우리가 어떤 사물이든, 심지어 신이라고 해도, 그것은 절대적으로 아무 상관도 없는 일이다. 그 점에 대해서는, 약간 강하게 주장하면, 거의 모든 사람들의 동의를 끌어낼 수 있을지도 모른다. 그런데 모든 사람이 존재의 승진을 갈망하고, 낮아져서, 이상적인 결핍을 향해 내려가려는 사람은 아무도 없는데, 그런 일이 어떻게 이루어질 수 있겠는가?

●

어떤 민족들에게 상당히 널리 퍼져 있는 믿음에 따르면, 죽은 사람들은 산 사람들과 똑같은 언어를 사용한다고 한다. 다만, 뜻이 반대라고 한다. '크다'는 '작다'를, '가깝다'는 '멀다'를, '흰색'은 '검정색'을 의미한다고 한다.

  죽는다는 것을 그런 상태 정도로 축소시킬 수 있을까? 그러나 이 언어의 완전한 뒤집기는 사람들이 죽음에 대해 만들어낸 어떤 이야기보다도 죽음이 비관습적이고, 놀라운 것을 포함하고 있다는 사실을 더 잘 보여준다.

·

나도 인간의 미래를 믿고 싶다. 그런데 인간이 어쨌든 자신의 능력을 그대로 보유하고 있는데 그것이 가능하겠는가? 인간의 미래를 믿기 위해서는, 인간의 능력이 거의 완전히 붕괴되어야 할 것이다. 아니, 완전히 붕괴되어야 한다!

·

숙명이 비밀스럽게 표지를 남기지 않은 사유는 다른 것으로 대체가 가능한 것으로, 아무 가치도 없다. 그것은 그저 하나의 생각일 뿐이다⋯⋯.

·

정신병 발병 초기에, 니체는 토리노에서, 끊임없이 거울로 달려가 자기 모습을 보았다. 거울에서 돌아선 다음, 또다시 거울로 달려가 자신의 모습을 들여다보고는 했다. 바젤행 기차 안에서, 그가 끈질기게 요구한 것도 거울이었다. 그는 자기가 누구인지 더 이상 알 수 없었던 것이다. 그는 자기 자신을 찾았다. 그러나 자신의 정체성을 지키는 데 그토록 집착했던, 자기 자신에 대해 그토록 탐욕스러웠던 그에게는 자기 자신을 찾기 위한 가장 조악하고 슬픈 방법밖에는 남아 있지 않았다.

●

나는 나보다 더 쓸모없고 이용 가치 없는 인간을 알지 못한다. 그것은 최소한의 자만심도 없이, 내가 그냥 단순히 받아들여야 할 하나의 사실이다. 그렇지 않은 한, 나의 쓸모없음에 대한 의식은 나에게 아무 도움도 되지 않는다.

●

우리가 어떤 악몽을 꾸든, 우리는 거기에서 하나의 역할을 수행하고 있다. 우리는 악몽의 주인공이거나, 아니면 거기에서 어떤 역할을 하는 누군가이다. 불행한 사람은 밤 동안에 승리한다. 악몽들을 없애버리면, 혁명이 줄줄이 일어날 것이다.

●

미래 앞에서 느끼는 공포는 언제나 그 공포를 느끼고 싶어 하는 **욕망**에 들러붙어 있다.

갑자기, 나는…… 앞에 혼자 있었다. 내 유년의 그날 오후에, 나는 매우 심각한 일이 그때 막 일어났다는 것을 느꼈다. 그것이 내 첫 번째 깨어남, 의식의 첫 번째 조짐, 전조였다. 그때까지 나는 하나의 **존재**였을 뿐이다. 그 순간부터 나는 더-존재였거나 덜-존재였다. 모든 **자아**는 하나의 균열과 계시로 시작된다.

●

태어남과 사슬은 동의어다. 낮을 보다,[108] 수갑을 보다.

●

"모든 것은 환상이다."라고 말하는 것은 환상에 자신을 희생시키는 것이며, 환상에게 실재성의 높은 정도, 어쩌면 가장 높은 정도를 인정하는 것이다. 그런데 그 말을 할 때 사람들은 반대로 환상의 가치를 떨어뜨리기를 원한다. 어떻게 할 것인가? 가장 좋은 방법은 그것을 주장하거나 부인하지 말고, 그것에 대해 생각하면서 거기에 종속되기를 그치는 것이다. 모든 생각들의 가치를 떨어뜨리는 생각 그 자체가 족쇄이다.

---

108 voir le jour : '태어나다.'

●

24시간 내내 하루 종일 잘 수 있다면, 우리는 빠르게 원초적인 나른함, 천지창조 이전의 균열 없는 이 무기력 상태의 축복으로 돌아갈 수 있을 것이다. 그것은 자기 자신에게 지친 모든 의식의 꿈이다.

●

태어나지 않는 것이 이론의 여지 없이 가장 좋은 방법이다. 불행히도 그것은 어느 누구에게도 불가능한 일이다.

●

나만큼 이 세계를 사랑한 사람은 아무도 없다. 그러나 사람들은 쟁반 위에 세계를 담아[109] 내게 내어놓은 것 같다. 그러고는 어린아이조차 나에게 "너무 늦었어, 너무 늦었다구!"라고 외치는 것만 같다.

---

109 딸 살로메의 춤에 반한 헤로데가 그녀의 요구에 따라 세례 요한의 목을 잘라 쟁반 위에 담아, 세례 요한을 미워했던 왕비 헤로디아에게 주었던 일 참조(「마태복음」 14:6-12, 「마가복음」 6:17-28).

그런데 당신은 왜 그러는가, 정말이지 왜 그러는가? — 나는 가진 것이 아무것도 없다, 아무것도 없다, 나는 단지 나의 운명 바깥으로 한번 뛰어올랐을 뿐이다. 그런데 이제 무엇을 향해 몸을 돌려야 할지, 무엇을 향해 달려가야 할지 모르겠다……

옮긴이의 말

전투적 이상주의자의 절규

김정란(시인)

생애

에밀 시오랑은 루마니아 태생의 철학자로 평생을 파리에서
보내며 프랑스어로 글을 썼던 사람이다. 그가 쓴 책들은 젊은
시절에 썼던 몇 편을 제외하면 모두 프랑스어로 쓰여진 것
이다.

그는 1911년 4월 8일 러시나리(당시에는 오스트리아-헝가리, 현재
루마니아)라는 마을에서 그리스정교 사제(그리스정교 사제는 결혼을
할 수 있다)와 사회계급이 높은 집안 출신 어머니 사이에서 태
어났다. 시오랑의 글에서도 나타나지만, 예민하고 비관주의
적인 성향은 외가의 물림이었던 것 같다.

유년 시절은 행복했으나('황금관을 쓴 유년 시절') 초등학교 시
절에 고향 마을을 떠나 시비우라는 도시로 옮기면서 그 짧

은 행복의 시절은 끝난다. 독일어를 사용하는 도시의 초등학생들이 이 시골 아이를 많이 괴롭혔을 것이라는 것은 충분히 짐작할 수 있다. 어머니와의 관계가 불편했고, 이 무렵부터 벌써 불면증에 시달렸다.

1928년에 루마니아 부쿠레슈티 대학교에서 철학 공부(칸트, 쇼펜하우어, 니체 등)를 시작해 1932년(21세)에 학사학위를 취득하고 다음 해 베를린 대학에 장학생으로 유학했다. 그해(22세)에 쓴 『절망의 정점에서』는 어린 나이에 쓴 글임에도 불구하고 그를 루마니아 최고 작가들의 반열에 들어가게 했다. 베를린에서 2년 동안 공부한 뒤, 루마니아로 돌아갔다.

1937년(26세)에 장학생으로 프랑스에 갔다. 이후, 중간중간 잠깐씩의 루마니아 체류를 제외하면 파리에 영구 정착하게 된다. 루마니아 정부에서 계속 장학금이 지급되었으므로 이 체류가 가능했다. 이 시기에 플로티노스, 마이스터 에크하르트, 베르그송, 니체, 키르케고르 등에 대한 논문을 썼다. 그러나 그가 그 시기에 가장 열중했던 것은 논문 작업보다는 자전거로 프랑스 전역을 돌아다니고, 프랑스어를 완벽하게 익히는 일이었다. 시오랑은 그 시기가 그의 생애에서 "가장 생산적인 시기"였다고 평가하고 있다. 1940년에 모국어로 쓰여진 저작 『사유의 석양』이 출간되었고, 1947년 이후에는 프랑스어로 글을 쓰기 시작했다.

그 시기에 시오랑은 파리 카르티에 라탱 생 미셸 대로에 있는 대학 여학생 기숙사에서 밥을 먹었다. 거기에서 그의 평생 동지가 된 시몬 부에 Simone Boué를 만났다. 그녀는 1945년에 영어 교수 자격증을 취득했고, 시오랑을 평생 돌보아주게 된다. 연인 관계라기보다는 깊은 우정을 나누는 사이였던 것 같다. 시오랑의 모든 텍스트들을 타이핑해주었던 것이 그녀였던 것 같다. 살림도 주로 그녀가 번 돈으로 충당한 것처럼 보인다. 시오랑은 평생 직업이라는 것을 가져본 적이 없었다. 부에는 시오랑 사후 2년 뒤, 시오랑의 『노트 Cahiers』 원고를 타이핑한 뒤, 방데강에서 익사했다. 자살이라고도 하고, 단순 실족사라고 하기도 한다.

그는 40세가 되어 나이 제한으로 쫓겨나기 전까지 대학 식당에서 끼니를 해결했다. 그는 가난뱅이들 중의 가난뱅이였다. 게다가 평생 소화불량에 시달려, 채소와 곡물로 만들어진 음식만을 먹었다고 한다. 그러나 시오랑은 그 비참한 삶에 대해 불평하지 않았다. 극소極小하게 사는 것이 그의 철학의 실천이었기 때문이다. 화려한 현대 대도시에서 추구된 극소의 삶. 가난을 피하려면 얼마든지 그럴 수 있었으나, 이 독특한 철학자는 가난을, 최소한의 삶을 대도시라는 사막에서 추구했던 것 같다. 우리는 그를 무리 없이 대도시에 사는 사막의 신비주의자라고 부를 수 있다. 본푸아가 랭보에 대해 언급했던 말을 시오랑에게도 적용할 수 있을 것 같다.

무엇보다 먼저, 그 공유지대로서 금욕인 헐벗음이 있다. 파리에서의 랭보는 가난했다기보다는 가난에 대한 정념 passion 을 가지고 있었다.

—이브 본푸아, 『랭보 자신에 의한 랭보』(쇠이으, 파리, 1983, 강조—필자)

가난한 시오랑은 자기 연민을 느끼지 않았다. 그는 가난에 대해 하나의 도정 또는 전투, "삶 안에서 끊임없이 그를 유지시켜준 일종의 정신 상태"라고 말했다.

시오랑은 조국 루마니아에서는 알려진 작가였으나, 프랑스에서는 거의 무명이었다. 그러나 그가, 그의 방식에 따라 완벽하게 만든 독특한 프랑스어 문장(그의 사유체계의 특성과 완전히 일치하는. 형용사의 절제, 실사들의 우위. 독특한 명사구들, 아이러니와 열정……. 그리고 수많은 말줄임표)은 사람들의 눈길을 끌어당기기 시작했고, 점점 더 유명해지게 되었다. 1949년에는 프랑스 아카데미가 주는 폴 모랑Paul Morand 문학대상을 받기에 이르렀다. 그러나 그는 수상을 거부했다. 그는 아마도 중요한 사람이 되어 중요한 사람으로 살아야 하는 구속이 싫었던 것 같다. 그는 평생 '지워진 사람', '존재하지 않는 사람', '비현실의 결정체'처럼 살고 싶었으므로. 유명해진다는 것은 사람들의 시선이라는 그물에 걸려든 물고기 신세가 되는 것이므로.

강연을 하느니 차라리 하수구에 머리를 처박는 것이 낫다.

그는 그 후에도 여러 차례 중요한 문학상 수상자로 지명되었으나, 단 한 차례를 제외하고는 모두 거부해버렸다. 그는 생트-뵈브Sainte-Beuve, 콩바Combat, 니미에Nimier상 등 유명한 문학상들의 수상을 모두 거부했다. 그가 수상을 받아들였던 단

한 차례의 문학상은 1950년의 리바롤^{Rivarol}상이었다. 가난 때문에 어쩔 수 없이 받았던 것 같다. 이 기이한 수상 소감 :

> 밥 먹을 돈도 없었고, 세를 낼 수도 없었다. 리바롤상이 아니었다면, 나는 노숙자가 되었을 것이다. 그런데 구걸한다는 것은 내가 어떻게 하는 건지 그 비결을 모르는 직업이다.

대도시에서 삶-고행을 수행했던 사막의 수도사는 1995년 파리에서 알츠하이머로 죽었다.

프랑스어

시오랑을 시오랑으로 만들어준 것은 프랑스어다. 모국어를 버리고 프랑스어로 작업하면서 시오랑의 문체는 완전히 바뀐다. 그는 자신의 프랑스어 사용을 '제2의 탄생'이라고 부른다. 사유의 내용이나 철학적 추구의 방향은 바뀌지 않았으나, 문체가 완전히 달라진 것. 시오랑 자신의 말 :

> 내가 쓰는 것 안에 변화는 없다. 나의 첫 번째 책은 이미 암묵적으로, 내가 그 후에 말한 것을 모두 담고 있다. 문체만이 다를 뿐이다.

아마도 처음에는 외국어 작업의 어려움 때문에 짧은 문장을 선호했던 것인지도 모른다. 그러나 점차 그 아포리즘적인 짤막한 단상들의 글쓰기는 그의 사유 근저에 있는 극소주의(원한다면 '수사학적 금욕주의'라고 부를 수도 있을 것 같다. 지극히 절제된 언어 표현. 언어의 자기만족을 근본적으로 차단하는 극소 지향의 문장)와 잘 어울리게 된다. "잘 쓰려는" 욕망, 또는 허영으로부터 자유로워진 글쓰기. 그의 프랑스어 문체는 프랑스어를 모국어로 사용하는 작가들이 발휘하지 못하는 매우 독특한 매력을 발산한다. 약간 뻑뻑하게 느껴지는 문장. 그러나 그 사이에서 발랄하게 움직이는 유머와 냉소, 아포리즘. 끝까지 밀어붙인 비관주의. 그러나 그 자체로 역설적으로 빛나는 비관주의. 이성, 정념, 금욕주의, 명징함과 패러독스. 시오랑에게 프랑스어 사용은 '치유'와 같은 것이었다. 강요된 불편함. 그러나 그 덕택에 잘라내게 된 수사학적 욕망 :

> 프랑스어는 강압복이 미친 사람을 가라앉혀주듯이 나를 가라앉혀주었다.

그의 글쓰기는 그를 아포리즘적인 눈부신 단문으로 한 시대를 풍미했던 17~18세기 프랑스 모럴리스트 전통에 데려다 놓는다. 인간을 철학적 명제를 통해 추상적으로 분석하지 않고, 인간의 구체적 행위를 통해 판단하는 그들의 정신도 시오랑의 사유의 바탕과 잘 맞는다. 린다 레 Linda Lê는 시오랑의 문체에 대해 이렇게 평한다.

시오랑은 프랑스어를 영혼의 괘종시계의 능숙함과, 생살 조각을 떼어내는 외과의의 정확성을 가지고 다루었다.

그러나 지속되는 싸움—
대도시의 신비가 또는 기둥 없는 기둥의 수행자

시오랑은 극단적인 비관주의자다. 생에는 아무 의미도 없으며, 우리가 할 수 있는 것은 무의미한 생을 견디는 것뿐이다. 가장 좋은 것은 태어남 이전으로 돌아가는 것, 출생 이전의 무無에 합류하는 것이다. 태어남은 불편함이다. 태어남의 불편함l'inconvénient d'être né. 태어남이라는 모욕.

태어나지 않는 것이 이론의 여지 없이 가장 좋은 방법이다.

시오랑의 이러한 관점은 생의 조건을 네 가지 고통, 생사고락生死苦樂으로 보고, 그중에서 '태어남'의 고통을 맨 앞에 두었던 부처의 관점과 일치한다. 그러나 부처의 제자가 되기에 시오랑은 지나치게 실존주의적이다. 그는 생의 모든 고통을 일률적으로 지워버리는 열반의 비전을 받아들이기에는 아직 생의 문제에 성실하게 매달린다. 무無에 대한 비전은 생의 구체적 고통들을 너무나 형이상학적으로 지워버린다. 그에게 삶은 그 철저한, 절대적인, 악마적인 무의미함에도 불구하고

맞서 싸워야 하는, 또는 소극적으로는, '견뎌야 하는' 그 무엇
으로 인지된다.

— 아침부터 저녁까지 무엇을 하십니까?
— 나는 나를 견딥니다.

우리는 일어나는 모든 일보다 우월하다. 우리는 패배시
킬 수 없는 희생자다.

생의 가장 커다란 비극은 인간이 의식을 가지게 되었다는
사실이다. 의식을 가지고 있다는 사실 때문에 인간은 진보했
지만, 그 진보는 구원의 열쇠가 아니라 파멸의 경사로다. 그
것은 인간의 어리석은 환상에 불과하다. 그러므로 시련은 벌
이 아니라 축복이다. 영적 소명을 가진 자는 시련 안에서, 투
쟁의 힘겨움 안에서 존재의 정당성을 부여받는다.

싸움은 지속된다. 아무 희망도 없이, 아니다, 아무 희망도
없기 때문에 더더욱 영광스럽게. 따라서 시오랑의 사유체계
안에서 '승리' 또는 '성공'이란 아무 의미도 가지지 않는다.
성공은 존재를 타락시킬 뿐이다. 인간의 존재론적 실패는 예
정된 것이며, 감당해야 하는 것이며, 가장 적극적으로 받아들
이고 껴안아야 하는 것이다. 그것이 무로, 태어남 이전의 상
태로 회귀하는 유일하고 영광스러운 해결책이다.

그러므로 이 20세기 철학자가 중세기의 '사막의 수행자'들
을 실존의 전범으로 삼는 것은 충분히 이해할 수 있는 일이

다. 신을 찾아 인간세계를 떠나 사막으로 갔던 수행자들이 신을 만났다는 객관적 징표는 없다. 그들은 그들의 목표—신과의 만남—를 달성했기 때문에 위대한 것이 아니라, 구했기 때문에, 끝까지 자신의 추구 안에서 성실했기 때문에 시오랑에게 이상理想으로 받아들여지는 것이다.

유랑하는 수도자는 지금까지 사람들이 만들어낸 것 중에서 최상의 것이다. 무엇이든 포기할 것이 더 이상 아무것도 없는 상태에 이르게 된다는 것! 각성한 모든 정신의 꿈은 그러한 것이 되어야 마땅하다.

은자들에 대한 이야기는 아무리 읽어도 질리지 않는다. 나는 '신을 찾다가 지친' 은자들에 관한 이야기를 특히 좋아한다. 사막의 패배자들은 나에게 찬탄을 불러일으킨다.

그러나 시오랑은 사막에 가지 않는다, 또는 가지 못한다. 그는 대도시에 머물러 있다. 그는 못 가기도 하고, 갈 필요가 없기도 하다. 대도시는 이미 사막이다. 모든 것은 화려한 삭막함이라는 모래에 덮여 있다. 그러므로 시오랑의 수도修道는 기둥 없이 기둥에 올라가 수행하는 수도자의 고행으로 비유할 수 있다.

따라서 나는 시오랑을 전투적 이상주의자라고 부른다. 그의 절망은 뒤집어 읽으면, 그가 생에 대한 엄청나게 높은 비전을 가지고 있다는 사실을 드러낸다. 그는 그 비전을 위해 자신을 부수며 끝까지 싸운다. 그 싸움이 승리가 아니라 패배를 적극적으로 수용하기 위한 것이라는 사실을 염두에 두면, 이 투쟁의 이상주의는 더욱 극적으로 확인된다. 시오랑에게 좌절은 절망의 계기가 아니라, 각성의 계기이다.

깨달음, 번개처럼 후려치는 좌절은 각성한 인간을 해방된 인간으로 변화시키는 확실성을 가져다준다.

신 또는 존재의 상상적 궁극

겉으로 보기에, 시오랑은 명백한 무신론자인 것처럼 보인다. 그러나 그는 이 책 여러 군데에서 그가 신에 대한 비전을 포기하지 않고 있다는 사실을 보여준다. 그 신은 분명히 기독교를 포함한 세계의 어떤 종교의 신은 아니며, 보다 보편적인 의미에서 존재의 상상적 궁극(존재론적 궁극)으로서의 신이지만, 그가 신을 소환하고 있다는 사실만은 분명하다.

모든 환희의 출발 지점에, 아니면 끝에, 신이 있다.

오로지 신을 제대로 정의하는 데에만 전력을 기울였던 그 모든 시대를 나는 경멸할 수 없다. 아무리 애써도 그럴 수 없다.

인간이 자신의 신과 단독자적인 대화를 나누었던 수 세기 동안 알고 있었던 깊이에 비견할 만한 깊이에 앞으로 결코 도달할 수 없으리라는 것은 분명하다고 확신할 수 있다.

신은 존재한다. 그가 존재하지 않는다고 해도…….

심지어 그는 성녀 아빌라의 테레사의 신비 체험, 신과의 합일의 체험을 질투하기까지 한다. 위의 몇 개 문장에서 언급된 '신'은, 신의 실재 여부와 상관없는, 존재의 궁극으로서 인간적인 경험의 이상주의적 극단으로서 소환된 신이다. 시오랑이 관심을 기울이고 있는 것은, 신의 존재 여부가 아니라, 인간이 신이라는 이름으로 경험하는 내면적 깊이이다. 그러므로, 신은 존재하지 않는다고 해도 존재한다. 지극한 실존주의자인 그의 내면이 신비주의적 경사를 가지는 것은 그 때문이다.

시오랑의 『태어났음의 불편함』은 한 번에 읽을 필요가 없는 책이다. 하루에 한 페이지씩, 느릿느릿 천천히 읽어도 된다. 그의 글은 진실한 절망의 울림 앞에 마주 서게 하는 힘을 가지고 있다. 코로나가 지구 전체를 휩쓸며, 완전히 다르게 살 것을 명령하는 어두운 세계 안에서, 거짓이 진실을 참칭하며 진실을 박해하는 어느 나라에서, 시오랑의 어두운 글은 견뎌낼 힘을 준다. 그의 글은 달콤한 거짓 위안이 아니라, 생의 무참한 무의미함 앞에서 그것을 감당하며 이겨낼 힘을 준다.

이 책의 번역 원고를 출판사에 넘기고 나서, 나는 내 인생에서 가장 힘든 경험에 맞닥뜨렸다. 산책하다가, 잠깐 삐끗했는데, 오른쪽 다리가 완전히 부서져버렸던 것이다. 나는 큰 수술을 받아야 했고, 감당하기 힘든 고통 앞에 던져졌다. 육체적 고통은 나를 무자비하게 짓눌렀다. 나는 시오랑을 떠올렸다.

아주 강한 고통을 느낄 때, 우리는 신음하고 울부짖을 때조차 자신을 관찰하고, 자신의 분신을 만들어내어 자기 밖에 있게 된다. 이러한 일은 약한 고통을 느낄 때보다 강한 고통을 느낄 때 훨씬 더 많이 나타난다.

견디기 힘든 고통 안에서, 며칠 동안, 어떤 여자의 뒷모습이 내 눈앞에서 계속 어른거렸다. 그녀는 계속 왼쪽 방향으로 지나갔다. 그리고 그녀를 뒤쫓는 다른 여자의 모습이 보였다. 나는 썼다.

나는 고통당한다. 그러므로 나는 존재한다.

그리고 조금 뒤에 나는 고쳐 썼다.

나는 고통당하는 나를 지켜본다. 그러므로 나는 존재

한다.

옅은 안개가 내 눈앞을 지나갔다. 그리고 지붕이 나지막한 회랑이 나타났다. 회랑 너머로 희게 부서지는 바다가 보였다. 고통은 지나갈 것이다. 나는 견디고 이겨낼 것이다.